TROIS FEMMES EN NOIR

DU MÊME AUTEUR

Du terroir à la scène : la tradition de danse bretonne et le spectacle, War'l Leur, 1998
La Danse bretonne (avec Alain Pierre), Coop Breizh, 1999
Le Sonneur des halles, roman, Coop Breizh, 2004 ; Grand Prix du roman Produit en Bretagne 2005
La Musique en bandoulière, roman, Coop Breizh, 2005 ; Prix 2005 des Ecrivains de l'Ouest/Conseil général d'Ille-et-Vilaine
La Complainte de la grive, roman, Coop Breizh, 2006
L'Or de la Séranne, roman, Editions du Rouergue, 2007
« Un funeste manuscrit » in *Nouvelles de Bretagne,* Editions Livre et Lecture en Bretagne, 2008
Le Brodeur de la nuit, roman, Coop Breizh, 2008
La Guerre des Trotte-menu, roman, illustré par Daniel Goiset, Coop Breizh, 2009
La Miaulemort, roman, Presses de la Cité, 2010
Les Habits de lumière, roman, Coop Breizh, 2010
Le Bal des âmes perdues, roman, Presses de la Cité, 2011
La Parure du cygne, roman, Coop Breizh, 2011
La Maison des frères Conan, roman, Presses de la Cité, 2012
Les Moissonneurs de l'Opale, roman, Presses de la Cité, 2013
Au grenier, roman, Palémon, 2014 ; Grand Prix du roman Produit en Bretagne 2015
La Camarde, nouvelles, Locus Solus, 2014 ; Prix Littér-halles 2015 et coup de cœur des lycéens, Decize
Valse barbare, roman, Palémon, 2014
Le Dragon des Michelet, roman, Palémon, 2014
Les Coiffes rouges, roman, Presses de la Cité, 2014
L'Ombre de Claude, roman, Palémon, 2015
Petite Korrig, roman, Presses de la Cité, 2015 ; Prix des lecteurs 2016 de la médiathèque d'Héric
Le Triomphe des korrigans, roman, illustré par Daniel Goiset, Editions des Montagnes Noires, 2015
Les Chemins creux de Saint-Fiacre, roman, Presses de la Cité, 2016 ; Prix du roman 2016 de la ville de Carhaix

Daniel Cario

TROIS FEMMES EN NOIR

Roman

Terres de France

PRESSES DE LA CITÉ

ISBN 978-2-258-14259-6

Presses de la Cité | un département **place des éditeurs**

place des éditeurs

Dans la pénombre sous la lune, les rochers sont les silhouettes voûtées des marins péris en mer. Profitant du sommeil de l'étale, chaque jour et chaque nuit ils s'extirpent de l'eau afin de remonter la grève, mais le flot feignait de dormir, et déjà la marée enserre à nouveau les fugitifs entre ses nasses de goémon, les ramène en son sein, les submerge, malgré leurs plaintes dispersées par le vent inlassable.

Les horizons du grand large ne sont qu'illusion de liberté ; cette immensité de bleu où se confondent ciel et mer érige en vérité la plus sévère des prisons. Malgré son apparente ouverture, un port reste un microcosme fermé. Port-Louis l'est sans doute davantage en raison de sa position péninsulaire. C'est dans ce cadre que j'ai choisi de situer ce roman. Que mes amis port-louisiens ne se sentent pas égratignés, on n'y « commère » pas davantage qu'ailleurs, et toute ressemblance avec des personnages existant ou ayant existé ne saurait être que le hasard d'une coïncidence. Il en est de même des événements racontés qui ne sont que pure fiction.

1

Chim trébucha dans les rochers qui séparaient la petite plage du Lohic de la zone de pêche à pied, plus ou moins découverte selon le coefficient de marée. Il voulut rétablir son équilibre, son appui ripa sur le goémon visqueux. Il s'affala de plus belle, s'écorcha les paumes aux emporte-pièces des balanes. La cheville foulée, il se releva, reprit aussitôt sa course dans le sable fuyant sous ses lourdes semelles. Par intermittence, il jurait que c'était pas Dieu possible. Ou quelque chose comme ça. Terrifié.

En haut de la crique, un escalier se tortillait jusqu'au sommet de l'à-pic. Chim hissait sa jambe blessée de marche en marche, mais sa frayeur était plus impérieuse que la douleur. Sept coups tintèrent au clocher de l'église Notre-Dame de Port-Louis ; à cette heure matinale, la promenade en surplomb était déserte. De toute façon, Chim n'avait qu'une idée en tête : s'éloigner au plus vite de l'horrible vision. Les yeux exorbités, un filet de salive aux commissures des lèvres, il traversa l'espace à droite de la tour Saint-François, descendit à cloche-pied les trois marches de pierre qui évitaient de sauter du muret, puis, sans hésiter, fila sur la gauche. Après l'accès à la cale de Gâvres, la route longeait les remparts. Soudain, au loin, apparut un joggeur trottinant des Pâtis. Chim s'obligea à marcher ; si on le voyait courir, on croirait que c'était lui qui avait fait le coup.

En nage, à bout de souffle, Chim boitait de plus belle. L'homme ralentit l'allure, le dévisagea, surpris de son exaltation, de son masque de souffrance. Il fut sur le point de lui demander ce qui n'allait pas, mais lui aussi savait que le fils Gahinet ne possédait plus toute sa raison ; et puis, ce dernier était déjà trop loin.

Tête baissée, traînant la jambe, serrant les dents, Chim s'efforçait de conserver le train, à croire qu'une meute enragée était lancée à ses trousses ; de temps à autre lui échappait un gémissement. La rue de l'Hôpital sur la droite, deux femmes en descendaient, se rendant elles aussi à la côte : marée basse, il faisait beau temps. Chim continua tout droit, à l'abri de la longue muraille. Les oiseaux de la côte le poursuivaient, l'accusant de leurs cris rauques d'être l'auteur du mal. Non, c'est pas moi, se serinait-il dans sa tête, ou à voix haute quand les volatiles se rapprochaient.

Mais à force, il ne savait plus.

Chim bifurqua par la rue des Récollets, entre l'ancien lavoir et le terrain de camping. Il habitait avec sa mère dans l'immeuble de la Radio, ainsi nommé parce qu'autrefois y était hébergée l'école des transmissions maritimes. C'est là qu'il devait trouver refuge, dans sa chambre de jeune homme, où il s'enfermerait à double tour, afin de chasser de son esprit épouvanté l'abomination du corps dénudé. Il longea le lycée professionnel, puis l'école primaire du Centre ; il parvint sur la rue de la Citadelle qui traversait Port-Louis de part en part.

Alors Chim s'arrêta, investi par une autre peur. Pour accéder à la cour devant chez lui, il fallait franchir la porte de l'Hôpital, un vieux bâtiment en contrebas, désaffecté depuis belle lurette, et qui servait maintenant au Foyer laïque ; sur la gauche, juste avant le porche imposant, se trouvait la gendarmerie. Ceux-là allaient l'apercevoir, eux aussi diraient que Joachim Gahinet avait fait des bêtises, puisqu'il était fou. S'efforçant de calmer le boucan dans sa poitrine, lèvres serrées et yeux baissés, il passa à pas lents devant le jardin de la Muse, alors que ses allures de maraudeur étaient la meilleure façon d'attirer l'attention. Il parvint à l'angle de la rue de la Marine ; deux gendarmes devisaient sur le perron. Chim se mit à trembler et recula : cette fois, son compte était bon. Les uniformes ne l'avaient pas vu, mais il n'était plus maître de ses décisions ni de ses gestes. En ce mois de mai 1990, le jardin se pomponnait de vert tendre. D'instinct, Chim dévala l'allée sous le regard froid de la statue, se fourra dans les bosquets qui ceinturaient le bas du petit parc. Il se blottit dans la pénombre, tel un animal traqué. Ses doigts se mirent à masser sa cheville enflée.

2

Marguerite Le Sciellour et Francine Le Lan étaient amies de longue date. Soixante-deux et soixante-trois ans, veuves toutes les deux, la première d'un ouvrier de l'Arsenal de Lorient, la seconde d'un militaire du Gerbam de Gâvres ; les mauvaises langues alléguaient que les défunts étaient morts d'ennui à force de ne rien faire, une fâcheuse légende qui collait à l'une et l'autre des entreprises militaires. Elles avaient bénéficié d'une pension : de quoi vivre, avec à l'occasion le plaisir de déguster en tête à tête un petit verre de porto. Quand le temps et l'heure de la marée étaient favorables, elles descendaient au Lohic ; à condition de connaître les échancrures de la côte, on y ramassait de belles palourdes, des bretonnes, délicieuses aussi bien crues que farcies et passées alors sous le gril. Elles fréquentaient aussi la petite mer de Gâvres, un vivier naturel pour les précieux bivalves, ainsi que les coques. Quand la pêche était abondante, elles en revendaient une partie au collecteur de Riantec.

Ce matin-là, Guite et Fanch devisaient bien entendu de la mort du pharmacien de la Grand-Rue. Un homme cordial, sérieux, jamais d'excès, et qui tenait sa boutique de façon exemplaire. Il paraît qu'après la fermeture, sa femme l'avait trouvé roide mort derrière son comptoir, le visage congestionné et déjà tout violacé. Un coup de sang, aurait dit le médecin, mais il faudrait attendre pour avoir des informations plus précises.

— Tu vois, disait Guite. Il y en a qui passent leur temps à faire le tour des bistrots, et ceux-là, il leur arrive rien.

— Tu parles, renchérit Fanch. Ils sont immunisés contre l'alcool, confits comme des cerises dans l'eau-de-vie. C'est miracle que leur cœur ait encore la force de faire fonctionner l'alambic. Alors que le pauvre monsieur Tourain…

— C'est sa bourgeoise qui va trouver dur. Une gentille personne, ils étaient amoureux comme des fiancés.

— Qui va reprendre la pharmacie ?

— Sans doute leur fille, quand elle aura fini ses études… Une pimbêche celle-là, par contre.

— Pourquoi tu dis ça ? On la connaît à peine à Port-Louis.

— Assez pour savoir qu'elle fait des manières. De toute façon, c'est ce que pense tout le monde. Si on le dit, c'est qu'il doit y avoir une part de vérité.

Tout en papotant de la sorte, les commères étaient rendues sur la promenade Henri-François-Buffet qui longeait les remparts, la route où Chim Gahinet tirait la patte quelques minutes auparavant. Il faisait beau, un matin printanier, la lumière diaphane dans la brume nimbait les silhouettes d'une fine poussière d'or et d'argent. Les cris des mouettes et des goélands éclataient par intermittence au-dessus de leur tête, quand les ailes majestueuses portaient les volatiles de ce côté-ci de la haute muraille. Elles gravirent les trois marches qui permettaient d'accéder à la promenade du Lohic et marquèrent une pause sur le muret. Entre les buissons, sur l'autre rive du bras de mer, apparaissait le petit port de Gâvres, une vue dont il était impossible de se lasser. Sur la gauche, face à la jetée, une balise rouge indiquait la passe pour les chalutiers qui mouillaient au port de Locmalo. C'était dans l'anse en amont qu'elles allaient fouiller la grève. A leur tour, elles descendirent l'escalier. Le clocher de l'église sonna sept heures et quart.

— Je crois bien qu'on n'a jamais été aussi matinales, plaisanta Fanch. Pourtant on n'a plus de coq à la maison pour nous réveiller à l'aurore et nous tirer du lit.

— Faut profiter pendant qu'il fait beau. A cette heure-ci, on n'aura personne à nous enquiquiner.

Elles se faufilèrent parmi les rochers où Chim s'était fait une entorse. C'est alors qu'elles découvrirent à leur tour le spectacle qui avait si fort effrayé le pauvre garçon. Un corps, celui d'une femme. A quelques mètres à droite de la jetée, elle gisait à plat ventre sur le sable, la jupe retroussée jusqu'au milieu de ses hanches nues, la jambe gauche repliée en équerre, exhibant ainsi la faille de ses reins.

Horrifiées, les deux pêcheuses restèrent pétrifiées un long moment, en marmonnant des « mon Dieu, mon Dieu » longs comme des chapelets de bigotes. Elles hélèrent la malheureuse, espérant qu'elle dormît, mais le corps resta désespérément immobile, même pas agité par un souffle de respiration.

— Tu crois qu'elle est morte ? demanda Fanch.

— Ça m'en a tout l'air.

Alors elles s'approchèrent à pas lents, pour s'arrêter à quelques mètres, à l'initiative de Guite.

— Faut toucher à rien surtout, tant qu'on n'aura pas prévenu les flics.

— Tu sais qui c'est ?

— On voit pas bien, mais ça m'étonnerait pas que ce soit Eugénie Le Livec. Tu sais bien, celle qui fait le ménage au musée de la Citadelle.

— Tu as raison, entérina Fanch. Je la reconnais maintenant avec ses cheveux roux ramassés en queue de cheval. Pauvre innocente... Qui a bien pu lui faire du mal ?

— Quelqu'un qui a profité justement qu'elle soit un peu simplette pour l'attirer ici et lui faire son affaire. Puis après, couic !

Fanch secoua la tête.

— J'espère au moins qu'on retrouvera le salaud qui a fait le coup.

La victime avait le bras droit tendu ; apparemment elle tenait un objet serré au creux de sa paume. Un galet sans doute, puisque d'où elles étaient, les deux femmes en voyaient d'autres disposés devant la dépouille.

— C'est bizarre. On dirait qu'elle a essayé d'écrire quelque chose.

— N'approche pas, je t'ai dit. Tu vas rester là pour empêcher qu'un gamin ou un chien viennent tout chambouler. Moi je cours à la gendarmerie.

Francine n'était pas enchantée de se trouver seule avec la morte, elle s'assit sur un rocher à proximité. Elle ne pouvait détourner les yeux du cadavre, contraint dans une position d'une indécence inconcevable. Dans quel guêpier la malheureuse s'était-elle fourrée pour subir un tel outrage… De temps à autre, Fanch se levait et battait des bras pour éloigner les volatiles qui planaient au-dessus de la dépouille.

Moins d'un quart d'heure plus tard arrivait l'estafette des gendarmes, accompagnés par Marguerite Le Sciellour. Les « premiers à marcher », comme on disait dans leur jargon militaire. L'officier de police judiciaire de service ce matin-là était l'adjudant Derval. A l'exaltation de la pêcheuse à pied, à son récit bouleversé, il avait compris que l'affaire était sérieuse ; il s'était déplacé en personne, accompagné de ses collègues Germain Le Leuch et Marie Lugnol. Avant de partir, l'OPJ avait cependant avisé le capitaine

Boisseau qui commandait la communauté de brigades de Port-Louis et d'Etel : un crime, une jeune femme à ce qu'il paraissait, il se rendait sur place pour voir ce qu'il en était.

Derval ordonna tout de suite à ses deux adjoints de boucler le périmètre, afin de geler le secteur : dans quelques minutes arriveraient les premiers curieux... Dans la petite ville portuaire, les nouvelles ruisselaient plus vite que ne fientaient les goélands sur les toits. Alors un crime... Aggravé d'un viol...

Les bandes jaunes furent déployées, l'adjudant se munit de la mallette de première intervention. Il passa des gants comme ceux des chirurgiens, puis se mit à l'ouvrage.

— J'espère au moins que vous n'êtes pas allées piétiner autour du corps, dit-il à Francine Le Lan, en lui faisant signe de s'écarter.

— J'ai pas bougé. Ni moi ni personne s'est approché.

Vingt ans d'expérience, Derval connaissait bien son métier, même s'il ne lui était pas souvent arrivé d'être le premier sur les lieux d'un crime. A l'aide de flèches appropriées, il balisa son propre parcours afin que les autres enquêteurs empruntent le même itinéraire et ne brouillent pas les pistes. Il jeta un coup d'œil circulaire sur le site : la marée était presque basse, une heure d'étale, puis le flot commencerait à remonter. Ce n'était pas un fort coefficient, les eaux n'atteindraient pas le cadavre.

Pour l'instant, il n'y avait donc pas besoin de le protéger. En revanche, la zone en contrebas serait alors inondée, il convenait de vérifier tout de suite s'il ne s'y trouvait pas quelque indice, des traces de pas, des mégots, un objet tombé de la poche de l'un ou l'autre des protagonistes, par exemple. Il s'avança avec précaution ; cette partie de l'estran était particulièrement accidentée, des cailloux, du gros sable, des galets, des rochers couverts de goémon, des algues vertes, un sol dur et inégal qui ne conservait pas les empreintes. Il remarqua alors un vieux seau et une cuiller un peu plus bas, sur le sable encore humide de la marée descendante. C'était un engin bricolé pour pêcher la palourde, le manche était recouvert d'une solide cordelette enroulée serré, afin de préserver la paume des ampoules.

Les deux femmes étaient tenues à l'écart par l'un des gendarmes.

— C'est à vous ?

— Non, non... Nous, on a nos affaires.

Guite brûlait de dire quelque chose elle aussi. L'adjudant l'interrogea du regard, elle baissa les yeux.

Derval prit une ou deux photos. Du bout des doigts, il ramassa les deux objets et l'un de ses adjoints lui passa des sachets en plastique afin de les faire examiner en laboratoire. Il vérifia une dernière fois, rien d'autre. Il s'intéressa alors à la victime. Le meurtre était évident, un cas de flagrant délit.

Il envoya sa collaboratrice à la gendarmerie. S'il ne l'avait déjà fait, le capitaine devait aviser tout de suite le procureur de permanence au parquet de Lorient. Sauf empêchement, celui-ci se déplacerait au plus vite, accompagné du médecin qu'il aurait désigné, légiste ou civil. Pour l'heure, l'équipe des techniciens d'investigation criminelle avait dû être prévenue elle aussi, les spécialistes n'allaient pas tarder. Qu'on avise le maire, qu'on envoie aussi du renfort afin de protéger le site des curieux. L'adjudant pouvait maintenant inspecter les abords du corps afin d'effectuer les premières constatations.

— Le Leuch, passe-moi donc les plots.

Une précaution impérative : identifier les indices qui concernaient le délit proprement dit, puis à l'aide de petites pyramides numérotées les signaler à l'équipe des techniciens qui prendraient des photos plus précises. Autour de la dépouille, le sol semblait piétiné, mais égalisé aussi afin d'effacer toute trace de pas, les dessins des semelles. De toute façon, les TIC ne laisseraient rien passer.

— Le sable est tellement fin que vous risquez pas de découvrir grand-chose, se permit à distance Marguerite Le Sciellour.

L'adjudant la fusilla du regard, elle ne se laissa pas démonter : ce n'était quand même pas un jeune blanc-bec, tout gendarme fût-il, qui allait l'impressionner !

— Moi je dis ça, je dis rien, marmonna-t-elle avec un air entendu.

— On connaît notre boulot, conclut l'officier.

A la grimace outrée des deux femmes, il se radoucit.

— C'est gentil à vous de nous avoir prévenus au plus vite et d'avoir surveillé l'endroit. Mais il est essentiel de tout inspecter afin de relever le moindre indice.

D'où il était, Derval observa le corps. Une jeune femme, pauvre gosse. Pas de blessure apparente sur le buste qu'il ne voyait que de dos, la vulve sanguinolente. De toute évidence, elle avait été violée. Il prit encore plusieurs photos.

Fort intéressées par ses investigations, les deux femmes ne le quittaient pas des yeux.

— Elle tient un caillou dans sa main, elle en a posé d'autres devant elle, se permit encore Fanch sans se départir de son air courroucé.

L'adjudant contourna le corps. Les galets à la gauche du bras tendu n'étaient pas disposés n'importe comment : un L, un O, un U, puis un dernier qui faisait comme un point.

— Elle n'avait pas fini d'écrire, elle en était à la base du I. Louis, ou quelque chose dans le genre, marmonna-t-il en photographiant.

Il remarqua alors une croix avant le L, dont le sable avait vaguement conservé le dessin. De toute évidence, elle avait été tracée aussi par la malheureuse, mais le bâton s'était brisé pendant l'opération, puisque les deux morceaux se trouvaient à proximité du corps.

— Le bois était pourri. C'est pour ça qu'elle a continué avec des galets.

Il ne toucha à rien, déposa d'autres plots afin de signaler leur présence et par précaution en fixa cependant l'image sur la pellicule.

Toujours en retrait, les deux femmes se régalaient du « spectacle » ; elles brûlaient d'intervenir à nouveau.

— Vous savez qui c'est ? demanda Guite.

— Difficile de voir son visage dans la position où elle se trouve, répondit l'adjudant.

— C'est la fille Le Livec, triompha-t-elle. Eugénie, vous savez, celle qui n'est pas... enfin... pas tout à fait comme les autres. Je devrais dire « n'était pas »...

Derval ne put s'empêcher de sourire.

— Dites donc, vous en connaissez, des choses... J'espère au moins que vous ne l'avez pas touchée afin de vérifier ?

— On vous a dit qu'on s'est même pas approchées. Mais d'ici, on voit bien que c'est cette pauvre fille. Vous croyez qu'elle a été violée ?

— L'autopsie nous le dira, ainsi que la façon dont elle a été assassinée.

Fanch hésitait, mais elle était une bonne citoyenne, soucieuse d'aider la justice.

— Le seau et la cuiller, on sait à qui c'est.

— Oui, ajouta Guite. C'est le matériel de pêche de Chim Gahinet. Lui aussi, c'est un pauvre garçon qui a des courants d'air dans sa tête. Il ramasse pas beaucoup de palourdes. Plutôt des rigadeaux et des bigorneaux que les gens lui achètent trois francs six sous par pure charité.

— Tiens, tiens, c'est bizarre qu'il ait abandonné ses affaires justement à cet endroit.

— Surtout que c'est ce matin, fit Le Leuch.

— Pourquoi ? demanda l'adjudant.

— Je veux dire que si c'était hier, le seau aurait été emporté par le courant, et la cuiller aussi.

— Ce qui signifierait qu'il est passé par là depuis que la mer s'est retirée. Peut-être même quand le crime a été commis. Ou juste après.

— C'est ce que je voulais dire.

— Comment il s'appelle déjà ?

— Joachim Gahinet, mais tout le monde le surnomme Chim, répondit Guite. Vous devez le connaître, il habite à la Radio, juste à côté de chez vous.

Elle marqua un temps d'arrêt.

— En tout cas, c'est pas lui qui a fait le coup. Il serait bien incapable de faire du mal.

Elle aspira sa salive.

— Même à une mouche.

L'adjudant ne releva pas – il ne s'agissait pas d'une mouche. Les renforts demandés arrivaient, le maire aussi.

— Un de mes hommes va vous accompagner maintenant à la gendarmerie, mesdames.

— Nous ? Mais on n'a rien fait ! s'exclama Guite.

— Il faut que nous recueillions vos témoignages de façon détaillée, puisque c'est vous qui avez découvert le corps.

Le gendarme désigné leur fit signe de le suivre. Elles obtempérèrent en bougonnant. L'adjudant les rappela :

— Si je peux me permettre, évitez d'ameuter tout Port-Louis. Ce serait embêtant pour l'enquête que trop de monde vienne rôder dans le secteur.

Peine perdue, les premiers badauds arrivaient déjà, d'un pas pressé.

Les deux pêcheuses de palourdes gardèrent leur air offusqué, mais elles promirent de tenir leur langue ; du bout des lèvres, toutefois.

3

Chim ne bougeait pas, tapi au plus profond des buissons du jardin de la Muse. A chaque fois que passait un promeneur dans les allées, il se recroquevillait et se retenait de respirer. Jusque-là, personne n'avait remarqué sa silhouette sombre. Il suivait l'heure aux tintements du clocher de l'église, il serait bientôt midi, mais lui d'ordinaire si glouton, il était trop bouleversé pour avoir faim. Il lui restait longtemps à attendre avant la nuit. Le bas-ventre douloureux, il déboutonna la braguette de son pantalon de grosse toile, urina sans se relever, en se penchant sur le côté. Il se figea, les oiseaux recommencèrent à voleter autour de lui, certains presque à portée de main. Eux étaient libres, heureux puisqu'ils chantaient tout le temps... Chim aimait bien les oiseaux ; sauf les mouettes et les goélands, qui « se foutaient de sa gueule » quand il récoltait les bigorneaux sous les algues tapissant les rochers. Il fallait faire attention à ne pas ramasser les bernard-l'ermite, qui squattaient les coquilles vides des petits gastéropodes. Mais il avait l'œil.

Chim replia les manches effilochées de son vieux pull, celui réservé à la pêche. Sa mère voulait toujours le remailler. Lui, estimait que c'était bien bon comme ça pour traîner à la côte.

Sa mère... Quarante-cinq ans. Mélanie Gahinet. Son nom de jeune fille, puisqu'elle ne s'était pas mariée. Elle n'avait jamais voulu dénoncer celui qui l'avait engrossée à l'aube de ses vingt ans. Un soir de mélancolie, après la fête des Pâtis. Il n'était pas vilain garçon, elle se trouvait moche, séduite qu'un homme s'intéressât à elle, même celui-là... Il l'avait embrassée sans qu'elle se dérobât, pour ne pas paraître plus cruche que les copines. Il était tard, il faisait nuit, il l'avait suivie jusque devant chez elle sans être invité. Il riait fort, il parlait haut, faisait du grabuge dans la rue. Elle l'avait autorisé à entrer dans sa chambre de jeune fille de crainte que les voisins n'ouvrent leurs volets. Aussitôt il s'était montré plus pressant. Elle avait protesté, pour la forme, puis s'était laissé faire, toujours soucieuse de ne pas passer pour une oie blanche. Du vite fait, sans préliminaires, jupe relevée et pantalon baissé, ni tendresse, ni aucun plaisir. Elle n'avait même pas protesté quand il l'avait déflorée sans ménagement. Un petit cri, c'est tout.

— Je t'ai fait mal ?

Elle avait soupiré, les yeux fermés, avec une grimace de souffrance qu'il avait ignorée.

Un animal en rut empestant l'alcool, qui dégorge bien profond sa semence sans le moindre scrupule.

Il était parti en resserrant sa ceinture, comme il aurait quitté la pissotière d'un bistrot, son verre de bière éclusé. Il n'avait pas cherché à revoir Mélanie, au grand soulagement de celle-ci, honteuse de s'être fait dépuceler par un si piètre individu. De toute façon, il n'aurait pas été un bon mari, encore moins un bon père. Un secret tu obstinément quand elle avait su qu'elle était enceinte, malgré les menaces des parents qui auraient mis le misérable au pied du mur. Aussi têtue qu'une mule, Mélanie avait rompu les ponts quelques années après la naissance, quand elle s'était rendu compte que le gamin n'était pas « normal ». Et puis, elle ne demandait rien à personne. Tant bien que mal, elle était parvenue à élever son petiot.

Joachim… Ce n'était pas de sa faute, elle l'aimait plus que tout au monde, son petit bonhomme aux grands yeux clairs. Toujours en quête de protection, il lui rendait bien son affection.

Soudain un pas lent s'approcha des bosquets. Il se mit à trembler.

— Tu es là, Chim ?

La mère. Il se pétrifia.

— Je sais que tu es là, Chim. Il faut venir maintenant.

— C'est pas moi. J'ai rien fait. Elle était déjà…

— Je sais bien que c'est pas toi, mais les gendarmes voudraient que tu leur racontes ce que tu as vu.

Le pauvre garçon poussa un gémissement douloureux ; il s'appuya un peu plus fort contre le tronc résineux dont les caroncules lui meurtrissaient le dos.

— Une drôle d'histoire, madame Gahinet. Une femme a été assassinée sur la plage du Lohic. On a retrouvé le matériel de pêche de votre fils à proximité du corps.

— C'est pour ça qu'il est pas rentré, marmonna Mélanie en hochant la tête.

L'adjudant Derval la dévisagea, essayant de percer le masque.

— Vous êtes sûre qu'il n'est pas caché dans sa chambre ?

— Pourquoi je vous mentirais ? Vous savez bien que mon fils est un pauvre garçon et qu'il a jamais fait de mal à personne.

— C'est un homme maintenant...

— Depuis quelque temps, en effet... Au cas où vous le sauriez pas, il a vingt-cinq ans.

— A plus forte raison alors. Un homme, ça a des pulsions même si dans sa tête cela ne fonctionne pas tout à fait comme il faut. On nous a dit qu'il connaissait bien la victime.

— Ça dépend qui c'est.

— Eugénie Le Livec.

Mélanie eut un haut-le-corps, puis elle laissa échapper un soupir douloureux.

— Alors c'est pas lui... Pauvre Eugénie... Ils s'entendaient si bien tous les deux, c'est pas mon garçon qui lui aurait fait des misères.

— Il faut quand même que nous l'entendions. Vous ne savez pas où il pourrait se trouver ?

La mère resta muette un bon moment, mais il valait mieux dénicher son fils avant qu'il ne commît quelque bêtise.

— Peut-être... Quand il était gamin, il adorait se cacher dans le jardin à côté. Quand il avait peur de se faire gronder aussi.

Déjà l'adjudant s'apprêtait à aller vérifier.

— Non... le retint Mélanie. S'il voit vos uniformes, il va prendre peur et essayer de s'enfuir. Attendez-moi là. Je vais voir. Si je le trouve, je vais le raisonner et vous le ramener.

Dès qu'elle fut sortie, Derval demanda à un de ses collègues de la suivre discrètement et d'observer à distance.

— Viens, Chim. Je te dis qu'ils te feront pas de mal.

Il grommela qu'il voulait pas, qu'on allait le mettre en prison.

— Tu n'as plus confiance en moi ?

Chim éclata en sanglots.

— C'est pas moi. J'ai rien fait. Quand j'ai vu, je suis parti en courant.

— Tu l'as pas touchée ?

— Oh non ! J'avais trop peur.

— Les gendarmes te connaissent. Ils te croiront si tu prends le temps de leur expliquer. De toute façon, tu vas pas rester là. Tu dois avoir faim ?

Sa peur en partie dissipée, Chim sentait son estomac gargouiller.

— Je t'ai préparé des pommes de terre avec des oignons frits et des petits lardons.

Chim se mit à saliver. Sa mère faisait des ménages, les fins de mois étaient difficiles ; bien que gourmand, son garçon n'était pas compliqué. Il se leva enfin, s'extirpa des branches.

— Tu sais ce que tu as fait de ta cuiller et de ton seau ?

Il se frotta les yeux comme au sortir d'un profond sommeil. Il écarta les bras, haussa les épaules.

— Non. Je les ai perdus.

Elle lui saisit le poignet. Lentement lui fit traverser le jardin. Arrivé sur la rue de la Citadelle, elle dut le tirer un peu plus fort.

— Tu es sûre…

— Viens, je te dis. L'adjudant Derval, tu l'as déjà vu ?

— Avant-hier je lui ai dit bonjour.

— Il t'a répondu ?

— Oui.

— Tu vois bien qu'il est pas méchant.

Les gendarmes étaient rentrés dans la caserne, l'un d'eux guettait par la fenêtre. Au moment de gravir les marches, Chim se remit à trembler, il accepta cependant de suivre sa mère. Le planton de service se tenait dans le minuscule vestibule qui servait de hall d'accueil, il s'empressa de fermer la porte dans leur dos.

— L'adjudant vous attend.

La brigade était plutôt logée à l'étroit, Derval partageait donc son bureau avec Germain Le Leuch, son coéquipier habituel, et Marie Lugnol. Un homme en survêtement était assis face à l'adjudant, venu déposer spontanément quand il avait appris l'affreuse nouvelle. A la vue de Chim, Derval se leva, imité par son adjoint, comme si ce dernier avait peur que le pauvre garçon ne rebroussât chemin à la vue des uniformes.

— C'est bien cet homme-là que vous avez croisé ce matin sur la promenade Henri-François-Buffet ?

Le joggeur n'hésita pas.

— Oui, c'est lui... Comme je vous l'ai dit, il paraissait effrayé, il avait l'air de s'enfuir.

— C'est pas moi... balbutia Chim.

L'officier comprit qu'il était dans son intérêt de calmer le pauvre garçon s'il voulait en tirer quelque chose. Il fit signe au témoin de les laisser. Avant de sortir, celui-ci se tourna vers Mélanie :

— Vous comprenez, c'était pas pour causer des ennuis à votre fils, mais cette pauvre fille...

Elle lui lança un regard sévère. L'adjudant attendit que la porte se fût refermée, puis il fixa Chim avec une sorte de tendresse :

— Rassure-toi, personne ne t'accuse. Il faut juste nous dire ce que tu as vu ce matin quand tu es descendu sur la plage du Lohic.

Incapable de proférer le moindre mot, Chim ne pouvait réprimer le tremblement qui le secouait de la tête aux pieds.

— Assieds-toi. N'aie pas peur. Personne ne te fera du mal. Raconte-nous.

Chim déglutit sa salive, essayant de recouvrer son calme. Un effort pathétique où il grimaçait comme un gamin en faute.

— J'ai pas approché d'elle. Elle était à plat ventre. Elle avait sa jupe... et on voyait...

Il s'arrêta, ferma les paupières, comme si d'avoir posé les yeux sur la nudité de la victime constituait déjà un délit.

— Tu n'as vu personne d'autre ?

Chim secoua la tête avec véhémence en signe de dénégation.

— Regarde-moi et réfléchis bien. Tu es sûr qu'il n'y avait personne en train de se cacher dans les rochers en contrebas ?

— J'ai eu trop peur, j'ai pas eu le temps de regarder.

L'adjudant se doutait bien que ce n'était pas lui le coupable, mais il avait appris qu'il était hasardeux de se fier à ses intuitions, dangereux même...

— Tu aimes bien les filles ?

En retrait derrière son fils, la mère était au supplice. Chim se recroquevilla sur sa chaise ; il serra les genoux, enfouit son visage entre ses mains en gémissant. L'officier se dit qu'il avait touché juste. Il jeta un coup d'œil à son collègue, le nez plongé dans un dossier auquel il feignait de s'intéresser, mais qui ne perdait pas une miette de la conversation.

— Tu m'as entendu ? insista Derval en haussant le ton. Est-ce que tu regardes les filles quand elles passent à côté de toi dans la rue ?

Chim ne répondit toujours pas.

— Ou sur la côte, quand tu vas à la pêche et qu'elles sont en maillot de bain, en haut, sur la plage du Lohic ?

Le pauvre garçon gardait la face cachée entre ses paumes. Il secoua la tête de droite à gauche. Cette fois, la mère ne put se retenir d'intervenir.

— Joachim n'a pas de mauvaises pensées, si c'est ça que vous voulez savoir. Jamais il n'a importuné une fille, même s'il lui arrive sans doute de les regarder de temps à autre, comme le font tous les hommes. C'est pas lui qui a tué cette pauvre Eugénie. C'était son amie, il était souvent avec elle, pas une seule fois elle n'a eu à se plaindre de lui.

Chim écarta les doigts, l'adjudant put voir ses yeux emplis de larmes. Le malheureux refoula ses sanglots et balbutia d'une voix couverte :

— J'ai peur des filles et des serpents.

— Quand tu vois un serpent, est-ce que tu essaies de le tuer ?

— Il n'y a pas de serpents à Port-Louis, s'interposa la mère. Arrêtez de le tourmenter. Joachim n'a jamais tué de serpents, ni de filles. Je vous assure que vous devez me faire confiance.

L'adjudant soupira.

— Je vais être quand même obligé de placer votre fils en garde à vue.

A ces mots, Chim se leva comme un forcené, le collègue de Derval intervint afin de le maîtriser.

— Je veux pas aller en prison. Me laisse pas, maman, t'avais promis.

Il hurlait, pleurait et implorait à la fois.

— Jusqu'à demain seulement. Nous n'avons pas le choix, c'est la procédure habituelle, et nécessaire, quand un crime a été commis, le temps de démarrer l'enquête.

Mélanie était catastrophée. Son pauvre garçon en prison, comme un chien enragé qu'on colle à la fourrière avant de le piquer, alors qu'elle était sûre de son innocence.

Chim tremblait toujours autant, agité de convulsions qui frisaient l'épilepsie.

— Je veux rentrer à la maison. J'ai rien fait à Eugénie. Je l'aimais trop.

L'adjudant interrogea la mère du regard.

— C'est vrai qu'il l'aimait... A sa façon...

Raison de plus pour le garder sous la main et l'interroger une nouvelle fois, quand il serait calmé, et en dehors de la présence maternelle, se dit Derval.

— Par la suite, je vous demanderai de surveiller votre fils durant quelques jours. Il ne faudra pas qu'il quitte la maison sans que vous l'accompagniez.

— Vous pouvez compter sur moi.

Mélanie se tourna vers Chim.

— Tu vas rester ici, mon chéri. On te fera pas de mal. Ce sera comme la fois où tu es parti en colonie de vacances. De toute façon, je suis pas loin. Si ça va pas, je viendrai te chercher.

Chim fut conduit dans une des deux cellules. Quand le lourd loquet se ferma, il se mit à hurler de nouveau.

— Ne vous inquiétez pas. Nous allons veiller à ce qu'il ne se blesse pas.

4

L'autopsie de la dépouille d'Eugénie Le Livec eut lieu le lendemain matin à la morgue de l'hôpital de Lorient. Par obligation, l'OPJ Derval était présent, ainsi qu'un TIC qui prit des photos des différentes étapes et dressa les procès-verbaux intermédiaires. C'était le médecin légiste convoqué par le procureur qui officiait ; le même qui, après les constatations sur place, les palpations d'usage, avait délivré la veille le certificat de décès autorisant la levée du corps sur le lieu du crime et son transport à l'hôpital par les pompes funèbres. Avec obstacle médico-légal toutefois, puisqu'il s'agissait d'un meurtre. Les prélèvements d'organes furent mis sous scellés pour la suite de l'enquête.

L'examen confirmait que la fille avait été violée, déflorée même, puisqu'elle était vierge ; elle avait été poignardée à trois reprises à l'abdomen, à travers son chemisier. Les coups avaient été assénés avec un couteau à lame courte, du genre opinel, comme en possédaient tous les marins. Vidée de son sang, elle avait succombé en quelques minutes. Le décès avait eu lieu aux alentours de minuit. Si besoin était, Joachim Gahinet était ainsi disculpé, sa mère jurant qu'à cette heure-là, il dormait depuis longtemps du sommeil du juste, la porte du bas étant fermée à clef à double tour. Mais devait-on faire confiance à la mère d'un suspect, surtout quand celui-ci était à moitié fou ? Derval eut le sentiment cependant qu'elle ne mentait pas afin de protéger son garçon. Le lendemain de sa garde à vue, le malheureux put rentrer à la maison, dans laquelle il se terra comme un animal traqué. Mélanie essaya d'en savoir davantage ; il la regarda d'un air effaré, les yeux vides comme s'il ne comprenait pas. Ou n'entendait plus. Impossible de lui tirer un mot.

Les techniciens d'investigation criminelle subaquatique de la brigade de Quiberon avaient inspecté les fonds voisins ; les plongeurs n'avaient rien trouvé qui pût éclairer les circonstances du meurtre.

L'enquête effectuée sur la plage laissait supposer qu'Eugénie avait tenté de remonter sur le sable, mais qu'elle n'avait pas eu la force d'aller bien loin. Se sachant condamnée, elle s'était évertuée à transmettre un message, de toute évidence afin de dévoiler le nom de son meurtrier. Tout portait à croire que c'était un dénommé Louis, un homme en tout cas, puisqu'elle avait été violée. Détail intrigant, on n'avait pas retrouvé de sperme dans son vagin forcé avec bestialité. On pourrait penser que le butor avait eu la « délicatesse » de ne pas l'engrosser ; il était plus probable qu'il avait craint d'être identifié par les nouveaux tests ADN, puisque la jupe n'avait pas non plus été souillée. Détail singulier, aucune trace de sous-vêtements à proximité du meurtre. Ou elle ne portait pas de petite culotte – ce qui était en parfait désaccord avec ce que l'on savait de la malheureuse –, ou l'assassin l'avait subtilisée, un violeur, un criminel... Un fétichiste par-dessus le marché ? Il était impossible de déterminer si les coups fatals avaient été portés avant le viol ou après, pour éviter que la victime ne dévoilât l'identité de son agresseur. En tout cas, celui-ci l'avait laissée agonisante, sans se douter que sa proie connaîtrait un sursaut d'énergie pour tenter d'écrire son nom avec les galets à sa portée.

Le problème, c'est que des Louis, il en existait quelques-uns dans le port. Qu'importe, on vérifierait l'emploi du temps de chacun. Restait cette croix grossièrement tracée dans le sable, par la victime de toute évidence, puisqu'on avait relevé ses empreintes sur le bâton bien qu'à moitié pourri, ainsi que sur les galets alignés devant elle. L'adjudant mit un certain temps à comprendre. C'était le signe que l'on accolait aux noms des personnes décédées, mais ce n'était quand même pas un revenant qui avait trucidé la demoiselle Le Livec. Il observait les photos prises par l'équipe scientifique. Une croix, le symbole de la sainteté, Saint Louis. C'est alors que se produisit le déclic.

— Il n'y aurait pas un bateau qui s'appelle le *Saint-Louis* au port de Locmalo ?

Le Leuch prit le temps de réfléchir.

— Je crois bien que si.

Marie Lugnol, plus ancienne dans la cité, confirma : un chalutier.

Tiens, tiens, se dit Derval.

Ce n'était bien sûr qu'une hypothèse, mais qui allait dans le sens que le meurtrier pouvait être un marin. L'adjudant délégua Le Leuch aux affaires maritimes. Celui-ci revint le sourire aux lèvres, son supérieur lui demanda ce qui l'amusait.

— Figurez-vous que les trois hommes de ce bateau se prénomment Louis.

— Tous les trois ?

— Comme je vous le dis... Le patron se nomme Louis Le Tennier, et ses deux matelots Louis Kerjean et Louis Forner.

— Ce doit pas être commode pour les distinguer...

— Le préposé m'a dit que le premier, on l'appelle Loeiz, Louis Kerjean répond au surnom de Lili, et le troisième à celui de P'tit Louis, sans doute parce qu'il est le plus jeune. On m'a assuré aussi qu'ils avaient tous les trois bonne réputation et que leur bateau était un de ceux qui marchaient le mieux.

Lugnol connaissait le chalutier.

— Des gars sérieux, c'est vrai. Le Tennier est un bon patron. Si vous voulez mon avis, c'est pas le genre à avoir commis une pareille connerie.

— Peut-être, mais cela ne les dispensera pas de répondre à mes questions quand ils vont rentrer au port. Si je ne me trompe pas, c'est bien le mercredi qu'ils viennent à la vente à la criée de Lorient ?

— En effet, demain matin, en fin de nuit, mais il s'agira pas de les rater. Une fois qu'ils ont fourgué leur marchandise, ils font la glace et le gas-oil, et ils repartent en mer aussitôt.

— On va les joindre par radio, et leur demander de patienter quelques heures avant de reprendre le large. Pour l'instant, il faut savoir où ils habitent afin de faire un petit tour jusque chez eux.

— C'est fait, mon adjudant, fit Le Leuch. J'ai leur adresse. Louis Le Tennier vit avec sa mère rue de la Citadelle, pas très loin d'ici en fait. Lucie Kerjean tient le café de la Criée à Locmalo, c'est la femme de celui qu'on appelle Lili. Quant au plus jeune, P'tit-Louis, il habite dans les HLM de l'Avancée avec sa sœur.

— Avec sa sœur ? Curieux...

— La mère est encore vivante, intervint Lugnol. Mais elle est internée à l'hôpital Charcot de Caudan. Si tu veux mon avis, il faudrait commencer par se rendre au bistrot des Kerjean. La patronne a un poste émetteur permettant aux trois femmes de joindre leurs hommes quand elles ont un message à leur transmettre.

L'adjudant poussa un soupir.

— Les commerçants n'aiment pas beaucoup que les gendarmes viennent fourrer le nez dans leurs affaires. Ça fait mauvais effet sur les clients. Enfin… On va tâcher d'être discrets… Tu m'accompagnes, Marie. Avec une femme, ça passera mieux.

Le café de Lucie devait son nom au bâtiment qui le jouxtait, l'ancienne criée, désaffectée depuis 1927, dévastée par les flammes en 1943. Restaurée, elle servait à présent de salle des fêtes. Les tenanciers successifs avaient quand même conservé le nom du bistrot, du temps où l'on vendait le produit de la pêche au port de Locmalo. C'était le lieu de rendez-vous des matelots en fin de marée. Ils y prenaient le temps de boire un dernier verre le samedi avant de réintégrer leurs pénates respectifs. Le reste de la semaine, c'était le repaire quotidien des anciens entre deux bains de soleil sur les bancs face à l'océan. De sous leurs casquettes délavées, ils laissaient vagabonder leur imagination nostalgique, en se remémorant mutuellement les aventures mirifiques qu'ils croyaient avoir vécues. Les vieux venaient chez Lucie histoire de se rincer le gosier, asséché à vie par le sel bouffé à bord des chalutiers. C'est là encore que certains matelots se retrouvaient pour une ou deux parties de cartes, les jours où la mer se donnait des allures de mégère. Hormis le samedi en fin de matinée, il n'y avait jamais foule, les Kerjean n'avaient pas éprouvé le besoin d'embaucher une serveuse. Quand le mari était à terre, il donnait la main à son épouse, cela suffisait largement pour assurer le turbin.

Ce mardi après-midi-là, le port connaissait une effervescence inhabituelle. Depuis la veille, on ne parlait que du crime bien entendu, et les langues allaient bon train. On conjecturait sur l'identité du misérable qui avait réglé son compte à Eugénie, une brave fille, un peu bizarre, que tout le monde aimait bien, sans doute avec beaucoup de compassion. C'est vrai qu'elle était bien fichue, mais sérieuse, malgré qu'elle n'avait pas les idées solidement arrimées. De toute façon, sa mère veillait au grain. Evidemment, personne n'ignorait que le Chim prisait sa compagnie, puisqu'on les voyait si souvent ensemble ; elle aussi se trouvait bien avec lui, une amitié d'âmes simples, sans calcul. Une forme d'amour empreint de chasteté. Mais allez savoir ce qui peut se passer quand les corps se rencontrent...

A la vue des deux uniformes, le silence se fit sur la place Pen-er-Run. Peut-être que les flics avaient déjà découvert le coupable et qu'ils venaient le ramasser.

Marie Lugnol était du genre sportive, sans donner l'impression d'être une athlète. Plutôt coquette et bien fichue, l'uniforme lui seyait à ravir. Derval aimait s'attacher son concours pour certaines affaires, celles par exemple où se trouvaient impliqués des enfants ou des femmes. D'une psychologie différente de celle de ses collègues masculins, elle se révélait alors une adjointe efficace et précieuse, d'autant plus qu'elle inspirait la confiance propre à déclencher les aveux sans avoir recours à l'intimidation. Cette finesse et cette sensibilité ne l'empêchaient en rien d'être dynamique et de savoir se faire respecter, même si la fonction de gendarme restait pour une femme une image difficile à imposer. La trentaine, pas de tempérament à se laisser conter fleurette, elle était encore célibataire, comme Le Leuch d'ailleurs. Les autres membres de la brigade les plaisantaient volontiers sur le sujet, en leur demandant quand on allait à la noce. Elle, riait, lui, rougissait, l'idée n'était pas pour lui déplaire... Pour l'instant, il n'avait jamais osé prendre l'initiative.

A l'intérieur du bistrot, deux vieux loups de mer burinés sirotaient une chopine à petites lampées, faisant durer le plaisir afin de ménager leurs maigres finances. A la vue de la maréchaussée, ils se levèrent comme s'ils étaient pris en faute. Lucie peinait sur une grille de mots fléchés derrière son comptoir, elle fronça les sourcils, se doutant bien qu'en tenue de service les gendarmes ne venaient pas se désaltérer. A sa grande surprise, ils commandèrent cependant un café. L'adjudant avait préparé la manœuvre d'abordage. Il parla du beau temps, qu'on disait que c'était parti pour rester. Lugnol se tenait en retrait de la conversation.

— Vous avez des nouvelles du bateau de votre mari ?

Lucie se tint aussitôt sur ses gardes.

— Le *Saint-Louis* ?

Philippe Derval hocha la tête.

— Pourquoi ? Il se passe quelque chose ?

— Non, nous effectuons notre enquête au sujet du meurtre de la petite Eugénie Le Livec.

Il hésita, préféra mentir pour le moment :

— Nous cherchons à savoir si un des chalutiers aurait remarqué quelque chose d'anormal en quittant le port et en passant devant l'anse du Lohic où le crime a été commis.

Lucie sembla soulagée.

— Ils sont en mer, comme tous les autres équipages. Avec ce temps-là, faudrait être idiot pour rester à quai.

— En effet. Mais ils rentrent à la criée demain matin, n'est-ce pas ?

— Pour déposer leur pêche et repartir aussitôt. Le poisson, il attend pas, lui.

— Ce serait bien de pouvoir quand même leur parler avant qu'ils reprennent le large. Vous pourriez pas leur envoyer un message radio pour leur demander de faire un crochet par Locmalo ? Je vous promets qu'on les retardera pas bien longtemps.

Lucie paraissait de plus en plus gênée, l'adjudant eut le sentiment qu'elle dissimulait quelque chose.

— C'est que depuis qu'ils sont partis, j'arrive pas à les joindre. Leur radio doit être en panne.

— C'est ennuyeux... Vous pouvez pas essayer encore une fois ?

Lucie posa son crayon qui roula sur le comptoir et atterrit entre les pieds de Lugnol. Celle-ci s'empressa de le ramasser.

— Pourquoi c'est eux que vous voulez voir ? Il y a eu d'autres chalutiers à passer hier matin devant le Lohic.

— Rassurez-vous, nous avons l'intention d'interroger tous les bateaux, mais il faut bien commencer. Comme vous tenez un café sur le port, nous avons pensé que vous auriez peut-être entendu parler parmi vos clients.

— Oui, se permit Marie. On fait d'une pierre deux coups en quelque sorte...

— Ça peut pas attendre samedi ?

— Non, madame Kerjean. Tant que l'assassin est en liberté, on ne sera pas tranquilles. Il est capable de remettre ça. C'est un risque qu'on n'a envie de faire courir à personne. Je vous en prie, essayez de joindre le *Saint-Louis*.

— Si quelqu'un commande à boire, qui va le servir ?

— Je reste là, fit Lugnol. Je lui dirai de patienter.

Lucie poussa un soupir éloquent, elle n'avait pas le choix.

— Venez.

Elle écarta le rideau, pénétra dans l'arrière-boutique. Elle s'assit devant l'émetteur.

— J'ai essayé à plusieurs reprises, ça passe pas.

Elle appuya sur différents boutons, chercha le canal adéquat. Elle appela le *Saint-Louis*. Des grésillements, rien d'autre.

— Quand je vous disais...

— Cela arrive souvent que votre poste soit en panne ?

— C'est pas la première fois si vous voulez savoir. Pour être franche, j'aime pas trop ça. On se demande toujours s'il leur est pas arrivé un accident.

— Vous avez vu le patron du *Saint-Louis* et l'autre matelot hier matin ?

— Ils sont passés prendre un café avant de partir. A cette heure-là, moi je dormais encore. Pourquoi vous me posez toutes ces questions ? Ils ont quelque chose à voir avec le crime ?

— Pas spécialement. Quand on mène une enquête, il est de notre devoir de ne rien négliger. Si vous arrivez à joindre le *Saint-Louis* d'ici demain matin, dites au patron que je désirerais leur parler, et prévenez-nous. Un petit coup de fil, ça vous prendra pas plus de cinq minutes.

Les badauds à l'affût feignirent de discuter quand les gendarmes réapparurent sur la place.

— Tu trouves pas que c'est louche, cette histoire de radio, qui comme par hasard ne fonctionne pas ?

— Faut pas aller trop vite, Marie. Demain matin, on sera au port de pêche de Keroman. On verra bien ce qu'ils nous diront, les trois Louis.

5

Eugénie Le Livec était une fille singulière à beaucoup de points de vue ; ses réactions déroutantes lui valaient une réputation de simplette, alors qu'elle n'était pas dénuée de bon sens. Que ce fut laborieux toutefois d'apprendre à lire et à écrire à l'école primaire ! Elle avait pris d'emblée deux ans de retard.

Souvent rêveuse, Eugénie avait élu domicile au fond de la classe dès sa première année au collège Saint-Pierre ; même les tire-au-flanc attitrés ne réussirent jamais à l'en déloger. D'une assiduité et d'une pugnacité exemplaires, elle glanait tant bien que mal une petite moyenne. Comme il était évident qu'elle ne ferait pas de longues études, le conseil de fin d'année la laissait accéder sans trop récriminer à l'étage supérieur. Elle avait terminé son cursus scolaire à dix-sept ans révolus.

Eugénie avait un pôle d'excellence : les arts plastiques. Le jour où le professeur avait mené ses élèves au musée de la Compagnie des Indes, installé depuis 1984 dans la Citadelle, elle avait été la dernière à quitter chaque salle, plongée dans une admiration qui la coupait de la réalité.

La plus grande fierté de sa mère fut que sa fille décrochât son brevet des collèges. Il est vrai qu'elle avait bénéficié d'une certaine indulgence pour le contrôle continu. Ses études terminées, Eugénie aida sa mère à faire des ménages, celle-ci n'eut qu'à se louer de ses services. Elle n'avait jamais été une fille compliquée, toujours d'humeur égale, courageuse, mais aussi d'une naïveté à toute épreuve en certaines circonstances. L'angoisse perpétuelle d'Emilienne Le Livec était qu'il lui arrivât quelque chose. Elle n'avait pas dû savoir conjurer le sort...

Le soir précédant cette nuit fatale, Eugénie était rentrée comme d'habitude de son travail. Préoccupée cependant, mais il était fréquent qu'elle se tracassât, souvent pour des bagatelles dont elle n'osait s'épancher. Et puis c'était un dimanche, il y avait eu beaucoup de visiteurs, d'autant plus de ménage à effectuer après la fermeture. Fatiguée puisqu'elle bâillait, elle avait dîné, était partie se coucher après avoir regardé un début de film à la télévision. Que s'était-il passé pendant la nuit ? La mère n'en savait rien.

— Je tricotais dans la cuisine à côté de sa chambre. Avant de monter, j'ai écouté à la porte. Elle respirait normalement, elle devait dormir.

En tout cas, Emilienne n'avait entendu sa fille ni se relever, ni sortir. Ce n'est qu'au petit jour qu'elle s'était rendu compte de sa disparition. Affolée, elle avait couru aussitôt à la gendarmerie. Elle y était arrivée au moment où les représentants de la maréchaussée revenaient du Lohic. Quand elle avait appris l'affreuse nouvelle, la pauvre s'était mise à hurler, il avait fallu attendre un long moment avant de pouvoir lui poser la moindre question. Il se passait une chose terrible dans sa tête, que personne n'avait jamais su, que personne ne pourrait jamais savoir. Eugénie avait été violée avant d'être poignardée, venait-on de lui dire, la souffrance la plus horrible qu'un homme pût infliger à une femme, celle qu'elle-même avait subie vingt ans auparavant, à quelques encablures de la crique où avait été suppliciée sa fille. Une nuit d'été, sur la grande plage, derrière le Casino qui venait de fermer, après que les derniers clients eurent franchi la porte dans les remparts. Emilienne aimait la mer, avant de rentrer elle avait eu l'idée saugrenue d'aller tremper les pieds dans l'eau. Il faisait nuit noire, le ciel était chargé de nuages, on n'y voyait goutte. Alors qu'elle se déchaussait, la jeune femme avait été agressée par-derrière, assommée d'un coup terrible sur la nuque avant de subir l'outrage suprême. Quand elle était revenue à elle, le salaud avait disparu. Elle aurait dû filer à la gendarmerie afin de porter plainte, elle avait eu peur qu'on ne la crût pas. Qu'on lui reprochât son imprudence ! Lorsqu'elle avait pris conscience de son état, il était bien sûr trop tard pour donner l'alerte. Elle n'avait jamais su qui était le père d'Eugénie.

— Vous savez pourquoi votre fille était dehors à cette heure-là ? demanda l'adjudant.

Emilienne haussa les épaules ; elle balbutia ne pas en avoir la moindre idée.

— Ça lui arrivait souvent de découcher ?

Elle fixa le gendarme avec de grands yeux effarés, outrée d'une pareille énormité.

— Jamais !

— Vous en êtes certaine ?

Elle recommença à sangloter.

— Puisque je vous le dis...

— Cherchez bien dans vos souvenirs. Vous êtes sûre de pouvoir affirmer sans vous tromper que votre fille n'allait pas de temps à autre faire un petit tour sur la plage au courant de la nuit ?

— Je sais plus... Si c'était le cas, j'en ai jamais rien su. Pourtant je mettrais ma main à couper que c'était la première fois. Eugénie n'était pas une roulure du genre à courir la nuit.

L'adjudant hocha la tête.

— Comment expliquer alors qu'elle se trouvait sur la plage du Lohic aux alentours de minuit ? Son agresseur lui avait sans doute fixé rendez-vous. Drôle d'heure et drôle d'endroit, convenez-en. Vous ne lui connaissiez pas de relations ?

— Elle s'entendait bien avec le fils Gahinet, mais c'est pas Chim... Il était toujours gentil avec elle, sa mère le laissait pas sortir la nuit. Vous comprenez... Le pauvre garçon...

— On sait. Il est le premier à l'avoir vue ce matin. Il en était tout retourné. Sa mère certifie qu'il était chez elle à l'heure où ça s'est passé. Pour l'instant, nous n'avons aucune raison de mettre sa parole en doute.

— Mais qui alors ?

— C'est ce que nous essayons de déterminer.

— Vous n'avez aucune idée ?

L'adjudant soupira.

— Nous vous tiendrons au courant.

Le bonheur d'Eugénie Le Livec était d'avoir été embauchée au musée de la Citadelle. Depuis sa visite scolaire, elle s'y rendait à échéance régulière. Le conservateur avait donné la consigne pour la laisser entrer sans bourse délier, pas plus d'une fois par semaine cependant. Le jour où il lui avait demandé si elle aimerait travailler à la Compagnie des Indes, elle avait manqué de s'évanouir. Cette fois, ce n'était pas une proposition mue par la pitié. On avait besoin de quelqu'un de sérieux pour faire le ménage dans les galeries d'exposition après la fermeture et dans les autres salles le reste de la journée, dans les entrepôts. Elle avait accepté sans prendre le temps de réfléchir, avant même d'en avoir avisé sa mère. Elle avait fait l'affaire.

Pauvre Eugénie, d'avoir gagné le paradis, elle se sentait investie d'une mission sacrée. Bien sûr, elle n'avait pas accès au contenu des vitrines, soigneusement fermées à clef et munies chacune d'un système d'alarme de la plus haute technologie. Elle pouvait admirer les trésors exposés, rapportés de lointaines contrées peuplées de tribus étranges et qu'elle n'avait pas la faculté de localiser, des assiettes et des coupes aux décors mirifiques, d'une luxuriance exotique échevelée, peints par des artistes inconnus, dont la main était guidée par une volonté divine pour réaliser de tels chefs-d'œuvre. Les céramiques lui inventaient des bestiaires fantastiques. En se laissant porter par le vent de l'océan, elle entendait pour de bon les criailleries des oiseaux multicolores et les rugissements des fauves musculeux. Le grand samouraï l'avait effrayée au début avec son masque guerrier qui le faisait fulminer. Peu à peu, elle était parvenue à l'affronter, il lui semblait que sa grimace haineuse dissimulait le sourire qu'il lui réservait.

Bref, Eugénie était déconnectée de la réalité. Si elle ne s'imaginait pas encore dans les bras d'un prince charmant vêtu de taffetas mordoré et chaussé de babouches brodées au fil d'or, c'est que la morale inculquée par la mère avait ancré en elle l'idée que tout acte de chair était un péché suprême. Elle enfouissait au tréfonds de sa conscience les pulsions qui la faisaient frémir, persuadée d'être victime des attaques sournoises d'un démon dangereux et invisible.

Rien n'est plus efficace que la religion pour protéger une psychologie aussi friable. Elle justifie les interdictions les plus discutables en installant la frayeur de dangers indicibles. Emilienne avait élevé sa fille dans cette optique-là, entre la lumière du bon Dieu et les ténèbres de l'enfer ; la machine ecclésiastique n'avait eu aucun mal à la persuader de l'existence de tout l'aréopage céleste. Une belle histoire au demeurant, perçue dès sa plus tendre enfance avec la même ingénuité admirative que les légendes sélectionnées par sa mère, en fonction de la tendresse qu'elles exprimaient et qu'elle lui contait avant de s'endormir. Les maléfiques Marie-Morgane et les funestes lavandières de la nuit auraient occasionné à la pauvrette des cauchemars dont n'avait pas besoin son esprit vacillant.

Joachim Gahinet et Eugénie Le Livec se fréquentaient donc, comme des adolescents qui auraient oublié de grandir dans leur tête. Bien que la cadette, c'était elle qui le dominait : elle était la moins « innocente » des deux. En souvenir de du Bellay dont elle avait appris quelques vers, elle le surnommait son petit poète, un mot sans grande signification pour le pauvre garçon, mais un compliment à n'en point douter, puisqu'elle le susurrait avec un sourire mélancolique. En contrepartie, il l'appelait son impératrice : sa mère avait une vieille gravure de l'Eugénie qui avait commandé Napoléon III. Des jeux de rôle anodins, qui renforçaient le mystère de leur liaison.

Se sentaient-ils garçon et fille assis ensemble dans une échancrure de la côte, entre la cale de Locmalo et la Grande Plage ? Eugénie était une belle jeune fille, la nature s'étant rachetée en lui fournissant en devanture ce qu'elle lui avait refusé à l'intendance. Même s'il n'en connaissait pas les raisons, Chim n'était pas à l'abri des pulsions légitimes chez un jeune homme normalement constitué. Il lui arrivait bien sûr de lorgner le corsage de sa camarade et de suivre le balancement de ses hanches généreuses quand elle cheminait devant lui ; alors il sentait durcir dans son pantalon l'appendice qui lui servait à uriner, se demandait ce qu'il lui arrivait. A plusieurs reprises, il avait entraperçu la chair ferme de ses cuisses. Une fois même la lueur fugace de ses dessous : la petite Port-Louisienne était du genre sauvageonne à gambader dans les rochers. Il en avait rougi, en détournant bien vite le regard ; à lui aussi avait été inculqué par la mère que c'étaient des visions défendues. Avec une chasteté qui les émouvait cependant, ils se donnaient la main ; elle l'invitait à s'asseoir près d'elle, il l'aidait à se relever quand elle commençait à avoir froid. Ils s'aimaient. A leur façon.

Chim resta prostré dans sa chambre deux jours tout entiers, refusant de s'alimenter. N'en sortant que pour se rendre aux toilettes. Refusant de parler à sa mère quand elle venait s'inquiéter. Il pleurait, persuadé que de l'avoir découverte, il était en partie responsable de la mort de son amie. Il l'appelait dans son for intérieur, lui assurait que bientôt elle n'aurait plus mal et qu'ils pourraient à nouveau se promener ensemble. Impossible d'évacuer de son esprit en pleine tempête l'image de ses hanches dénudées et de la blessure entrevue au milieu du buisson de poils. Le regard soudain mauvais, il jurait, comme il avait entendu faire les matelots du port, mais pas un mot ne franchissait le seuil de ses lèvres ; jusque-là pacifique, en lui cheminaient des idées de vengeance.

Au bout de deux jours, il accepta de sortir de sa chambre. Affamé, il engloutit le plat de pâtes préparé par sa mère. Elle crut qu'il allait enfin se décider à se livrer. Il retourna dans sa chambre sans avoir proféré la moindre parole.

6

Lucie Kerjean avait essayé à plusieurs reprises de joindre le *Saint-Louis*. Ou leur poste émetteur était en panne pour de bon ou les lignes étaient sacrément brouillées. En revanche, elle avait réussi à établir le contact avec deux chalutiers qui avaient pour habitude de louvoyer dans les mêmes zones de pêche ; ceux-ci n'avaient pas vu le bateau, mais Le Tennier était un malin, il n'était pas impossible qu'il eût pris plus au large afin de débusquer les plus beaux bancs de poissons.

La visite des gendarmes avait intrigué la patronne du café, l'explication tortueuse de l'adjudant ne l'avait pas convaincue. Non… Ils cherchaient autre chose. Le mercredi, elle fut debout avant l'aube. Un grand châle de laine sur les épaules, elle se rendit à bicyclette sur la Grande Plage afin d'assister au retour de la flottille. Il faisait encore nuit ; de l'autre côté du bras de mer, les lumières de Larmor-Plage glissaient d'étranges feux follets sur la surface de l'eau, entre les silhouettes noires des rochers trapus. La houle installait une rumeur sourde et continue, le ronflement d'une bête tapie au fond de l'eau. Endormie pour l'instant. Un décor paisible, comment penser que le *Saint-Louis* eût pu en être victime ? Mais les vieux marins le disaient : faut jamais se fier, l'océan est de ces chats vicieux qui ne font le dos rond que pour mieux vous lacérer la main d'un coup de griffes sournois.

Keroman, le port de pêche de Lorient, niché à l'intérieur de la rade. Pour y accéder, quel que fût leur tonnage, les bateaux n'avaient d'autre voie que l'étroit goulet devant la Citadelle. Le fort de l'Aigle – du nom du gouverneur de la place, don Juan d'Aquila. Il avait été construit en cet endroit par les Espagnols en 1590, déjà afin de surveiller la passe. C'est Louis XIII qui avait ordonné de le renforcer pour en faire la citadelle actuelle. Les travaux furent achevés en 1650 ; Vauban y avait apporté sa touche personnelle en 1683, mais sans grande modification, bien que souvent on lui en attribuât tout le mérite. Depuis, le majestueux édifice surveillait l'entrée de la rade, aussi bien en temps de paix qu'en période de guerre. La rade de Lorient, ce n'était pas par hasard que la Wehrmacht y avait érigé sa base de sous-marins, une immense casemate inexpugnable, puisque les bombes alliées ne l'avaient qu'à peine égratignée alors que la ville alentour n'était plus que ruines. Durant ces noires années d'occupation, le fort de l'Aigle était devenu le repaire de sinistres charognards.

Les premiers bateaux émergèrent de la brume vers les quatre heures ; il convenait d'être au plus tôt à la criée où s'approvisionnaient les mareyeurs, les poissonniers, même certains patrons de restaurants, soucieux d'acquérir du produit de la meilleure qualité sans recourir à un intermédiaire. Les chalutiers défilèrent un à un sous les yeux angoissés de Lucie Kerjean, pas celui qu'elle attendait. Elle patienta encore quelques instants, au bout d'une demi-heure, elle dut se rendre à l'évidence, le *Saint-Louis* n'était pas rentré. De plus en plus inquiète, elle resta un long moment sur la plage, désabusée, espérant encore toutefois : une avarie de moteur l'avait peut-être mis en retard. Puis elle rebroussa chemin à pas lents, reprit son vélo et revint à Locmalo. Elle avait l'intuition désagréable que l'absence du *Saint-Louis* était en rapport avec l'incursion de la maréchaussée dans son bistrot.

A Lorient, les chalutiers se rangèrent le long du quai. Le déchargement des caisses commença tout de suite, portées à bras d'hommes ou par des Fenwick dans l'immense hall de la criée. Derval et Le Leuch étaient là depuis déjà plus d'une heure. Leurs uniformes intriguaient les équipages, pas encore au courant du crime commis au Lohic. Les deux gendarmes surveillaient la manœuvre à l'écart. Le *Saint-Louis* manquait à l'appel. L'adjudant vint aux nouvelles ; il demanda à plusieurs marins s'ils savaient où se trouvait le chalutier. Les gens de la mer n'aimaient pas beaucoup les flics, surtout quand ceux-ci venaient fouiner sur les quais. Il leur fut répondu, de façon bourrue, qu'en pêche on avait autre chose à faire que de surveiller les collègues.

De guerre lasse, les deux gendarmes regagnèrent leur véhicule. Ils reprirent la route de Port-Louis, une bonne douzaine de kilomètres, puisqu'il fallait rejoindre le pont du Bonhomme afin de traverser le Blavet qui se jetait dans la rade de Lorient. Ils eurent le temps de discuter. La défection du *Saint-Louis* les intriguait bien évidemment.

— On n'a aucune information d'un quelconque naufrage ?

— A ma connaissance, non, répondit Derval. Mais ça veut pas dire que le chalutier n'a pas eu d'ennuis. Il est peut-être victime d'une avarie qui l'empêche de rentrer, comme leur radio semble être HS…

— Tu trouves pas que ça fait beaucoup de coïncidences en même temps ?

— Si, bien sûr…

— Si c'est l'un des marins qui a fait le coup, ils n'ont peut-être pas envie de revenir à Port-Louis.

— C'est en effet une hypothèse, mais ils seront bien obligés de regagner le port un jour ou l'autre.

— Sauf s'ils sont partis se réfugier sur une île paradisiaque.

Tout en actionnant le levier de vitesse, l'adjudant secoua la tête.

— Ça colle pas… Admettons que la pauvre Eugénie ait voulu dénoncer les marins du *Saint-Louis*, ils se sont quand même pas mis à trois pour la violer et la poignarder…

— Pourquoi pas ? Des matelots en goguette. Ils rencontrent une jolie fille sous les remparts. Ils veulent s'amuser un peu avec elle. La belle se rebiffe, ça dégénère. Pour finir on lui règle son compte afin de la faire taire. Ce serait pas une histoire très originale.

L'adjudant haussa les épaules. Son adjoint n'avait pas tort : ça se tenait.

— Je suis pas à Port-Louis depuis très longtemps, reprit Le Leuch, mais il y a une chose fondamentale que j'ai très vite comprise : la solidarité entre les marins. Si c'est un seul des trois qui a fait le coup, les deux autres vont avoir à cœur de le protéger.

— Sans doute, même si j'y crois pas trop. De toute façon, ça va jaser sur les quais. Il reste à espérer qu'il y ait eu des témoins et que ceux-ci viennent spontanément nous dire ce qu'ils ont vu, ou entendu. La victime n'était ni une faible femme ni une enfant.

— Elle avait vingt ans en effet. Une belle plante toute en sève. Gouvernée par un pois chiche.

— Elle a dû se débattre, crier. La plage du Lohic n'est pas très éloignée des premières maisons. Il faut faire le tour des riverains pour leur demander s'ils ont entendu quelque chose.

— C'est déjà fait, personne n'a rien entendu. A cette heure-là, tout le monde devait dormir.

— Onze heures, minuit, d'après l'autopsie... Le dimanche soir, il arrive qu'on reste traîner un peu plus tard. Il faisait beau, il y en a qui roupillent fenêtre ouverte. Une fille qui hurle pendant qu'on la violente, ça devrait s'entendre quand même !

— Sauf si elle était consentante...

Le véhicule passa sur le pont du Bonhomme. Le jour se levait, le soleil donnait sur l'embouchure du Blavet qui s'élargissait sur la droite vers Lanester, « lande et rivière », l'endroit portait bien son nom. Dans la lumière naissante, la vue était magnifique. C'était marée basse, les oiseaux tournoyaient au-dessus des vasières découvertes.

— Avec Marie, vous allez refaire le tour des maisons à portée du lieu du crime, fit l'adjudant à son collègue. Je t'assure, il faut insister. Dans l'immédiat, nous allons convoquer les trois femmes qui vivaient avec les marins du *Saint-Louis*.

— Tu vas leur raconter l'histoire des galets ?

— Je ne vois pas d'autre solution.

— Elles vont prévenir leurs bonshommes, on va plus les revoir...

— Comme cela, au moins les choses seront claires. S'ils sont innocents, ils vont venir s'expliquer. S'ils sont coupables, ils sauront qu'ils sont démasqués. On va aussi alerter la Marine nationale. Ils vont patrouiller dans le secteur afin d'essayer de repérer le bateau. Si les matelots du *Saint-Louis* se sont fait la valise, ils doivent quand même pas être déjà rendus en Amérique. Dans l'éventualité d'un naufrage, on finira bien par retrouver trace de l'épave. Je sais pas moi, des nappes de gas-oil, des caisses de poissons, ils se sont quand même pas volatilisés.

Le Leuch et Lugnol repartirent donc à la recherche d'éventuels témoins nocturnes. Maison par maison, avait préconisé l'adjudant, en prenant soin de noter le moindre détail susceptible d'apporter un éclairage sur les événements de la tragique nuit. Derval délégua un autre gendarme chez les trois femmes du *Saint-Louis* afin de les convoquer à la caserne. Lucie rechigna à honorer le rendez-vous.

— Qui va tenir mon café durant tout ce temps-là ?

— Il n'y en a que pour une heure ou deux. Vous fermerez pendant votre absence. Vos clients ne vont quand même pas mourir de soif pour si peu de temps !

— Non, mais ils vont filer chez mes concurrents et je les reverrai plus. Et puis, qu'est-ce qu'ils vont penser s'ils apprennent que j'ai fermé boutique pour me rendre à la gendarmerie ?

— Tout le monde comprendra que nous avons eu besoin de votre témoignage. Une patronne de bistrot, ça entend forcément beaucoup de choses.

Lucie était de plus en plus intriguée. Difficile de croire que les flics la convoquaient pour un simple témoignage, mais pour quelle raison alors ?

Qu'est-ce que les marins du *Saint-Louis* avaient à voir avec le crime du Lohic ?

N'étant pas encore au courant de l'absence du *Saint-Louis* à la criée du matin, Mauricette Le Tennier et Rozenn Forner furent encore plus étonnées.

— Cet après-midi ? A quatorze heures ? demanda la plus âgée.

— Vous seriez bien aimable...

— C'est pour quoi ?

— L'adjudant vous expliquera.

— C'est au sujet de votre frère, débita tout de go le gendarme à Rozenn, sans doute parce que celle-ci n'avait que dix-huit ans.

— Qu'est-ce qu'il a fait, P'tit-Louis ?

— Rien du tout, le bateau n'est pas rentré à Lorient ce matin.

Aussitôt son visage prit un air horrifié. Elle serra ses mains sur sa poitrine.

— Il leur est arrivé quelque chose ?

— Rassurez-vous. Nous ne savons rien d'autre, l'adjudant aurait juste quelques questions à vous poser.

— A quel sujet ? insista l'adolescente, de plus en plus angoissée.

— Vous verrez bien. Je peux pas vous en dire plus. A quatorze heures à la gendarmerie.

7

Un peu avant l'heure fixée, les trois femmes se retrouvèrent devant la gendarmerie. Aucune ne savait la raison d'une pareille convocation, ce devait être pour quelque chose de grave. Mauricette était la plus pragmatique.

— A mon avis, ils vont nous annoncer que le *Saint-Louis* a coulé corps et biens, ils nous ont réunies pour que nous affrontions la douleur ensemble.

— Non, il y a autre chose, fit Lucie.

— Quoi donc ?

— Je sais pas, mais c'est en rapport avec le meurtre d'Eugénie Le Livec.

Rozenn et Mauricette eurent un haut-le-corps.

— Qu'est-ce tu racontes ?

L'idée que le frère ou le fils puissent être impliqués dans cette horreur leur parut aussitôt invraisemblable. Insupportable. Elles n'eurent pas le temps de se poser davantage de questions, un gendarme vint les chercher. L'adjudant les invita à prendre place dans son bureau, où il avait demandé à être seul cette fois. Il laissa s'installer quelques instants de silence. Une trentaine de secondes, pas davantage, juste le temps de renforcer le malaise des trois femmes, de les déstabiliser au cas où elles auraient quelque chose à cacher. L'adolescente paraissait la plus gênée ; les doigts en éventail sur ses genoux, elle jetait par intermittence un coup d'œil rapide sur l'homme assis de l'autre côté de son bureau. Derval se décida enfin.

— Le week-end dernier, avez-vous remarqué quelque chose de particulier dans le comportement des marins avec qui vous vivez ?

Elles se regardèrent, interloquées. Bien sûr, chacune pestait après son compagnon, fût-il son fils, son époux ou bien son frère, davantage par tradition sociale que d'avoir quelque reproche tangible à lui adresser. Lucie fut la première à répondre.

— Je crois vous avoir déjà dit que tout s'était bien passé avec mon bonhomme. Dans la nuit de lundi, Lili est parti comme d'habitude avec le patron et le matelot, mais j'étais dans mon lit et je n'ai pas levé le nez pour regarder la pendule, il devait être vers les quatre heures et demie. Je les ai entendus parler pendant qu'ils buvaient un peu de café. Je dormais encore à moitié, je n'ai pas pu comprendre ce qu'ils se disaient. Rien de grave de toute évidence, à aucun moment ils n'ont haussé le ton.

Sauf s'ils conspiraient, se dit l'adjudant… Il se tourna vers Mauricette.

— Vous non plus, madame Le Tennier ? Votre fils est le patron du *Saint-Louis*. Il n'avait pas d'ennuis ces derniers temps ?

— Vous savez, quand on travaille sur la mer et qu'on est le patron, on a toujours un peu d'ennuis. C'est pas un métier de tout repos, ils sont pas toujours assis derrière un bureau.

Une petite vacherie sur le ton de la banalité, comme ça, mine de rien… L'adjudant préféra ne pas relever.

— Loeiz a passé un week-end tranquille, du moins le temps qu'il a été à la maison. Pour le reste, je suis pas à le surveiller.

De ses deux mains, Mauricette vérifia sa coiffe, qu'elle était sans doute la dernière à porter dans la péninsule, un geste machinal quand croissait son exaspération. Ce qui était le cas en ce moment. « Pour le reste… » Pour le reste, Loeiz avait une copine ; autrement dit une maîtresse attitrée. Plus jeune que lui, Colette Lesire était restée veuve à trente ans avec un garçon de six ans, une des deux raisons pour lesquelles ils ne s'étaient pas mariés. Leur relation n'était un secret pour personne. Ils se voyaient régulièrement, chez elle toutefois, parce que Mauricette n'aurait jamais toléré le péché dans son logis. Bien qu'il fût quinquagénaire, elle considérait Loeiz comme un enfant. Elle battait froid la gourgandine qui essayait de le lui voler. Si la Colette lui avait mis le grappin dessus, n'était-ce pas d'ailleurs pour dégoter un père à son fiston ? Celle-là, elle aurait dû mieux réfléchir quand elle était en train de jouer les poules pondeuses. Dans ce bas monde, rajoutait-elle à qui voulait bien l'écouter, on n'est jamais à l'abri du malheur. C'est pas le tout de faire des gosses, il faut être capable de les élever par la suite. Loeiz aidait son amie dans la mesure de ses moyens ; à plusieurs reprises il lui avait proposé d'officialiser leur liaison devant le maire. C'est elle qui avait refusé, sans doute à cause de la mère Le Tennier : à soixante-quinze ans bien tassés, l'animosité possessive de Mauricette n'avait toujours pas faibli. C'était la seconde raison du célibat du patron du *Saint-Louis*.

— Et vous mademoiselle Forner, vous n'avez rien remarqué non plus de particulier chez votre frère ?

— Non... Samedi midi, je lui ai fait à manger comme d'habitude. Pendant qu'il déjeunait et faisait la sieste, je me suis occupée de la godaille qu'il avait rapportée. J'ai cuit les crabes, j'ai nettoyé le poisson. Samedi soir, il est sorti avec ses copains. Ils sont allés en boîte à Lorient, il n'est pas rentré trop tard.

— Il ne vous a pas proposé de l'accompagner ?

— Non. Il sait bien que j'aime pas ça. Avec la musique, on s'entend même pas causer. Si on veut boire un verre, ça coûte horriblement cher. De toute façon, je déteste danser.

— C'est dommage, vous auriez pu nous dire s'il s'était passé quelque chose. S'il avait rencontré une fille par exemple.

— Il n'avait pas bu si c'est ça que vous voulez savoir, c'est pas son genre, sauf une fois de temps en temps, mais je l'ai jamais vu vraiment soûl. Dimanche après-midi, nous avons rendu visite à notre pauvre mère ; elle a été contente de voir son fils, même si elle est toujours persuadée que c'est notre défunt père. Le soir, nous avons dîné tous les deux, pas trop tard. Ensuite il est parti se coucher de bonne heure afin de pouvoir être à quai lundi matin sans être trop fatigué.

— Vous êtes sûre qu'il n'est pas ressorti au courant de la nuit ?

— Il dort dans la chambre près de l'entrée, moi de l'autre côté. Je sais pas. De toute façon, il n'a de comptes à rendre à personne, surtout pas à sa petite sœur.

Mauricette suivait la conversation d'un œil mauvais.

— Pourquoi vous nous posez toutes ces questions ? Qu'est-ce qu'ils ont donc fait de si grave ?

L'adjudant hésita.

— Vous savez bien... C'est à propos de ce qui s'est passé dans la nuit de dimanche sur la plage du Lohic.

— L'assassinat de la petite Eugénie ?

L'adjudant acquiesça d'un signe de tête.

— Avant de rendre son dernier souffle, la malheureuse a tracé une croix dans le sable. Puis elle a aligné à côté des galets qu'elle a trouvés à proximité.

Les trois femmes échangèrent des regards intrigués.

— Elle a essayé d'écrire un prénom, mais elle n'a pas eu la force d'aller jusqu'au bout.

— En quoi cela concerne nos hommes ? demanda Lucie.

— Elle avait réussi à dessiner un « L », puis un « O », puis un « U ». Tout nous laisse à penser que la lettre suivante, dont elle avait posé la base, aurait été un « I ». Vous comprenez à présent ?

— Louis, oui... Et alors ? fit Mauricette. C'est un prénom très courant dans la région.

— Sans doute, mais la croix devant, vous n'avez pas une petite idée de ce qu'elle peut signifier ?

— Eugénie était très pieuse, se permit Lucie avec le plus grand sérieux. Elle a peut-être voulu faire un signe de croix avant de monter au paradis...

— Pas mal... J'y avais pas pensé.

L'adjudant marqua une pause de quelques secondes.

— Vous croyez qu'une femme qui s'est fait violer, qui a reçu trois coups de couteau et qui est en train de mourir se préoccupe de savoir comment elle va être reçue par le bon Dieu ?

Les trois Port-Louisiennes affichaient un air ahuri.

— Excusez-nous, bredouilla Rozenn, mais on voit toujours pas.

— La croix, le signe de la religion et de la sainteté. Tout nous laisse à penser qu'elle désignait le *Saint-Louis*.

Cette fois, Mauricette et l'adolescente baissèrent la tête. Pas Lucie.

— C'est pas une preuve, décréta-t-elle d'un ton catégorique.

— Vous avez raison, madame Kerjean. Ce n'est pas une preuve, mais c'est quand même un sérieux indice. C'est pour cette raison que nous essayons de déterminer l'emploi du temps de vos hommes cette nuit-là. Vous ne savez toujours pas pourquoi ils ne sont pas venus à la vente ce matin ?

— Nous pensions que vous aviez une mauvaise nouvelle à nous communiquer, soupira Lucie.

— Oui, rajouta Mauricette. Nous on sait rien.

— Pourvu qu'il leur soit rien arrivé, balbutia Rozenn en croisant les doigts afin de conjurer le sort.

— Avec le temps qu'il fait, ce serait étonnant, fit l'adjudant. A ce qu'on nous a dit, à bord du *Saint-Louis*, c'est un équipage expérimenté.

— Beaucoup de rudes marins ont fini au fond de l'eau à nourrir les crabes, même s'il n'y avait pas de tempête.

— Malheureusement, oui, convint Derval. Tout le monde connaît le lourd tribut que les marins doivent payer à l'océan. De toute façon, il faut attendre samedi. C'est peut-être simplement une panne de radio, des problèmes de moteur ou ils ont accroché leur chalut. Vous voyez, j'essaie de comprendre. Sincèrement, je souhaite qu'aucun de vos trois Louis ne soit mêlé à cette sinistre histoire.

Lucie avait jeté à plusieurs reprises un coup d'œil ostensible sur sa montre, sans faire réagir pour autant leur interlocuteur.

— On peut y aller maintenant ?

— Bien sûr, madame Kerjean. Vos clients doivent se dessécher sur la place devant votre café. Courez vite les désaltérer.

Elles se levèrent dans le même mouvement.

— Si d'ici samedi vous apprenez quelque chose, prévenez-moi.

Aucune des trois ne répondit.

8

Les trois femmes se retrouvèrent sur la petite place devant le porche de l'ancien hôpital. Elles restèrent un long moment silencieuses, tourmentées par la révélation de l'adjudant Derval. En elles s'était installé un doute affreux, de ceux auxquels on ne peut croire, mais que l'on ne parvient à dissiper. Aucune n'imaginait son Louis capable d'une pareille abomination, mais finalement, que savait chacune des deux autres hommes ? Rozenn était la plus gênée : vingt ans, son frère était en âge d'avoir une petite amie. De physique ingrat, il n'osait jouer les séducteurs ; de là à être attiré par les formes généreuses de la pauvre Eugénie… De toute évidence, c'était sur lui que portaient les soupçons de l'adjudant, et ce d'autant plus volontiers que P'tit-Louis était le seul à porter son vrai prénom, même accolé d'un adjectif.

Lucie dissipa le malaise :

— Il faut que je retourne à mon comptoir. Si vous avez le temps, vous pouvez m'accompagner.

Une invitation sans conviction, du bout des lèvres pour être déclinée. On voudrait pas la déranger, elles avaient à faire, elles préféraient rentrer… Chacune partit de son bord.

Il n'y avait pas eu de tempête depuis le début de la semaine, l'hypothèse d'un naufrage était quand même assez improbable, à moins qu'une vague scélérate, redoutable, imprévisible, la hantise des vieux marins… Avec l'accord du capitaine Boisseau, l'adjudant avait enclenché la procédure des recherches : Crossa, patrouilleurs de la Marine nationale, plongeurs, hélicoptère de la gendarmerie et tout le tintouin. Si le bateau pointait sa proue samedi matin, Derval aurait l'air malin. Tant pis, on ne pourrait pas lui reprocher d'être resté sans rien faire.

Les trois femmes avaient pris le temps de réfléchir, cette histoire de croix tracée dans le sable et de galets dénonciateurs les turlupinait. L'adjudant l'avait convenu lui-même, ce n'était pas une preuve, loin s'en faut. De toute façon, Eugénie Le Livec était un peu bizarre, ce n'était un secret pour personne. Allez donc savoir ce qui lui était passé par la tête au moment où elle s'était rendu compte qu'elle était fichue… Un autre détail inclinait à croire en l'innocence des marins du *Saint-Louis* : si l'un d'eux avait fait le coup, il ne pouvait être au courant de la tentative désespérée de sa victime de révéler son identité pendant son agonie, le bateau serait rentré comme si de rien n'était.

Le soulagement d'une pareille déduction était de courte durée ; c'était quitter un cul-de-sac pour s'engouffrer dans une impasse : si les trois marins n'avaient rien à se reprocher, c'est que le chalutier avait sombré corps et biens.

Taraudées par cette double incertitude, les trois amies vécurent des journées atroces jusqu'au samedi, s'attendant d'une minute à l'autre à une mauvaise nouvelle. Lucie avait rouvert son bistrot, le cœur n'y était plus ; à sa mine revêche, personne n'avait l'audace de s'enquérir du bateau de son mari. Le vendredi, n'y tenant plus, elle ferma dès midi. C'était assez rare pour que les habitués se mettent à causer :

— C'est pas normal que les flics soient venus l'autre jour, disaient l'un.

— Elle est pas dans son assiette, la Lucie, ajoutait un autre.

— C'est parce qu'on n'a plus de nouvelles du *Saint-Louis*.

— N'empêche. Il a dû se passer un truc pas net, renchérissait un troisième.

L'adjudant avait recommandé aux deux pêcheuses de palourdes de taire l'histoire du nom inscrit sur le sable. Pour l'instant, elles avaient tenu leur langue, même si l'envie les démangeait de divulguer un secret aussi exceptionnel. Faut dire que depuis, elles se prenaient pour des personnages de la plus haute importance. La matinée de la découverte du crime, la promenade Buffet était noire de monde, comme aux plus beaux jours de juillet et d'août. Les badauds se pressaient devant la brèche permettant d'accéder à la cale de Gâvres, le long du muret, mais le Lohic était bouclé par le périmètre de sécurité. Finalement, c'était du promontoire où se trouvait la table d'orientation que l'on avait la meilleure vue. Les TIC avaient recouvert d'une bâche le corps d'Eugénie, afin de la soustraire à la curiosité morbide. Vêtus de leur combinaison blanche, leur cagoule et leur masque ne laissant apparaître que les yeux et le haut du visage, les techniciens ressemblaient à des fantômes ou à des cosmonautes égarés sur une drôle de planète. Ou encore à des extraterrestres, pas à des gendarmes en tout cas. La singularité de leur présence renforçait l'importance de l'événement. Enfin il se passait quelque chose de vrai à Port-Louis !

Fanch et Guite avaient effectué leur déposition en bonne et due forme, agacées de devoir relater des détails qui leur paraissaient infimes, voire évidents. Surtout à une femme, pas un vrai gendarme, à leurs yeux. Mais Marie Lugnol ne leur laissait pas le choix. Laquelle avait aperçu le corps la première ? Avaient-elles compris tout de suite que la jeune femme était morte ? N'avaient-elles remarqué aucun individu suspect dans les environs ? De temps en temps, l'une ou l'autre soupirait, Lugnol n'en avait cure, elle répétait la question si besoin était. L'exercice terminé, la gendarme relut la déposition, qu'elles purent enfin signer. Elles sortirent en paradant. A leur grand regret, personne n'était là pour les admirer.

Le samedi, Mauricette, Lucie et Rozenn se retrouvèrent sur la plage à quatre heures du matin. De nouveau en pleine détresse, elles se regroupèrent instinctivement, figures de proue pathétiques dans la pâle obscurité face à l'océan. Les recherches en mer n'avaient toujours rien donné, elles espéraient quand même, encore. Les chalutiers défilèrent devant leurs yeux écarquillés. Le dernier s'éclipsa derrière la silhouette massive de la Citadelle : toujours aucune trace du *Saint-Louis*. Lucie et l'adolescente se laissèrent tomber assises dans le sable humide sous la fraîcheur de la nuit, anéanties d'angoisse. A ce moment-là, Mauricette aperçut l'adjudant dans le bastion au-dessus d'elles, près du blockhaus. Il tenait encore les jumelles avec lesquelles lui aussi avait assisté à l'arrivée des chalutiers. Il descendit les marches, dévisagea les trois femmes en silence.

— Il leur est arrivé quelque chose, marmonna la plus âgée.

— Oui, répondit en écho la patronne du bistrot. Cette fois, c'est sûr.

Rozenn baissa la tête, des larmes plein les yeux. L'adjudant n'essaya pas de les rassurer. Il passa par la poterne Saint-Nicolas pour remonter sur l'esplanade où était garé son véhicule. Il reprit la route de la gendarmerie. Dans sa tête à lui aussi, ça moulinait sec. L'hypothèse que le bateau se fût dissimulé dans un petit port, ou mieux, dans une échancrure sauvage où il passerait inaperçu, lui paraissait peu plausible. Il allait faire quand même intensifier les recherches.

Cette fois, Lucie n'invita pas ses amies à l'accompagner, il était naturel à présent de se serrer les coudes, elles lui emboîtèrent le pas. Le café n'ouvrait qu'à huit heures, elles avaient le temps de discuter. Mauricette et Rozenn s'installèrent dans la salle pendant que Lucie préparait trois cafés serrés.

— Du sucre ?

— Non merci, fit Mauricette.

— Moi non plus, ajouta Rozenn.

S'ensuivit un long conciliabule sur la conduite à tenir. Aucun doute n'était plus possible : le *Saint-Louis* avait fait naufrage. Il aura talonné une roche, les courreaux de Groix en sont hérissés. Ou il aura accroché son chalut, il aura été entraîné par le fond, ils ne seraient pas les premiers. L'autre hypothèse, c'est qu'un des gros navires du port de commerce l'eût éperonné.

— Ces salauds-là n'ont aucun scrupule, maugréa Mauricette en secouant la tête. Il aura continué comme si de rien n'était.

Elle n'exagérait pas. Les cargos et les pétroliers ne respectaient pas toujours les règles de navigation, ils avaient été responsables de certains accidents. On le savait sous le manteau, même si les autorités fermaient les yeux.

— De toute façon, on ne sera fixés que si on retrouve le chalutier.

— Oui, mais ça veut pas dire pour autant qu'on identifiera le coupable.

Dans les moments de silence, elles entendaient distinctement l'horloge accrochée au mur derrière le comptoir. Bientôt huit heures.

— Tu vas ouvrir ce matin ? demanda Mauricette à Lucie.

Celle-ci laissa échapper un long soupir.

— Ce sera aussi bien que de rester là à me morfondre toute seule.

— Tu as raison, convint Rozenn. Les équipages des autres bateaux te diront s'ils savent quelque chose.

Mauricette n'était pas de cet avis. Elle préféra se taire.

— Tu veux qu'on reste te donner un coup de main ? proposa-t-elle.

Lucie secoua la tête avec une mine douloureuse. Elle reprit à son compte les soupçons de l'adjudant :

— Si les marins vous voient là, ils vont se demander ce qui se passe. Et puis, j'ai l'habitude. Le coup de feu ne dure qu'une heure ou deux.

Son naturel optimiste reprit le dessus :

— De toute façon, la vie continue. Ça servirait à quoi de se mettre à jouer les pleureuses ?

La vente terminée à la criée, les chalutiers revenaient au port de Locmalo le samedi matin et accostaient le long du môle. Ils avaient pour habitude de se ranger aux mêmes places, une répartition tacite. Celle du *Saint-Louis* resta vide. Les matelots se taisaient ; le malheur d'un collègue constituait toujours une douleur immense... Rudes bourlingueurs, s'ils se toisaient souvent et en venaient parfois aux mains, ils appartenaient tous à la même grande famille. Pas des frères, non... mais liés par un sentiment étrange, difficile à définir, propre en fait à ce monde âpre et sauvage où la sensiblerie et le misérabilisme n'étaient pas de mise. Où la tendresse restait toujours dissimulée, hormis au fond de leurs prunelles délavées. Dans leurs yeux de brume.

Avant de regagner leurs pénates, les marins briquaient leur outil de travail. Le lundi matin, il était essentiel pour le moral de reprendre le large sur un bateau propre, avec des caisses bien rangées. Chacun s'y mettait, y compris le patron. Demain, les comptes effectués, on partagerait les gains de la semaine en fonction des « grades ». Pour l'instant, l'équipage allait boire un verre. Offert par le chef, le premier était descendu pour la soif ; ensuite, on prenait le temps de déguster. Le vin blanc sec était à l'honneur ; rien de tel pour curer les gosiers réduits à l'eau et au café toute la semaine, du moins sur les bons bateaux, ceux où le « capitaine » avait de la poigne. Soucieux de compenser leur abstinence, certains matelots s'en jetaient d'emblée deux ou trois derrière la cravate.

Et après, mon Dieu, après...

Les soiffards ne savaient plus lever le camp. Quelques-uns seraient même récupérés par leur épouse afin de limiter les dégâts, avec discrétion cependant, pour ménager leur orgueil. Parmi ces derniers figurait un dénommé Boris. Ce ne devait pas être son vrai prénom, tant étaient douteuses les origines russes qu'il revendiquait. Blond, de petite taille, pas des plus vigoureux non plus, le patron n'avait pas à se plaindre de lui. En revanche, une fois sur le plancher des vaches, ses pieds le menaient tout droit au bistrot le plus proche.

Boris avait épousé une maîtresse femme. Plus grande que lui, elle devait bien faire deux fois son poids. Ni l'un ni l'autre n'avaient le permis de conduire ; en revanche la Solange possédait une mobylette. Un samedi midi, lassée d'attendre son bonhomme, augurant de l'état dans lequel il allait rentrer, la voilà qui enfourche sa bécane et enfile les rues menant à Locmalo. Sur le port et à proximité, il existait trois estaminets à l'époque ; son mari était assidu à celui de Lucie.

L'irruption de Solange interrompit les conversations. A la vue de sa bourgeoise, Boris se recroquevilla sur sa chaise. S'il l'avait pu, il se serait coulé volontiers sous la table où il était installé avec deux pistolets de son calibre. Peine perdue, elle l'avait repéré dans l'atmosphère enfumée qui empestait le poisson, le gas-oil et des aigreurs de sueur virile.

Solange se planta face à son citoyen. Le pauvre Boris, mort de honte, n'en menait pas large. Les autres pratiques étaient ravies d'assister gratis à un tel spectacle.

— T'as vu l'heure ?

Difficile d'abdiquer devant les collègues au sourire goguenard.

— Oui, et alors ? répondit-il sans lever les yeux.

— En plus, on a le toupet de jouer les fiers-à-bras ! Au cas où tu saurais pas, il est l'heure de rentrer.

— Laisse-moi finir mon muscadet. On a quand même le droit de boire un coup avec les copains après le boulot. Et puis… y a pas le feu !

Un événement imprévu déclencha alors l'hilarité générale. Solange attrapa le verre de vin blanc encore aux trois quarts plein et le lampa cul-sec.

— Voilà, il est fini ton muscadet.

Elle s'essuya les lèvres d'un revers de manche.

— Maintenant on y va.

Elle empoigna son pèlerin par l'épaule, le souleva de sa chaise comme un enfant.

La sortie fut loin d'être triomphale, sous les quolibets des camarades, morts de rire. Le sketch n'était pas terminé pour autant – on peut même dire que le meilleur restait à venir. Elle plaça d'autorité le malheureux sur le porte-bagages, et les voilà partis, elle droite comme la justice en tenant son guidon, lui cramponné tant bien que mal aux basques de sa bonne femme, un pied pendant de chaque côté, à ras du sol.

Il paraît – mais il est possible que ce soit pure invention –, il paraît que les voisins de ce couple désopilant eurent droit à un final de toute beauté ; après une courbe majestueuse, la motocycliste freina et gara son engin sur la cour de leur HLM. Elle fit signe à son passager de descendre ; sans la moindre parole, elle lui administra une gifle magistrale en lui indiquant d'un index impérieux la porte de l'immeuble. Boris ne pipa mot ; il n'essaya même pas de se rebiffer ; sous les yeux médusés des résidents, il partit en titubant faire la sieste afin de s'extirper des brumes éthyliques.

Boris eut du mal à recouvrer la face. Quand il s'attardait chez Lucie, il se trouvait toujours quelque client pour faire signe d'écouter :

— Les gars, vous avez pas entendu un bruit de vélomoteur ?

— T'as raison.

Puis à pleine voix :

— Boris, on vient te chercher !

A chaque fois se déclenchait un immense éclat de rire. Pour un peu, le malheureux aurait renoncé à boire un coup.

Ce matin-là, Boris fut parmi les premiers à pénétrer dans le café de la Criée. Il s'installa sur la table la plus proche de l'entrée afin de garder un œil sur la rue et de prévenir une nouvelle irruption de son dragon. Les équipages arrivaient un à un. Un salut à la patronne en posant leurs masses rompues sur les chaises qui gémissaient, un geste de la main en direction du comptoir, Lucie apportait une bouteille encore recouverte de buée, et autant de verres que de gosiers à abreuver. Dans ce bouge d'hommes, les forçats de la mer se sentaient chez eux, plus à l'aise finalement qu'au domicile matriarcal où ils dérangeaient avec leurs grosses pattes et leurs gestes rustauds, les pieds qui oubliaient les patins sur le parquet ciré. Chez leur femme, ils n'étaient que de passage...

Ce matin-là, l'ambiance n'était pas la même : des regards en coin, des messes basses par-dessus les tables. Lucie elle-même ne parvenait à être naturelle, bridée par l'impression d'être observée. La nouvelle de la disparition du *Saint-Louis* occupait tous les esprits, les marins avaient été surpris de trouver ouvert le bistrot des Kerjean. Bizarre, mais rassurant somme toute, d'autant que la tenancière ne paraissait pas catastrophée. Ils l'aimaient bien, Lucie, elle leur rendait cette tendresse bourrue. Après tout, pourquoi ne pas lui demander directement ce qu'il en était ?

Lucie se raidit. Non... Elle ne savait rien. Depuis le début de la semaine, la radio du *Saint-Louis* était en panne, personne ne parvenait à joindre le chalutier.

— Vous-mêmes, vous n'avez rien remarqué quand vous étiez en pêche ?

— L'océan est vaste. Nos rafiots ne sont que des minuscules coques de noix.

De table en table, les marins répondaient qu'ils n'avaient rien vu.

— Le Crossa d'Etel n'a pas lancé des recherches ? demanda l'un d'eux.

— Si, bien sûr...

— Ils ont rien trouvé ?

Lucie retourna derrière son comptoir. Elle s'efforçait encore de conserver son sang-froid.

— Vous savez aussi bien que moi qu'il a pas fait gros temps de toute la semaine. La radio en panne, ça peut arriver. Ou ils ont eu une avarie de machines. Ça sert à rien de s'alarmer trop vite.

— Quand même... Depuis cinq jours... Ils auront eu tout le temps de se noyer.

Lucie tremblait ; un verre lui échappa des mains et éclata sur le carrelage. L'incident calma les esprits quelques minutes. Le temps de siroter son vin. La casquette en arrière, les esprits s'échauffaient, les langues se déliaient. L'autre sujet de préoccupation, c'était bien entendu le meurtre du Lohic. De leur bateau, les marins n'en avaient recueilli que quelques bribes. Qui était mieux placé que la patronne d'un bistrot pour savoir ce qui s'était passé ?

Obligés de clamer pendant les tempêtes, les marins avaient le verbe haut. Malgré elle, Lucie suivait les conversations qui débordaient d'une table à l'autre.

— C'est vrai que la pauvre Eugénie a été violée ? demanda soudain l'un des matelots.

Cette fois, Lucie regretta d'avoir ouvert boutique.

— Je sais pas. J'étais pas là pour voir.

— Dommage ! ricana Lalouet, dont la délicatesse n'était pas la première qualité. T'aurais pu nous raconter.

Lucie se contenta de hausser les épaules.

— En tout cas, elle a été poignardée. Six coups de couteau, je crois.

— Trois, rectifia Lucie, comme pour minimiser le forfait de l'assassin...

— On a une idée du salaud qui a fait le coup ?

— Les gendarmes mènent leur enquête. Je suis pas dans leurs confidences. Vous n'avez qu'à leur demander.

— Paraît qu'ils sont pourtant venus t'interroger. Qu'est-ce qu'ils voulaient savoir ?

Lucie était au supplice, garder le silence ne ferait que renforcer les suspicions.

— Il y a beaucoup de monde à passer dans mon café. Des questions de routine, ils font le tour du quartier. Ils m'ont demandé si j'avais entendu quelque chose.

D'une tournée à l'autre, les supputations allaient bon train. Il n'était pas nécessaire d'être un fin limier pour effectuer le rapprochement entre la disparition du *Saint-Louis* et l'assassinat d'Eugénie Le Livec.

— Ils voulaient pas plutôt savoir où était passé ton bonhomme ?

— Tu parles, fit un autre. Les trois Louis, ils ont trouvé une tribu de sirènes. Ils ont filé avec. A cette heure-ci, ils doivent être rendus en Polynésie à jouer de l'ukulélé.

— Ou alors, c'est l'un d'eux qui a fait le coup.

Cette dernière remarque avait été proférée à voix basse, sur un ton insidieux, Lucie ne savait pas qui en était l'auteur. Cette fois, c'en était trop. Des larmes plein les yeux, elle émergea de derrière son comptoir, se planta au milieu de la salle, les poings sur les hanches.

— Je vous demande, moi, ce que font vos bonnes femmes pendant que vous êtes en mer ?

D'avoir si longtemps rongé son frein, elle était en furie à présent.

— Oui, le *Saint-Louis* n'a pas donné de ses nouvelles depuis le début de la semaine. J'ai la trouille, si vous voulez savoir. Malgré ça, j'ai été assez conne pour vous ouvrir ce matin ! Je vois pas de quel droit vous m'emmerdez avec vos questions à la noix. Finissez vos verres et payez ce que vous devez. On ferme !

Les marins restèrent interloqués. De vagues excuses furent bredouillées... C'était juste histoire de causer. Y avait pas d'offense.

— Je vous ai dit de foutre le camp. Je vais aller au bout de la jetée pour voir si le *Saint-Louis* revient. S'il est pas là, j'aurai plus qu'à me jeter à l'eau. Allez, dehors ! Vous n'avez pas compris ?

Lucie était une femme de tempérament. Un à un, les marins se levèrent. Certains prirent la peine de finir leur verre, pas tous. Ils laissèrent sur la table de quoi payer ce qu'ils avaient consommé. Certains n'avaient pas la somme exacte, ils ne réclamèrent pas leur monnaie.

9

Mauricette Le Tennier contemplait ses mains crevassées, ses ongles ébréchés. Des outils dont les callosités accrochaient chaque matin les délicates dentelles des ailes plates de sa coiffe, l'aéroplane du pays de Lorient.

— C'est pas la peine de trembler. Vous allez encore devoir travailler maintenant qu'il y a plus d'homme à la maison. Plus qu'avant, même.

Travailler à la côte, sur l'estran de la petite mer, comme nombre de femmes de Port-Louis, Riantec et Gâvres. La plage était à tout le monde, l'été les touristes s'essayaient eux aussi à la palourde. Mais ceux-là savaient pas, disait Mauricette en hochant la tête d'un air dégoûté. Ils détruisaient tout sur leur passage, labourant à renfort de pioches et de râteaux les veines sablonneuses entre les galets, laissant derrière eux un paysage aussi éventré qu'un champ de bataille. Sûrs de leur fait au demeurant, les « parigots », s'exclamant à chaque coquillage oblong comme s'il s'agissait d'un trésor enfoui depuis des siècles. Lors de leurs premières incursions, certains se gaussaient des autochtones qui piquaient le sol à l'aide d'une cuillère ou d'une sorte de couteau à la lame étroite, bricolé souvent par les ouvriers de l'arsenal quand ils étaient désœuvrés – ils en fabriquaient beaucoup… Les plus forts en gueule se permettaient même l'outrecuidance de se moquer ouvertement : Alors mamie, on trouve son bonheur ? Mauricette souriait en levant des yeux ironiques. Ça se pourrait, à condition que les doryphores saccagent pas tout. Ça se pourrait…

La vieille femme recommençait à larder le sable, faisant remonter l'eau dans les siphons des savoureux bivalves, les deux trous en même temps, le seul moyen de distinguer à coup sûr la bestiole des vers qui criblaient l'estran de façon similaire. Les plus curieux s'approchaient mine de rien afin de voir ce que fabriquait cette femme « vêtue de haillons », les cheveux ramassés dans un bonnet de coton. Mauricette avait alors le choix : attendre qu'ils se soient éloignés ou, s'ils étaient polis, extraire sous leurs yeux ébahis une magnifique palourde, qu'elle rinçait d'un geste prompt dans une flaque voisine avant de la jeter dans son seau.

— Comment vous faites, donc ?

— C'est un coup à prendre, il faut du temps et de la patience.

Elle ne manquait jamais de rajouter d'un air narquois :

— C'est pas donné à tout le monde. Il faut être du coin.

Sous-entendu, tout malins que vous êtes, vous pouvez toujours essayer…

— Vous pourriez pas nous montrer ?

Mauricette s'empressait alors de prendre le large : elle n'avait pas que ça à faire…

Les pêcheurs à pied passaient ainsi trois ou quatre heures à la côte au gré des marées, même par faible coefficient, puisque les « vraies » palourdes, celles qu'on leur achetait au prix le plus intéressant, élisaient domicile dans la frange supérieure de la grève. Le dos voûté, Mauricette sillonnait l'espace à une vitesse stupéfiante, le geste précis et l'œil vif, débusquant un coquillage tous les deux trois coups de poignet. Les jours de soleil, les palourdes « marquaient » bien, la récolte était meilleure. Par temps gris, il fallait se contenter d'un kilo ou deux ; quand il pleuvait ou qu'il ventait trop fort, ce n'était pas la peine de se casser les reins. Le produit de la pêche était vendu à un collecteur qui les acheminait vers les parcs, où les coquillages étaient censés être purifiés des cochonneries emmagasinées en filtrant : selon les affaires maritimes, les eaux de la petite mer n'étaient pas d'une salubrité garantie. Comme disaient les gens du coin, y a que les touristes à être malades, c'est bien fait pour leur gueule. Cet intermédiaire commercial était un homme sévère, exigeant sur la marchandise. Les coquillages étaient calibrés sur un crible ; seuls étaient retenus les exemplaires présentant la taille réglementaire. Il avait l'œil infaillible aussi pour repérer les « japonaises », moins charnues et moins savoureuses, introduites depuis peu par les parqueurs sur les côtes bretonnes, pour la simple raison qu'elles proliféraient et grossissaient plus vite.

Ces besogneux de la côte, on les surnommait les « culs-salés » – il n'est pas besoin d'expliquer la métaphore. Un labeur éprouvant pour un salaire de misère, qui permettait aux femmes de marins d'arrondir les fins de mois et aux chômeurs de subsister. Un droit coutumier que les professionnels auraient voulu interdire. Mauricette était des plus expertes ; si le fils avait rejoint son père, ce serait désormais sa seule source de revenu.

Mauricette était veuve depuis vingt-cinq ans, Baptistin Le Tennier, pas un très bon souvenir au bout du compte. Ils s'étaient mariés en 1938. Au début, elle avait été heureuse ; un homme courageux, aimable, respectant les règles élémentaires du ménage quand il réintégrait le domicile après une semaine de mer : il se changeait en bas, ses habits empestant le poisson. Ils avaient vécu la guerre en amoureux, une période difficile, d'autant plus que le jeune marin exalté s'était mis en tête d'intégrer la Résistance début 44, en compagnie de son frère, Firmin. Dans un microcosme aussi concentré, tout le monde était au courant de l'activité de ses concitoyens. Si on savait un peu, on brodait ; si on savait pas, on inventait. Les nuisibles proliféraient, se nourrissant de la vertu des justes. A Port-Louis comme partout se révélaient des collabos notoires.

Certains même paradaient volontiers avec leurs amis en uniforme vert-de-gris. Ceux-là, les frères Le Tennier prenaient un malin plaisir à les narguer. Un jour, le Baptistin se colleta avec l'un d'entre eux, une ordure de première classe, toujours à fouiner pour repérer les terroristes. Un minable, trop avorton pour se défendre avec ses poings. Sa seule arme étant la délation, il dénonça les frangins à l'autorité allemande. Baptistin eut le temps de s'enfuir avec Mauricette et son fils, Loeiz, qui avait quatre ans. Firmin se retrouva emprisonné à la Citadelle de Port-Louis.

La Libération consécutive au débarquement en Normandie n'intervint pas en même temps sur l'ensemble du territoire. Les boches se barricadèrent dans la poche de Lorient. Sans nouvelle de son frère, Baptistin n'avait pas le cœur à faire la fête. Découvrant dans le pays libéré les horreurs commises par la Gestapo, il était horrifié à l'idée que Firmin endurât les mêmes sévices.

Mai 1945, la reddition fut enfin signée dans un café d'Etel, la *Festung* de Lorient était ouverte. On ne découvrit qu'un peu plus tard, sur l'esplanade voisine de la Citadelle, la fosse dans laquelle étaient ensevelis soixante-dix résistants, dont Firmin Le Tennier, tous affreusement torturés, mutilés, rendus méconnaissables pour la plupart d'entre eux. Baptistin connaissait le salaud qui avait livré son frère aux nazis. Il l'espionna un bon bout de temps. L'autre se méfiait, sachant ses jours en danger.

Un matin, Baptistin le vit se diriger vers la plage du Lohic, celle justement où l'on avait retrouvé la dépouille d'Eugénie. Il fila jusque chez lui, en revint avec le fusil emporté lors de sa fuite. La côte était déserte entre les rochers échevelés. A la vue de Le Tennier, le collabo recula en agitant les bras, comme s'il voulait chasser un vulgaire goéland.

— Le moment est venu de régler ta dette.

— Je te dois rien.

— Si. Mon frère.

L'autre blêmit.

— C'est pas moi qui l'ai dénoncé. Les Allemands étaient assez grands pour se renseigner tout seuls. Tu vas quand même…

La décharge de chevrotines atteignit le salopard en pleine poitrine, il bascula en arrière sans un cri.

Tout Port-Louis était au courant des agissements du triste sire ; il est même probable que certains témoins aient assisté à la légitime vengeance. Jamais ne fut dévoilée aux autorités l'identité du justicier.

10

Mousse depuis ses seize ans, Baptistin était devenu un matelot sérieux ; pour preuve, avec ses économies et un prêt du Crédit maritime, il acheta son premier bateau à trente ans, un dundee équipé pour la pêche au thon, la sardine étant décidément trop capricieuse. Malgré la concurrence de la flotte gâvraise, Baptistin et ses deux matelots tirèrent leur épingle du jeu pendant une dizaine d'années : un bon patron, avec une réputation de héros depuis l'épisode de la Résistance. A juste titre, il passait pour un malin capable de repérer les bancs avant les copains ; souvent ses tangons ployaient avant ceux des thoniers alentour. Il fut un des premiers à sentir le vent tourner, il troqua son dundee contre un chalutier équipé d'un moteur moderne. S'ensuivirent encore quelques années de prospérité. Bonne épouse, Mauricette élevait avec tendresse et sévérité leur petit bonhomme. Loeiz adorait la mer, son plus grand bonheur était de grimper à bord du bateau de son père ; son rêve, de partir pour de folles aventures. Bien sûr, le gamin voulait être marin. Quand il fut en âge d'être mousse, Baptistin le fit enrôler dans l'équipage d'un collègue, estimant préférable d'apprendre le métier sous la houlette d'un autre patron. Il n'avait pas tort, l'adolescent apporta entière satisfaction à Gilbert Le Boulc'h, un solide celui-là aussi, dur quand il le fallait et qui connaissait l'océan sur le bout de ses gros doigts crevassés.

Personne n'aurait imaginé que ce bonheur serait éphémère. Tout chavira à cause d'un coup de gueule avec son équipage, des gaillards sérieux pourtant, mais de caractère irascible, jaloux finalement de la réussite de leur patron. A l'issue d'une marée tumultueuse, ces deux-là posèrent leur sac à terre. Le Tennier fut obligé de les remplacer au pied levé dès le samedi afin de lever l'ancre le lundi suivant. Les bons marins n'étaient pas légion sur les quais de Port-Louis ; cette fois, Baptistin n'eut pas la main heureuse. Oh, il ne tomba pas sur de mauvais bougres, mais des roublards à l'ouvrage, plus assidus à lever la bouteille qu'à haler le chalut. A la criée de Lorient, la concurrence était rude, surtout quand il s'agissait d'écouler une pêche médiocre ; la baisse du rendement ne tarda pas à se faire sentir, les finances à se réduire d'autant. Là-dessus, voilà que le *Saint-Louis* traverse une succession d'avaries qui le contraignent à quai plusieurs semaines au cours de l'année. La poisse, avec sa fâcheuse habitude de s'acharner sur les mêmes citoyens.

Mauricette voyait bien que son bonhomme ne tournait pas rond. Elle avait tout essayé, quand le ver est dans le fruit, il est illusoire de vouloir l'empêcher de pourrir. Le Baptistin se mit à picoler avec ses deux compagnons. Aux bistrots du port tout d'abord, comme ça, juste histoire de boire un coup, de faire un peu la fête, un moment de détente bien mérité quand on en avait autant chié sous la pluie et dans le vent. Puis, lui qui n'avait jamais toléré une goutte de vin à bord, un lundi matin il embarqua un casier de douze, à l'insu de son épouse, conscient de la façon dont celle-ci lui aurait remonté les bretelles.

Mauricette s'escrima encore à empêcher son mari de glisser sur la pente fatale. Rien n'y fit, elle dut se résigner à être spectatrice de sa déchéance. Le Baptistin avait le vin égrillard. Bien qu'il allât sur ses cinquante ans, les vapeurs de l'ivresse le rendaient entreprenant. Elle commença à se refuser à lui, ne pouvant supporter une haleine empestant l'alcool. Il rentrait souvent en tirant des bords et en prétextant un foutu vent sorti du cul du diable. Si elle le houspillait, il rebroussait chemin et rejoignait ses acolytes.

— Déjà de retour, Tintin.

— Vos gueules, les gars. Les bonnes femmes, c'est bon qu'à faire des histoires après avoir fait main basse sur la paye. Lucie, remets-nous une bouteille qu'on ait le temps de discuter entre vrais amis.

Le Tennier allait connaître un ennui de santé plus radical que la cirrhose qui le guettait. Comme tous les matelots du port, il fumait beaucoup, un mégot dérisoire toujours au coin du bec. Rien de plus sournois que ces petites cigarettes roulées et collées d'un trait de salive. Baptistin se mit à tousser. Depuis belle lurette, Mauricette avait renoncé à s'occuper de la santé d'un pareil pochetron. A ses orbites creuses et à son teint cireux malgré ses joues violacées, elle sut que ce n'était pas une simple bronchite. Elle ne s'en inquiéta pas pour autant : s'il avait besoin d'elle, il savait où la trouver. L'alcool l'avait fait enfler, le crabe incrusté dans ses poumons le décharna en quelques mois : quand il se décida à consulter le médecin, la messe n'était pas loin d'être dite.

— Ça va pas fort… marmonna-t-il d'une voix penaude en revenant de chez le généraliste.

— Ah bon ? Qu'est-ce t'as ? feignit de s'alarmer Mauricette.

— Le médecin m'a envoyé faire des radios à Bodélio.

Après toutes ces années noires, elle n'était pas d'humeur à s'apitoyer, elle décida de jouer les innocentes :

— A force de picoler, c'était à prévoir, décocha-t-elle d'une voix fielleuse.

Baptistin était trop chamboulé pour se fâcher.

— C'est pas le foie, c'est dans la poitrine. Tu vas quand même pas me dire que tu m'as pas entendu tousser ?

— Tu n'es pas assez souvent là pour que je m'en sois rendu compte.

— Le docteur a dit que c'était sérieux. Tu viendras avec moi à l'hôpital de Lorient ?

— Pourquoi ? Tu sais plus où c'est ?

— Si... Mais c'était histoire de pas y aller tout seul.

— Tu voudrais quand même pas que je te tienne la main ?

Renonçant à s'abaisser davantage, Baptistin se résigna à téléphoner au numéro griffonné par le médecin, celui du service d'oncologie de l'hôpital de Lorient. Pas facile d'obtenir un rendez-vous avant un mois.

— Le toubib a dit que c'était urgent.

En soupirant, la secrétaire lui trouva un créneau pour le lundi suivant. Le *Saint-Louis* resterait à quai ; de toute façon, le patron n'avait plus la force physique ni le courage moral de partir en mer, ses hommes avaient compris qu'ils devraient chercher d'ici peu de l'embauche sur un autre chalutier. Il prit la vedette qui traversait la rade de Lorient et se rendit à pied à l'hôpital. Ce n'était pas très loin, mais il eut le temps de se rendre compte de son épuisement. La radiographie confirma l'étendue des dégâts, une cavité large comme le poing dans le lobe gauche. Pas moyen d'opérer. Un pronostic sans illusion. Le chef du service lui prescrivit cependant des séances de chimio.

A cette époque, Loeiz avait vingt-cinq ans. Solide gaillard, il adorait son métier. D'humeur égale, joli garçon, on ne lui connaissait pourtant pas de fiancée. Un jour il serait patron du chalutier paternel : soucieux d'économiser en prévision, il ignorait les demoiselles à lui tourner autour. Son père n'aurait plus jamais la force de tenir la barre ; le moment était venu de prendre le relais. Soulagé que le *Saint-Louis* restât dans la famille, Baptistin mourut l'esprit tranquille quelques mois plus tard. Sans rancune, Mauricette l'assista pendant ses derniers instants, en souvenir des merveilleux moments naguère vécus ensemble.

Le lendemain des obsèques de son père, Loeiz Le Tennier reçut la visite d'un armateur de Lorient. Un jeune loup aux dents longues, lui aussi venait de prendre la succession de son père. Du fric plein les poches, celui-là avait l'intention d'agrandir son armada, il était à l'affût de tous les chalutiers qui lui paraissaient avoir des problèmes. Le nouveau patron du *Saint-Louis* lui signifia que son bateau n'était pas à vendre. Xavier Crosse afficha un air ahuri, se permit une surenchère. Il n'avait pas une très bonne réputation sur la place de Lorient, Loeiz l'envoya paître. Considérant ce refus comme un affront personnel, l'armateur décida de prendre sa revanche. A sa façon, autrement dit en usant de son pouvoir en coulisse. Il discrédita le chalutier auprès de tous les mareyeurs. Un jour, l'ayant coincé entre deux portes, Le Tennier l'empoigna par le collet. S'il continuait à déblatérer sur son compte, il lui casserait la gueule en bonne et due forme. Crosse ne trouva pas mieux que de lui ricaner sous le nez :

— Tu crois peut-être que tu me fais peur ?

Puis il lui cracha au visage.

— Voilà ce que je fais aux pauvres types de ton…

Il n'eut pas le temps de terminer sa phrase, ni de parer le coup ; le poing de Loeiz l'atteignit en plein visage, lui ouvrant l'arcade sourcilière gauche sur toute sa longueur.

— Et voilà comment je leur réponds…

Crosse avait basculé en arrière. Le visage ruisselant de sang, il se releva en veillant à ne pas recevoir une seconde ration.

— Tu iras t'expliquer chez les flics, lança-t-il à Loeiz.

— Ils te connaissent, ils comprendront que tu l'as bien cherché à toujours emmerder ceux qui travaillent pour de bon, à ta place.

Xavier Crosse était assez futé pour savoir que son agresseur ne risquait pas grand-chose. Il ne porta pas plainte, il était préférable d'attendre une occasion pour se venger de façon plus efficace.

La première corvée pour Loeiz fut de débarquer les deux acolytes de son père. Ceux-ci poussèrent les hauts cris, on n'avait pas le droit de licencier de braves travailleurs sans raison valable ! Une enveloppe calma leurs velléités revendicatrices, personne au port ne leva le petit doigt pour prendre leur défense.

11

Rozenn était rentrée chez elle. Avec son frère, elle occupait un modeste appartement dans les HLM de l'Avancée. Elle y assurait le rôle de maîtresse de maison depuis que sa mère avait perdu la tête. Celle-ci lui avait appris à tenir un ménage de façon honorable. Pauline Forner était une femme ordinaire, rangée, de tempérament plutôt solide, en tout cas que rien ne prédisposait à la folie. Le destin s'amuse parfois à des sournoiseries qui frisent le sadisme.

Comme nombre de Port-Louisiens, Guillaume Forner était marin pêcheur. Il travaillait sur un bon bateau, bien qu'un peu vieillot, un chalutier, le *Pervenche*, que l'on devait calfater de plus en plus serré pour lui éviter de prendre l'eau. Le patron, un autre matelot avec Guillaume, et un mousse, P'tit-Louis, composaient l'équipage. Celui-ci avait été embarqué après ses études au lycée maritime d'Etel. En 1987, à dix-sept ans. Cet hiver-là, on ne connut pas une seule semaine sans quelque calamité : du vent, de la pluie, quand ce n'étaient pas des averses de grêle qui vous lardaient le visage et les mains de leurs aiguilles glacées. Avec ça des orages de mer, dont de la côte on voyait fourmiller les éclairs dans la nue tourmentée. Il fallait vivre cependant ; les jours où la météo paraissait moins mauvaise, les bateaux faisaient fi de l'humeur du temps et larguaient les amarres.

Ce lundi-là, la plupart des patrons avaient pourtant préféré rester à quai : des prévisions pessimistes, et puis cette forme de prémonition que les marins partagent avec les grands oiseaux à l'orée d'un cataclysme. Seuls deux chalutiers prirent la mer : le *Neptune* et le *Pervenche*. Le premier jour, tout se passa bien. Les équipages se félicitaient de leur bravoure, en se gaussant des poules mouillées restées à jouer aux cartes de peur de se faire arroser l'échine. Le mardi matin, le temps se gâta, la panoplie complète des signes annonciateurs d'un sacré coup de tabac. Les matelots engagés dans l'aventure perdirent de leur arrogance ; le vent se leva aux alentours de midi, ils regrettèrent leur témérité. P'tit-Louis n'était pas du voyage, un coup de froid le faisait tousser comme un tuberculeux, le patron avait eu pitié de lui au moment où il s'était présenté à l'embarquement avec son père.

Les vagues se creusèrent dès le début de l'après-midi, le chalutier se mit à jouer au ludion comme les wagonnets des montagnes russes à la fête foraine. Les deux bateaux naviguant sur la même zone de pêche, ils conservaient le contact radio. Il fit nuit à cinq heures alors qu'on était en avril, il faudrait livrer bataille pour regagner la côte. Les bourrasques devinrent tornade, les vagues se lancèrent sans relâche à l'abordage des coques téméraires. A dix-huit heures, le *Neptune* reçut un appel de détresse du *Pervenche* : une voie d'eau dans la cale avant, ils étaient sur le point de couler ! C'était panique à bord.

Paul Le Nestour était le patron du *Neptune*, il mit le cap dans la direction de ses collègues en perdition. Ils arrivèrent à temps pour voir le chalutier brinquebaler dans le flot déchaîné, au centre d'une zone où l'ouragan concentrait ses forces dévastatrices. Une vague gigantesque lui déferla dessus, le submergea, le bateau ne réapparut pas dans le bouillonnement de l'écume. Spectateurs impuissants, les matelots assistèrent alors à une chose incroyable, de celles que racontent les vieux loups de mer assis sur le môle de Locmalo après deux ou trois chopines de rouquin.

Ceux-là prêtent à l'océan une forme d'intelligence ; dans ses moments de furie, ils le considèrent comme une entité vivante, monstrueuse de toute évidence, d'une voracité féroce et qui ne lâche jamais la proie autour de laquelle elle a enroulé ses tentacules saumâtres. Ils assurent cela avec une véhémence inébranlable, puisqu'ils l'ont vu de leurs yeux vu. On les écoute, en souriant en douce, parce qu'ils se fâchent si on a le toupet de douter de leur parole.

Les marins du *Neptune* comprirent ce jour-là que les récits des anciens n'étaient pas de pures affabulations. Le *Pervenche* avait disparu comme par un tour de magie, la tempête rassasiée connut aussitôt une accalmie. Une coïncidence sans doute, mais le fait était indubitable. Le Nestour aperçut alors un morceau de l'épave dans l'onde encore frémissante, on aurait dit que la silhouette d'un homme y était accrochée. Il dirigea son bateau au plus près, les matelots lancèrent un cordage vers l'incroyable rescapé. Celui-ci, abruti par le vacarme du vent et la violence des vagues, eut la force instinctive de s'en saisir et de passer la boucle autour de son torse. Il fut halé à bord, c'était Guillaume Forner. Aussitôt la bête liquide se remit à vociférer et à ruer en tous sens, s'étant aperçue que l'un des condamnés avait réussi à lui échapper.

Le port était en effervescence. Tant qu'on les espérait encore vivants, on se permettait de blâmer ces inconscients qui avaient pris la mer malgré le risque annoncé. On était sans nouvelles des deux chalutiers, personne n'aurait misé un liard sur les chances de les voir rentrer au bercail. La tempête se calma dans la nuit du mardi. Aussitôt les familles des équipages se rendirent sur la grande plage afin de scruter l'océan à tribord de l'île de Groix. P'tit-Louis, Rozenn et sa mère en étaient bien entendu. L'adolescent avait le sentiment d'avoir été épargné par le destin ; il n'osait toutefois s'en réjouir, persuadé de ne plus jamais revoir son père.

La silhouette d'un chalutier se dessina dans la brume. Un cri de stupeur jaillit des pauvres gens regroupés sur le sable : le *Neptune* ou le *Pervenche* ? Le bateau approchait, bientôt on put distinguer les couleurs jaune et bleu du premier. Pauline Forner ramassa ses deux enfants contre elle, des larmes silencieuses coulaient sur ses joues rosies par le vent. Rozenn se mit à sangloter. Ses cales étant vides, le bateau amorça une boucle pour rentrer direct au port d'attache. Les familles du *Neptune* contenaient leur joie face au chagrin de celles du *Pervenche* ; elles coururent le long des remparts afin de rejoindre Locmalo, bifurquèrent par le Lohic afin de s'assurer qu'elles n'avaient pas rêvé, que ce n'était pas un vaisseau fantôme. Les Forner suivaient à distance, trois silhouettes voûtées, accablées par le malheur ; elles venaient quand même aux nouvelles, le *Pervenche* avait peut-être échappé lui aussi à la tempête. Elles arrivèrent sur la place Pen-er-Run au cours de la manœuvre d'accostage. Julienne Le Nestour appela Pauline, la sommant de venir au plus vite, elle n'avait plus besoin de pleurer ! A la vue de son mari, celle-ci manqua de s'évanouir. Il dut la serrer contre lui pour lui faire comprendre qu'elle ne rêvait pas.

La nouvelle du sauvetage courait sur le quai. Un véritable miracle d'être repêché lors d'une tempête. On prétendait même que c'était la raison pour laquelle les marins ne savaient pas nager : il valait mieux couler tout de suite pour s'épargner une lutte atroce perdue d'avance. Guillaume était contemplé comme un ressuscité par la grâce divine ; Pauline restait blottie contre lui, P'tit-Louis s'évertuait à sécher les larmes de sa sœur qui pleurait toujours comme une Madeleine, de joie à présent. Les familles des deux disparus s'étaient éclipsées : si Guillaume était là, c'est que son chalutier avait coulé, leur blessure était encore trop fraîche pour entendre raconter le naufrage. Bien sûr, il convenait de boire un verre, celui-là serait pas volé ! Guillaume entendit payer sa bouteille. Il n'en finissait pas de relater comment il avait failli mourir. Déjà, les autres équipages lui assuraient qu'il n'avait aucun souci à se faire, plusieurs étaient prêts à l'embaucher : un matelot revenu de l'enfer, sûr que ça devait porter bonheur !

On ne devrait jamais être sûr de rien. Le lendemain, guilleret d'avoir encore le droit de vivre, Guillaume Forner prenait son vélo pour faire un tour sur le port. Dans un virage de la rue de Locmalo, un chien traversa devant lui. Surpris, il eut le réflexe de l'éviter. Sa roue arrière dérapa, il s'affala sur la chaussée, sa tête heurta le trottoir. Deux petites vieilles à deviser sur le pas de leur porte racontèrent d'une voix effrayée avoir entendu un bruit mat, pas très fort, mais Guillaume ne se releva pas ; de l'oreille lui coulait un filet de sang sur la joue. D'avoir été trop heureuse après avoir cru au pire, Pauline sombra dans une prostration irrémédiable ; une semaine plus tard, les médecins se résignèrent à la faire interner à l'hôpital psychiatrique de Caudan. Rozenn avait seize ans, elle resta vivre avec son frère.

C'est ainsi que Rozenn Forner se trouva promue au rang de femme avant d'être sortie de l'adolescence. Elle était brune, les traits épais, le nez vaguement épaté, le teint mat. On dit à ce sujet que beaucoup de Port-Louisiennes seraient les descendantes des malheureuses qui avaient été trop lâches pour sauter des remparts afin d'éviter d'être violées par les Espagnols débarqués dans la péninsule. Au demeurant, cette apparence rustaude n'enlevait rien à sa beauté. Souvent habillée en garçon, elle ne renonçait pas à être coquette. Elle portait même à l'occasion jupe et chemisier, une jeune fille saine, assumant ses deux facettes avec la même simplicité. Ses parents auraient voulu faire d'elle une étudiante, mais dans les veines des deux enfants de Guillaume coulait davantage d'eau salée que de sang.

Très tôt, Rozenn fut attirée par l'immensité de la mer. Si les conserveries de naguère avaient encore existé, elle y aurait travaillé, les fumets de la poiscaille ne lui répugnaient en aucune façon, ni de la patouiller dans les caisses apportées par son frère. Elle serait marchande de poisson, affirmait-elle dès douze ans, le poing sur la hanche, avec une gouaille annonciatrice qui prêtait à rire. Rien à faire pour l'en dissuader. Contre une maigre rémunération, elle occupait ses vacances dans les poissonneries des trois villes accolées : Port-Louis, Riantec et Locmiquélic. Après le collège, elle avait débuté un BEP de commerce à Lorient, des études interrompues à la mort du père afin de s'occuper de sa mère et de son frère, lorsque ce dernier était à terre. Lui non plus ne pouvait se passer de l'air du large, de cette alliance indéfinissable d'iode et d'algues en putréfaction, des cris des oiseaux, du vent qui fait mal et dont on s'amuse pourtant. De la liberté tout simplement. Le drame n'avait en rien ébranlé une foi aussi puissante : quelques mois plus tard, il embarquait sur le *Saint-Louis*.

Rozenn avait trouvé une place de vendeuse dans une poissonnerie rue de la Marine, de bons patrons qui lui faisaient entière confiance, sans descendance et enchantés que la jeune fille envisageât de prendre la suite quand ils ne seraient plus en âge de tenir le commerce.

La jeune fille avait une autre passion : la lecture. Ses choix littéraires étaient très spécifiques, puisqu'elle ne lisait que des romans policiers, de ceux qui proposent une énigme qui ne se résout qu'au dénouement. Conan Doyle et Simenon étaient ses auteurs préférés, Agatha Christie aussi, mais pas tout. Si elle avait été un homme, elle se serait identifiée à Sherlock Holmes, à Maigret ou à Hercule Poirot à la rigueur ; elle avait même envisagé de faire carrière dans la police, ou la gendarmerie, dont l'uniforme ne lui déplaisait pas. Mais elle préférait la mer.

12

Installé à son bureau, Philippe Derval contemplait d'un œil pensif le coupe-papier posé devant lui sur le sous-main de cuir. De temps à autre, il le faisait tourner du bout de son index.

— Ça va pas ? s'inquiéta Le Leuch.

Question idiote. Bien sûr que ça n'allait pas, l'enquête n'avançait pas. Ce même samedi, à la réunion de fin de semaine, le capitaine Boisseau n'avait pas trop manifesté son mécontentement, il n'avait pas non plus caché sa surprise : dans les maisons riveraines du lieu du crime, personne n'avait rien entendu cette nuit-là, ahurissant tout de même ! Ou ils étaient tous sourds, ou Eugénie s'était laissé trousser en silence. Ou ils refusaient de parler pour ne pas avoir d'histoires si le meurtrier était un notable. Le procureur s'impatientait. Un juge d'instruction venait d'être désigné. Qu'allait-il penser si on n'avait aucun coupable à lui proposer, alors que le meurtre avait été commis dans un lieu aussi restreint ?

— Tu as besoin de renfort, Philippe ? demanda Boisseau.

Pas pour l'instant. Il fallait attendre. L'affaire finirait bien par se décanter.

— Attendre, attendre... Pas trop quand même. Sinon le procureur va nous adjoindre quelqu'un ou nous dessaisir de l'affaire.

Derval était marié. Irène, blonde, mignonne, plutôt effacée. Elle s'ennuyait ferme à Port-Louis, ne s'intégrait pas du tout à la population locale, de sa faute, de ne parvenir à oublier qu'elle était femme de gendarme. Avant la Bretagne, son mari était en poste dans l'Aveyron, une région où Irène se trouvait bien, plus chaude, moins de pluie, même si quand ça tombait, c'étaient des orages d'une violence parfois inouïe. Bien noté par ses supérieurs, Derval rêvait d'une promotion lui ouvrant une mutation intéressante. Le Midi, la Méditerranée, la mer et la chaleur, son épouse serait heureuse. Lui aussi.

Les Derval avaient deux enfants. L'aîné, Michel, était du genre bricoleur ; fan de Lego pendant ses jeunes années, il passait son temps à construire des maquettes, auxquelles l'aidait le père quand il n'était pas de service. Le garçon avait dix ans, il voulait être architecte, cela plaisait bien à la mère.

La cadette se prénommait Aurélie. Huit ans. Tout l'inverse de son frère, il lui fallait de l'exercice, de l'air, une vraie casse-cou. Elle vouait une admiration profonde à son père, ou plutôt à son métier, à son uniforme. Toujours à traîner devant la brigade, elle rêvait d'être gendarme. Parfois elle se faufilait dans les bureaux, malgré les mises en garde du capitaine : ne pas mélanger vie de famille et service, une règle d'or. La gamine adorait Marie Lugnol, celle-ci le lui rendait bien. Quand Aurélie pouvait l'intercepter, elle l'assaillait d'une kyrielle de questions, celles qu'elle n'osait poser à son père. Marie lui expliquait que ce n'était pas un métier de tout repos ; on ne s'y faisait pas que des amis. La nuit sur le terrain, les risques, les blessés, les gens qui étaient morts parfois...

— Et alors ? T'y arrives bien, toi ?

Rien ne l'effrayait. Marie souriait ; elle était pareille à son âge.

Les Derval logeaient dans la caserne derrière la gendarmerie, un immeuble assez grand pour héberger toutes les familles de la brigade. Ce n'était pas le grand luxe. A Port-Louis, Irène menait une vie tranquille. Ils s'aimaient à leur façon, un peu chacun de son côté. Philippe se demandait souvent pourquoi Irène avait épousé un gendarme : elle ne s'intéressait jamais à ce qu'il faisait ; lui, évitait d'en parler. Tenu au devoir de réserve, il aurait aimé cependant lui exposer certaines affaires, lui soumettre ses hypothèses, faire état de ses doutes, de ses stratégies. Besoin souvent d'être épaulé, réconforté. Et puis, une épouse à l'écoute de la population, ça pouvait être utile, afin de glaner certains échos... Irène ne fréquentait pas la cité. Pour changer d'air, elle se rendait à Lorient. Elle faisait le tour de la rade en voiture plutôt que de la traverser en utilisant le service des vedettes. La plage ? Il fallait vraiment de grosses chaleurs pour qu'elle se décidât à enfiler le maillot de bain. Pas à Port-Louis de toute façon ! Tout le monde l'aurait regardée. Elle se rendait au Magouëro, ou poussait jusqu'à Erdeven. De grandes étendues de sable, où elle risquait moins d'être reconnue. Elle était d'une pudeur parfois maladive.

Du côté du *Saint-Louis*, les recherches continuaient. Cela faisait maintenant presque une semaine que le chalutier n'avait pas donné signe de vie.

L'adjudant n'était pas du genre à s'entêter sur une idée fixe, ni à négliger la moindre piste. Les galets disposés sur le sable pouvaient désigner un autre meurtrier que l'un des marins du chalutier. Il avait demandé à ses adjoints de vérifier l'emploi du temps des suspects habituels, les traîne-galoches du secteur, les fêtards et les boit-sans-soif, autrement dit ceux à qui l'on pensait à chaque mauvais coup. Une procédure de routine, par acquit de conscience : un homme respectable pouvait tout aussi bien être le coupable… Il a des pulsions cachées, il repère la jeune femme seule le long des remparts, il la suit, lui fait des avances, elle refuse, et après… Le « brave » homme en a trop dit et il risque des ennuis, alors il perd la tête et il veut quand même parvenir à ses fins : il insiste, il coince la fugitive sur la plage. Pour conclure, il la viole et la poignarde. Ou l'inverse. Ce qui ne changeait pas grand-chose.

L'estran environnant avait été passé au peigne fin. Autour du cadavre, aucune véritable empreinte. Pas la moindre trace de lutte, rien n'indiquait qu'elle eût tenté de s'échapper, Eugénie Le Livec avait dû être surprise. Ou elle n'avait pas vu surgir son agresseur ou, le connaissant, elle ne se méfiait pas de lui. Cette dernière hypothèse était la plus plausible ; en tout cas elle justifiait la présence de la jeune femme en ce lieu à une heure si avancée. Sans doute un rendez-vous fixé par l'assassin avec la recommandation de ne pas en parler à la mère. Le viol et le crime étaient-ils prémédités ? Ce n'était pas impossible...

L'absence d'indices laissait supposer que la pauvrette n'avait pas été la proie d'un individu sous l'empire de l'alcool ou mû par un coup de sang qui lui avait fait perdre la tête. Il s'agissait plutôt d'un assassin méthodique : avant de partir, il avait pris le soin d'effacer les traces, d'emporter la culotte de sa victime pour une raison que l'on ignorait encore. Il avait toutefois omis un détail capital : de vérifier si celle-ci était bien morte, sinon il l'aurait achevée. Une bévue aussi élémentaire indiquait que le meurtrier avait dû prendre peur au dernier moment, peut-être d'avoir été dérangé par un noctambule.

Bizarre... Quelque chose ne collait pas. Derval bloqua le coupe-papier et l'expédia parmi les crayons et les stylos. Le Leuch et Lugnol se contentèrent de sourire. L'adjudant n'écartait pas la piste des trois marins, le plus jeune par exemple, le nommé P'tit-Louis : une connerie de jeune homme plein de sang et incapable de se dégoter une petite amie. Il fixe rendez-vous à cette pauvre fille un peu naïve ; une affaire facile a priori, elle n'aura pas la force de caractère de se refuser. Pas de chance, il doit la contraindre pour parvenir à ses fins. Dégrisé, il prend conscience de son acte, il la tue pour ne pas être dénoncé. Le chalutier n'appareille que dans quelques heures ; il les passe tapi dans une cachette. Le moment venu, il rejoint ses compagnons au café de la Criée. Il est jeune, le patron Tennier le connaît bien, il se rend compte de son désarroi ; il le cuisine en haussant le ton, le misérable avoue l'abomination. La mort dans l'âme, le patron décide de protéger son matelot, il intime l'ordre de lever l'ancre, ils foutent le camp. Ceci laissait supposer que le troisième marin, Lili Kerjean, ait été mis dans la confidence. Il aime bien le jeune homme, il ne refuse pas de le couvrir. Cette hypothèse expliquait la disparition du *Saint-Louis*. Pour l'instant, rien n'allait en effet dans le sens d'un naufrage.

Derval soupira… Trop logique pour être vrai. Il convenait cependant d'intensifier les recherches du côté de l'océan. De surveiller étroitement aussi les trois femmes au cas où l'un des fuyards prendrait contact avec elles.

Après l'esclandre du matin, Lucie Kerjean ne rouvrit pas son bistrot. Elle passa l'après-midi assise sur une table près du comptoir. La salle vide empestait encore le tabac froid. D'habitude, à cette heure-là traînaient quelques marins pêcheurs, ceux qui vivaient seuls, veufs ou célibataires, ou ceux qui appréhendaient de rentrer dans un domicile rendu hostile par leurs libations perpétuelles. Elle s'en voulait d'avoir perdu son sang-froid.

La nouvelle de la fermeture du café de la Criée ne mit pas longtemps à faire le tour de la ville. Les langues allaient bon train, bouclant l'amalgame entre la disparition du *Saint-Louis* et le meurtre d'Eugénie. Les adjectifs ne manquaient pas pour exprimer la compassion générale, ponctuée de hochements de tête et de soupirs éloquents. La pauvre, la malheureuse, une jeune fille si gentille, une innocente qui n'avait jamais fait de mal à personne… Comme elle avait dû souffrir ! Les commères inventaient moult détails, érigés aussitôt en autant de certitudes. Elles n'auraient pas été plus explicites si elles avaient vécu en direct la traque entre les rochers du Lohic. Eugénie descendait vers la mer afin d'échapper au monstre concupiscent qui la désirait, mais l'eau était glaciale. Alors elle remontait en courant, elle trébuchait sur les cailloux, perdait appui dans les trous de vase, il la culbutait au passage, la troussait. Mon Dieu, fallait-il être un salaud quand même pour faire ce qui s'ensuivait ! Comme si cela ne suffisait pas, le fumier lui donnait plusieurs coups de couteau.

D'avoir été mêlées presque directement au drame, Marguerite Le Sciellour et Francine Le Lan ne se quittaient plus. Jamais on ne les vit autant déambuler dans le bourg de Port-Louis. Avec des sourires entendus, elles prêtaient l'oreille à la gazette locale. Quelle supériorité d'en savoir davantage que les autres commères !... A tout coin de rue, on leur demandait de raconter la « macabre découverte ». Elles s'exécutaient de bonne grâce, brocardant les gendarmes avec une jubilation évidente :

— Ils étaient à peine à deux mètres d'elle, ils savaient même pas qui c'était...

— Moi, je leur ai dit alors... faisait l'autre.

Il fallait les entendre mimer la scène avec la faculté remarquable de jouer les rôles avec autant de justesse que de vraies actrices de théâtre. L'interprétation de leur propre personnage était tout en pondération :

— Quand on leur a expliqué que c'était la pauvre Eugénie, ils nous ont dévisagées avec des grands yeux tout ronds. « Regardez bien ! » qu'on leur a dit. « C'est la fille qui fait le ménage à la Citadelle. »

En revanche, à entendre leurs voix de fausset, les argousins étaient de parfaits benêts :

— « Oh ! on l'avait pas reconnue... Heureusement que vous êtes là. »

— Il faut être honnête, Fanch. Ils nous ont quand même remerciées du coup de main qu'on leur avait donné.

D'une oreille à l'autre, le mélodrame prenait de l'ampleur. Les deux commères restaient toutefois sur leur faim, surtout quand on sollicitait leur avis au sujet du meurtrier. Un coup d'œil en coin, un sourire mystérieux au bord des lèvres, quelques secondes de silence : elles, savaient. Depuis une semaine, elles s'obligeaient à respecter la promesse faite à l'adjudant. Quelle frustration de gâcher autant d'occasions de se mettre en valeur ! Le dimanche matin, une notable de la Grand-Rue posa une fois de plus la question fatale...

— On peut rien dire... répondit Marguerite Le Sciellour.

Francine Le Lan rajouta d'un air tout aussi mystérieux :

— Eh non, on n'a pas le droit de parler...

Nouveau silence, avec la grimace navrée de devoir taire le secret. Trois ou quatre bonnes femmes suivaient mine de rien la discussion. Elles dressèrent l'oreille, se rapprochèrent.

— Les gendarmes vous ont rien dit ?

— Les gendarmes ? Pensez-vous... Si on n'avait pas été là, ils auraient vu que dalle.

— Oui, renchérit Guite. C'est pas pour dire, mais si un jour on découvre le meurtrier, on pourra dire que c'est un peu grâce à nous.

Elles baissèrent le ton, le groupe se resserra encore pour un étrange conciliabule.

— Dame, faudra raconter à personne ce qu'on va vous dire.

— Et surtout pas aller dire que c'est nous qu'on vous aura dit.

Fanch et Guite se regardèrent, chacune laissant à l'autre la politesse de commencer ; au bout du compte, elles prirent la parole en même temps. Après quelques bafouillages, elles racontèrent enfin à deux voix l'histoire des galets et de la croix. Les gendarmes en prirent encore pour leur grade :

— Un L, un O, un U, ils avaient même pas compris que c'était Louis que la pauvre Eugénie avait voulu écrire avec des cailloux.

— Louis ? Louis qui ?

Sans avoir eu droit aux déductions de l'adjudant à propos de la croix, les deux pêcheuses de palourdes avaient l'esprit assez vif pour avoir effectué le même rapprochement. Oh ! pas question d'accuser directement.

— Louis comment ? Ça, on sait pas.

L'art de l'insinuation atteignit alors le génie dans une maîtrise de l'implicite digne des plus éminents linguistes :

— Au fait, fit Francine. On a des nouvelles du chalutier qui a disparu ?

La mine surprise des auditrices, la perplexité engendrée par l'innocente question, le cheminement de la pensée comme une chenille infiltrée dans leur cerveau, puis soudain les yeux qui s'éclairent.

— Le *Saint-Louis* ? Vous croyez que c'est un des marins qui a fait le coup ?

Volte-face, machine arrière toute, nous on n'a rien dit ! On n'y avait même pas pensé. Cependant... à bien y réfléchir... maintenant que vous le dites...

— Vous trouvez pas bizarre que le bateau de Louis Le Tennier soit pas rentré de la semaine ? demanda Fanch.

— Ils ont dû avoir des ennuis...

— Ou ils veulent pas en avoir, fit Guite, la mine pincée, en hochant la tête.

Ce furent alors des « Ah ! » et des « Oh... », des « Tout de même... », des « Vous croyez ?... », des « C'est pas Dieu possible... ». Quelques « Ça paraît quand même un peu gros » aussi, mais très peu, tellement c'était excitant d'avoir enfin du croustillant à se mettre sous la dent.

— Mais lequel ? Ils s'appellent Louis tous les trois !

— Ça, c'est le rôle des flics. Il faudrait quand même pas croire qu'on va faire tout le boulot à leur place.

La rumeur venait d'être lancée avec une maestria impériale. Avant la nuit tombée tout Port-Louis savait que l'un des marins du *Saint-Louis* avait réglé son compte à la pauvre Eugénie Le Livec.

13

Emilienne Le Livec habitait une petite maison rue de Gâvres, pas très loin en fait de la plage du crime ; la mère logeait à l'étage ; au rez-de-chaussée, la cuisine servait aussi de salon et de salle à manger ; la chambre de la fille donnait sur l'arrière. Une répartition que la pauvre femme regrettait depuis le drame : si cette nuit-là sa fille avait été obligée de descendre les escaliers, Emilienne l'aurait entendue, le malheur aurait été évité. Devant, un bout de jardin était séparé en deux par une allée de ciment. C'était Eugénie qui s'en occupait. Depuis toute gamine, elle adorait les fleurs, notamment les roses ; elle prélevait des boutures dans les parterres de la ville et même chez les particuliers lorsque les ramures dépassaient sur la route. Une existence tranquille, un maigre budget constitué des salaires des deux femmes. Une vie sans histoire.

Tout à son bonheur, Eugénie vivait un vrai conte de fées avec une âme d'enfant. Qu'elle travaillât au musée avait rassuré la mère. Son seul souci restait de savoir ce qu'elle deviendrait après son décès, mais étant en bonne santé, cela ne la tracassait pas dans l'immédiat.

Les deux femmes étaient en étroite dépendance, chacune protectrice de l'autre, à tour de rôle toutefois. L'adulte multipliait les mises en garde contre les dangers en dehors du nid familial : se méfier des hommes qui se retournaient sur son passage, ne pas prêter l'oreille aux beaux parleurs prêts à profiter de sa crédulité, aux commères qui s'enquéraient de sa santé.

« Et ta mère ? Comment elle va ?

« — Bien… Pourquoi ?

« — La pauvre, elle en a du mérite… »

— Quand elles te disent ça, tu réponds pas, tu t'en vas…

Parfois, la relation avait tendance à s'inverser. La naïveté d'Eugénie la réduisait à un raisonnement d'une simplicité extrême ; en contrepartie, son ingénuité lui évitait de se compliquer l'existence avec des futilités. Elle avait souvent raison, du moins sur l'approche, sinon sur la stratégie à mettre en œuvre. Son optimisme résolu faisait sourire la mère.

Les premières règles d'Eugénie furent un bouleversement. Pour l'adolescente au premier chef bien sûr, effrayée par le sang qui souillait son ventre et lui coulait le long des cuisses. Pour la mère aussi, alertée par les cris de sa fille et incapable d'appréhender la situation sur-le-champ. La pauvre Emilienne n'avait envisagé à aucun moment que, confinée dans la réflexion d'une gamine de dix ans, sa fille pût avoir la sexualité d'une femme normale. Comment lui expliquer qu'elle n'était ni blessée ni malade, que ce suintement intempestif était une hémorragie naturelle ? De ce jour, la mère comprit que la situation allait se compliquer. Elle devrait redoubler de vigilance.

En fait, Emilienne Le Livec s'était alarmée un peu vite. Eugénie n'était pas attirée par les garçons, hormis Joachim Gahinet. Bien qu'il fût le plus vieux, elle le considérait comme son petit frère. La transformation de son corps, la naissance de ses seins et l'évasement de ses hanches l'avaient surtout intriguée.

— Tu es en train de me ressembler, avait dit la mère, croyant la rassurer.

Le premier soutien-gorge avait beaucoup amusé la jeune fille, comme un accoutrement de carnaval. Se déguiser était en effet l'un des plaisirs favoris d'Eugénie. A chaque Mardi gras, les deux complices faisaient preuve d'ingéniosité. Elle fut tour à tour fée et princesse, danseuse orientale. A treize ans elle participait toujours au défilé à travers la ville, s'y amusait comme une folle. Sa plus belle tenue fut sans conteste celle d'une magicienne le printemps de ses quatorze ans. Une beauté radieuse et mystérieuse, dans sa robe noire et ses yeux verts dans les fentes d'un loup noir. La mère cousait, retapait des vêtures anciennes, taillait des coupons de tissu achetés trois sous chez les fripiers du marché de la place.

Sa métamorphose physiologique mit un peu de plomb dans la cervelle d'Eugénie. Elle ne voyait plus la vie avec la même frivolité, s'accordait le temps de réfléchir, était sujette à de longues mélancolies. Elle posait trente-six questions, sur les gens, les conversations glanées dans la rue, les films à la télé ; lors des scènes un peu osées, elle s'étonnait qu'on pût s'embrasser à pleine bouche et se tripoter avec autant d'ardeur. C'était répugnant ! Très tôt, elle avait manifesté un sens épidermique de la justice et de l'équité morale ; elle vilipendait le chien qui poursuivait les chats, abominait le matou qui chopait l'oiseau et elle le chassait quand il s'amusait à jeter en l'air la souris moribonde. Elle cultivait les fleurs par plaisir, mais aussi pour les abeilles. Elle éprouvait une affection particulière pour les papillons, dont elle connaissait la plupart des noms grâce au livre acheté par la mère.

Mais par-dessus tout, Eugénie s'intéressait aux œuvres d'art, un monde accessible depuis son intégration au musée.

Eugénie soûlait sa mère avec les collections exposées à la Citadelle. Les indiennes n'avaient aucun secret pour elle, ni les cachemires. Les porcelaines, l'émaillage, les pâtes et les couleurs utilisées, elle aurait été capable de disserter des différentes techniques. Li… une statuette chinoise. Li, un nom inventé lors d'une rêverie. Eugénie avait tenu à la présenter à sa mère, un jour où elle avait réussi à la traîner au musée, pour lequel on lui offrait de temps à autre une entrée gratuite. Ni la plus impressionnante, ni sans doute la plus belle, de l'avis d'Emilienne. En tout cas, Eugénie ne se lassait pas de la contempler.

— Regarde, maman.

Elle lui murmura son nom, persuadée que la statuette l'entendait...

— Tu vois, elle sourit...

Emilienne avait souri elle aussi, reconnaissant là le caractère de sa fille, sa propension fétichiste à s'attacher aux objets qui la séduisaient.

— Elle est belle, hein ?

La mère avait serré la main de sa fille au creux de la sienne.

— Oui, très belle, ma chérie.

— Tu sais, c'est une impératrice. Une femme très importante dans son pays. Aussi puissante que beaucoup d'hommes.

Pas d'imparfait. Pour Eugénie, Li appartenait à la réalité d'aujourd'hui.

Le conservateur du musée avait lui-même développé une affection singulière pour la jeune fille, il aimait discuter avec elle à l'occasion. Elle osait l'interroger, il répondait en souriant, conscient qu'elle enregistrait tout et que bientôt elle en connaîtrait autant que lui.

Eugénie était morte. Privée de sa dépouille restée à la morgue pour d'éventuels examens, Emilienne ne réalisait pas encore, elle était anéantie.

Ce bonheur éphémère n'aurait donc été qu'une éclaircie. La mère avait réussi à faire d'elle une jeune femme presque comme les autres, et pour la remercier, le ciel la lui avait ravie de la plus atroce façon. Une injustice flagrante.

Emilienne ne sortait plus, ne dormait que vaincue de chagrin et d'épuisement, s'alimentait à peine. Les voisines n'osaient pousser le portillon du jardin : que lui dire ? Il n'existe pas de mots pour atténuer l'horreur. Le garde champêtre était passé à plusieurs reprises, mandaté de crainte que la pauvre femme ne commît quelque bêtise. On lui avait même adressé un médecin ; elle lui avait ouvert à contrecœur. Celui-ci n'avait pas tenté de la consoler. Il lui avait prescrit un tranquillisant et un somnifère ; elle n'était pas allée les chercher. Quand le même garde champêtre repassa le vendredi afin de lui annoncer que les obsèques auraient lieu le lundi, elle prit pleine conscience de la disparition ; elle se mit à gémir comme une bête blessée.

14

Dès le samedi après-midi, Mauricette avait eu connaissance du coup de gueule de son amie. Rien d'étonnant à ses yeux. D'abord elle connaissait le tempérament de Lucie, ensuite elle estimait que c'était une erreur d'ouvrir le bistrot ce matin-là. La vieille femme n'était pas une adepte du téléphone, elle ne se résolut à reprendre contact avec Lucie que le dimanche matin. Au ton de la voix qui lui répondit elle sut que c'était une heureuse initiative. Par acquit de conscience, Mauricette lui demanda des nouvelles du *Saint-Louis*.

— Rien...

Silence...

— Non... Personne ne sait rien, ou ils veulent rien dire. Ce serait bien de venir ici discuter de tout ça, fit Lucie. Toi et Rozenn.

— C'était mon intention, il faut plus faire cavalier seul. J'irai chercher la petite. Passe-lui donc un coup de fil. Pauvre gosse, elle aussi doit être dans tous ses états.

— Venez pour le café après le déjeuner. Passez par-derrière, c'est pas la peine que tout le monde soit au courant. Ils vont croire qu'on est en train de conspirer.

Rozenn Forner était effondrée. Déboussolée à l'idée que les marins du *Saint-Louis* puissent être mêlés de près ou de loin au sordide assassinat, encore plus qu'ils aient pu prendre la fuite. Angoisse de l'attente impuissante, l'appel de Lucie Kerjean lui fit chaud au cœur. Bien sûr qu'elle était d'accord !

Le dimanche après-midi, les promeneurs flânaient dans les rues de Port-Louis ; la ville avait conservé un cachet historique indéniable. Sa position péninsulaire n'attirait pas toutefois assez de curieux pour faire vivre les commerces toute l'année. Quelques Lorientais traversaient la rade sur la vedette qui les déposait au port de la Pointe. Par la place aux Canons, on parvenait au-dessus de l'esplanade des Pâtis ; en haut, le mémorial où étaient inhumés les résistants torturés par les Allemands dans la Citadelle. Tout autour, cette ceinture de remparts qui inclinait au respect. Une place forte, encore aujourd'hui.

Mauricette Le Tennier ignorait que les deux commères avaient vendu la mèche. La Grand-Rue, puis l'avenue Marcel-Charrier qui menait aux HLM de l'Avancée, on la regardait d'une drôle de façon. De là, Rozenn et elle descendraient sur le port de

Locmalo. Un bon bout de chemin, ça lui ferait le plus grand bien de marcher un peu. La vieille femme se sentait gênée de l'attention dont elle était l'objet. On la dévisageait en coin, en évitant de croiser son regard, on se retournait sur son passage. Elle vérifia sa coiffe, adressa quelques bonjours ; on détournait la tête sans lui répondre. Rozenn la guettait sur le bord de la route, elles finirent le chemin ensemble. Elle aussi avait perçu la même hostilité.

— Pourquoi ils tirent la tronche ? demanda la jeune fille.

— Pas difficile à comprendre. Tout le monde doit savoir pour les cailloux d'Eugénie.

— Tu crois que c'est les gendarmes ?

— Non, il y en a d'autres qui s'en sont chargés.

— Ah bon…

— C'est Guite et Fanch qui ont trouvé le cadavre. Ces deux-là n'ont pas pu tenir leurs langues de vipères.

Sur la place Pen-er-Run devisaient quelques quidams. Mauricette et sa jeune amie s'engouffrèrent dans la ruelle. Leurs silhouettes courbées n'échappèrent pas aux yeux des vieux marins, entre leurs paupières plissées.

Lucie Kerjean avait préparé le café, dans la cafetière du matin, soucieuse en pareille circonstance de dissocier sa vie privée de son commerce. Ce fut aussi dans la cuisine qu'elles s'installèrent.

Un long moment de silence.

— T'as pas rouvert depuis hier ? demanda la vieille femme.

— Alors là, certainement pas !

Elle raconta l'altercation, les questions insidieuses, les sourires en coin, les sous-entendus.

— Ils n'ont qu'à aller picoler ailleurs.

— Tout le monde fait la tête. Ils savent.

— Qu'est-ce qu'ils savent ? s'écria Lucie. Rien ! C'est des fouille-merde qui voudraient bien savoir. Certains sont même venus frapper à la porte du bistrot, j'ai fait mine de pas entendre. Ils sont tous là à causer dehors. Ah ça, ils en ont des choses à raconter !

— Qu'est-ce qu'ils disent ?

— Des horreurs sur nos bonshommes. Qu'ils ont violé la pauvre fille l'un après l'autre, puis qu'ils ont foutu le camp avec le chalutier.

Rozenn poussa un cri d'effroi. En ce moment, elle n'était plus sûre de rien. Lui repassa par la tête qu'elle ne savait pas grand-chose finalement du patron du *Saint-Louis* et de l'autre matelot. Elle les connaissait bien sûr, mais de loin, sans avoir vraiment eu l'occasion de discuter avec eux. Il leur arrivait d'ailleurs de la taquiner à propos de son minois, surtout Lili Kerjean. Jamais une parole ni un geste déplacés, mais des regards parfois gênants. C'est vrai qu'elle était la sœur de leur équipier… Il passait pour un joyeux drille, mais se comportait-il de la même façon avec les autres filles ?

Mauricette et Lucie tenaient un raisonnement identique à propos de P'tit-Louis. Un jeune homme en pleine sève, pas de petite amie. Imaginons qu'il ait bu un verre. Il rencontre la môme Le Livec. Il entreprend de lui conter fleurette. Elle le connaît, elle a la faiblesse de l'écouter, il croit l'affaire bien engagée. Quand elle comprend ses intentions, elle essaie de le repousser, mais il est trop tard...

Le silence durait, pesant, angoissé.

— Vous croyez que c'est un du *Saint-Louis* ?... demanda Rozenn d'une petite voix tremblante.

Les deux autres sursautèrent, confuses que la jeune fille pût lire dans leurs pensées.

— Pas mon fils, en tout cas !

— Ni mon mari !

Prise au piège, Rozenn hésitait. Ses compagnes attendaient.

— C'est pas mon frère non plus, bafouilla-t-elle.

— T'en es bien sûre ? se permit la patronne du bistrot.

Rouge de confusion, Rozenn se leva.

— Vous allez quand même pas croire...

— Calme-toi, fit Mauricette. T'as raison, ma fille. On est en train de devenir folles. Si c'était P'tit-Louis, Loeiz aurait pas supporté d'avoir à son bord un criminel aussi épouvantable. Il l'aurait ramené au port et conduit lui-même manu militari jusqu'à la gendarmerie.

Lucie acquiesçait en hochant la tête.

— Il faut surtout pas se chamailler. Ce matin, je suis allée chercher du pain dans la Grand-Rue. Quand je suis entrée dans la boulangerie, tout le monde a cessé de causer, mais j'ai eu le temps d'entendre que les obsèques d'Eugénie auront lieu demain.

— Il faut y aller, fit Mauricette.

— Tu es folle ! On va se faire étriper.

— Ne pas y aller, c'est le meilleur moyen de laisser croire que c'est un du *Saint-Louis* qui est le coupable.

Une évidence proférée d'un ton sentencieux. Elle avait raison. Rozenn soupira, effrayée à l'idée d'affronter la communauté port-louisienne.

— La mère d'Eugénie va être là…

— Certainement. Peut-être même qu'elle verra pas notre présence d'un très bon œil, mais nous n'avons pas le choix.

Parvenue à une déduction identique, Lucie gardait le silence.

— Ce sera pas facile, reprit Mauricette. Mais il est dans notre intérêt de pas nous défiler. Si Emilienne demande des comptes, on lui expliquera. Je la connais, c'est une femme de bon sens, elle accusera pas sans savoir.

Elles finirent leur café en silence, vivant chacune par anticipation la triste cérémonie du lendemain. Puis Mauricette manifesta le désir de rentrer.

— Je t'accompagne ! s'empressa Rozenn, redoutant les gens devant le café.

Elle avait raison d'être inquiète. Entre-temps, le groupe des badauds s'était étoffé. Quand les deux « complices » émergèrent de la ruelle, le silence se fit aussitôt. Rozenn et Mauricette s'avancèrent, les gens reculèrent, le visage horrifié comme s'ils avaient les meurtriers face à eux. On les dévisageait, elles pressèrent le pas, des gamins se mirent à courir autour d'elles. Mauricette restait stoïque, des larmes coulaient sur les joues de Rozenn. L'un des galopins se mit à crier :

— C'est un des gars du *Saint-Louis* qui a sauté la simplette.

La vieille femme se retourna. Les gamins s'immobilisèrent. Elle fixa les adultes témoins de la scène. Plusieurs baissèrent la tête, aucun ne tança les vauriens pour leur insolence.

15

La place Notre-Dame était noire de monde. Le corbillard effectua sa marche arrière sur le parvis, de façon à se placer face au portail de l'église. Compassion, curiosité, souvent les deux. Etaient venus tous ceux qui connaissaient plus ou moins Eugénie Le Livec. Pas seulement. La victime d'un crime, c'était pas un enterrement comme les autres. Sous l'œil des badauds s'activaient les employés des pompes funèbres, dans leurs costumes gris ; parmi eux, une femme qui déchargeait les gerbes et les couronnes de fleurs.

Emilienne déboucha de la place du marché où stationnait le véhicule de son frère, un agriculteur de Kervignac. Son épouse de l'autre côté, celui-ci la soutenait. Emilienne. Perdue dans un tailleur noir, la démarche somnambulique, le regard fixe, les orbites creuses d'avoir trop pleuré, de ne plus avoir de larmes. La foule s'écarta. Elle s'arrêta quelques secondes, impressionnée, ne parvenant à croire que tous ces gens étaient venus pour une fille comme Eugénie. Le cercueil posé sur le catafalque, le prêtre fit signe d'avancer. Le couinement des roues sur les dalles, les gémissements de sa petiote quand l'autre salaud lui faisait du mal, Emilienne laissa échapper un sanglot.

L'adjudant de gendarmerie était présent lui aussi, accompagné de ses adjoints habituels, Le Leuch et Lugnol, en tenue officielle. Quand Mauricette, Lucie et Rozenn apparurent rue de la Marine, il se produisit un flottement dans l'assistance, parcourue d'un murmure de stupeur. Jusqu'à preuve du contraire, l'une d'elles était de la famille de l'assassin, peut-être même les trois. Cette fois, aucun couloir ne s'ouvrit parmi les rangs serrés, un mur d'une hostilité manifeste. Si l'adolescente baissait les yeux, il n'en était pas de même de ses compagnes.

— On aimerait bien passer, fit Mauricette.

— A moins qu'on n'ait plus le droit d'aller rendre visite au bon Dieu, ajouta Lucie.

Silence. Personne n'osait apostropher les intruses. Les rangs s'écartèrent lentement, elles suivirent le flot dans le saint lieu. Les coutumes funéraires préconisaient de se placer dans la nef selon son degré de proximité avec la défunte : les amis et la famille aux premières loges, ensuite les relations de voisinage, les simples curieux au fond. Rozenn esquissa le geste de se glisser parmi ces derniers ; Mauricette la retint par le poignet au milieu de l'allée centrale.

— On n'a aucune raison de se cacher.

Bien que n'ayant pas froid aux yeux, Lucie fut surprise d'un pareil aplomb dans des circonstances aussi peu favorables, elle suivit sans rien dire. Les bancs de la zone médiane étaient encore inoccupés ; la mère de Loeiz s'y installa, droite, impressionnante d'assurance sous sa coiffe du dimanche campée sur ses cheveux tirés. Ses deux amies l'imitèrent. Personne n'osa s'asseoir sur ce banc-là, laissant le trio ainsi exposé à tous les regards.

L'église s'emplissait. Soudain résonna un pas lourd sur les dalles. Tout le monde se retourna : Joachim Gahinet. La chevelure en désordre, les yeux hagards, le visage halluciné, en proie à une agitation extrême. Il s'était rasé pour l'occasion. Entre quelques estafilades, des poils disparates hérissaient ses joues et son menton. Il avait tenu aussi à se faire beau, à l'insu de sa mère de toute évidence : sa veste était froissée, et de ses manches trop courtes dépassaient ses grosses mains osseuses. Une tenue d'adolescent, dénichée au fin fond de son armoire.

A la vue de son fils, Mélanie Gahinet faillit tomber à la renverse.

Au moment de se rendre à l'église, elle avait frappé à la porte de sa chambre.

— Chim ! Tu viens dire au revoir à Eugénie ?

Pas de réponse. Depuis sa garde à vue, il n'avait plus prononcé le moindre mot. Elle avait entrouvert la porte, Chim était assis sur son lit. Figé, il n'avait ni tressailli ni levé les yeux.

— T'as pas envie de venir avec moi ? Cela ferait plaisir à Eugénie.

Aucune réaction.

Elle avait renoncé à insister davantage. C'était trop risqué de l'obliger à assister à la cérémonie.

Mélanie se leva afin de l'intercepter. Sans la voir, Chim se dirigea résolument vers les premiers rangs, ceux de la famille. Face au catafalque, il prit conscience de son audace, ralentit l'allure, un moment désorienté. Finalement, il se glissa dans la seconde travée, obligeant à se pousser ceux qui s'y trouvaient déjà afin de lui ménager une place au bout du banc.

L'abbé Le Naour, les mains jointes sur sa chasuble dorée, avait vu d'un œil circonspect l'irruption du malheureux. Il attendait le calme. Les paupières mi-closes, il paraissait en pleine méditation, sans doute déjà en communion avec le ciel en passe d'accueillir la petite Eugénie, une de ses ouailles les plus dociles, modelée à coups de cantiques et de prières par le Saint-Esprit.

La messe débuta enfin, poignante à souhait ; aussitôt reniflèrent et se mouchèrent les plus sensibles tandis que priaient avec ferveur les bigotes de service. Lors de l'oraison funèbre, le prêtre dressa d'Eugénie un portrait émouvant, assez juste au demeurant. Il insista sur son innocence et la pureté de sa foi, les fidèles croyaient assister aux funérailles d'un enfant en bas âge. Il exprima sa réprobation pour l'égaré qui avait commis la faute, lui souhaita de se repentir afin que son âme retrouvât le chemin de Dieu. En somme, à en croire son apôtre, le Tout-Puissant était prêt à pardonner au criminel à condition que celui-ci fît acte de contrition.

C'était trop d'hypocrisie pour la pauvre Emilienne... Comment admettre que ce Dieu prétendu si charitable eût laissé s'accomplir le martyre d'une fille si droite et si candide ? Comment comprendre que ce même Dieu eût la faiblesse de pardonner à l'assassin aussi simplement qu'on absout un gamin de ses espiègleries, au prix de quelques prières sur le banc voisin du confessionnal ? Elle se leva en tremblant, vint se placer au pied du cercueil, parmi les fleurs. L'église se figea, le prêtre lui-même suspendit son éloge. La voix de la mère retentit dans le silence ; sans être accusatrice, elle glaça l'assistance. Son regard était fixé au-dessus de la calvitie de l'officiant, sur le tabernacle qui hébergeait le corps du Christ, à qui elle s'adressait. Ou à son père.

— Qu'a donc fait ma fille pour mériter un pareil châtiment ?

Elle se tut quelques secondes, le prêtre ne trouva pas les mots immédiats pour reprendre les rênes.

— Elle croyait en Toi, je Te faisais confiance. Tu l'as livrée aux mains de son bourreau comme la dernière des pécheresses. Tes curés m'avaient vanté Ta bonté. Se sont-ils trompés ou m'ont-ils menti ?

Un murmure de stupéfaction parcourut les travées, beaucoup n'étaient pas loin de penser qu'Emilienne Le Livec avait raison. Celle-ci attendait une réponse qui ne risquait pas de venir.

— Tu n'auras quand même pas la cruauté de fermer Tes portes à ma pauvre fille ? Tu l'as fait déjà assez souffrir comme ça, mais qu'est-ce que Tu lui répondras quand elle va Te demander pour quelle raison Tu lui as fait endurer un calvaire aussi abominable ?

Alors retentit dans l'assemblée pétrifiée un grognement animal, qui pouvait s'apparenter à une plainte. Chim se leva, le visage inondé de larmes. Il vint se positionner lui aussi à côté du cercueil, près de la mère d'Eugénie. Dans le silence grinçait la raucité de son halètement. Ses lèvres s'agitaient comme s'il voulait parler, mais pas un mot ne sortait de sa bouche. Emilienne lui saisit la main.

Cette fois, Mélanie se précipita.

— Qu'est-ce tu fais, Chim ? Faut pas rester là.

Il grogna de plus belle, se débarrassa de la main qui le tirait par la manche.

— Qu'est-ce qu'elle va penser, Eugénie, si elle te voit faire du bazar le jour où elle s'en va ?

Cette fois, il réalisa que c'était sa mère qui lui parlait. La bouche entrouverte, les yeux hagards, il tituba quelques secondes, puis se laissa reconduire à sa place, aidé par Emilienne, soulagée d'avoir dit ses quatre vérités à ce Dieu si peu charitable.

L'assistance était stupéfiée. Le prêtre n'avait jamais été confronté à une situation aussi singulière, pathétique au demeurant... Deux misérables pécheurs qui se permettaient l'audace de réclamer des comptes au créateur de l'humanité. N'était-ce pas une forme de blasphème ?

Quelques minutes de flottement, il reprit le cours de l'office. La ferveur ni l'attention de l'assemblée n'étaient plus les mêmes.

16

La dernière prière balbutiée, l'église se vida. La foule restait agglutinée sur le parvis, pressentant que ce n'était peut-être pas fini. Ceux qui faute de place n'avaient pu assister aux funérailles se faisaient raconter la scène, regrettant d'avoir manqué une remise en cause aussi véhémente de la toute-puissance divine.

Mauricette, Rozenn et Lucie étaient sorties parmi les premières, par la porte latérale donnant rue de la Poste. Elles se cantonnèrent un long moment à l'abri des arbres, face à la grande pâtisserie. Elles ne passèrent pas longtemps inaperçues. L'animosité monta d'un cran à la vue des trois silhouettes noires tapies dans la pénombre. Se dissimulant comme des coupables. Réprimé dans la maison de Dieu pour son inconvenance, un murmure haineux parcourut l'assistance. Réfugiée derrière ses deux compagnes, Rozenn les supplia à voix basse de lever le camp.

— C'est ça, marmonna Mauricette. On fout le camp, et elles vont croire qu'on s'enfuit, elles sont capables de nous courir après pour nous flanquer dans l'eau du Driasker.

Au lieu de descendre la rue, la vieille Bretonne remonta sur la place devant le parvis. Les croque-morts chargeaient le cercueil dans le corbillard et rapportaient les fleurs. Sur le côté se tenait la mère d'Eugénie, petite silhouette perdue dans cette effervescence. Un peu plus loin, Mélanie gardait serrée la manche de son garçon, retombé dans son apathie des jours précédents. Mauricette fendit l'assistance, suivie de Lucie.

Emilienne n'avait qu'une conscience diffuse de la situation, sa fille dans la boîte vernie que celle-ci aurait trouvée si jolie, Chim qui avait manifesté lui aussi, à sa façon, sa désapprobation envers la cruauté divine. Bouche bée, elle dévisagea la mère Le Tennier d'un air hébété.

— Milie, je voulais te présenter mes plus sincères condoléances.

Depuis longtemps, personne ne lui avait adressé ce diminutif ; la pauvre femme bredouilla un vague remerciement. Du bout des lèvres, Mauricette effleura la joue ridée, puis posa les mains sur ses épaules.

— Tu sais, c'est pas un des gars du *Saint-Louis* qui a fait du mal à ta fille.

Emilienne reconnut à ce moment-là la mère de Loeiz, ses yeux embués fouillèrent les siens afin d'essayer de savoir si elle disait vrai.

— Qui c'est alors ? balbutia-t-elle.

— On sait pas, mais les gendarmes vont trouver le salaud qui a fait le coup, ils lui feront payer.

Tout autour, les spectateurs se taisaient, impressionnés malgré eux par la dignité de cette femme. Ou son fils et ses matelots étaient innocents, ou elle possédait un sacré culot.

Pour se rendre au cimetière de Kerzo, le corbillard devait emprunter la déclivité de la rue de la Poste, passer sous le petit pont en contrebas, puis enfiler la rue Marcel-Charrier et celle de la Digue. Un sacré bout de chemin à pied. Le ciel menaçait, le vent s'était levé, ceux qui voulaient accompagner Eugénie jusqu'à sa dernière demeure préférèrent prendre leur véhicule. La foule se dispersa ; bientôt il ne resta sur le parvis que les trois amies qui attendaient pour faire route ensemble. L'adjudant se trouvait encore là lui aussi.

Derval n'avait rien remarqué de particulier, trop de monde, l'esclandre de la mère d'Eugénie et du fils Gahinet avait faussé la donne. La scène des condoléances l'avait fort impressionné : il savait la femme Le Tennier dotée d'un tempérament bien trempé, mais il ne lui aurait jamais cru des nerfs aussi solides. Lucie se sentit observée, elle découvrit l'uniforme devant la mairie. Elle lui adressa un vague sourire ; il se décida à les aborder.

— Toujours pas de nouvelles du *Saint-Louis* ?

Mauricette haussa les épaules en rajustant sa coiffe.

— Ça fait une semaine aujourd'hui. Ils ont fait naufrage.

Ce fut au tour du gendarme de tressaillir.

— Vous avez appris quelque chose ?

— Non, mais il ne peut en être autrement. Vous savez, ces trois-là sont des hommes droits qui ne se seraient jamais abaissés à commettre une pareille saloperie.

Derval ne répondit pas tout de suite.

— J'aurais envie de vous croire, mais si l'un d'eux est le coupable, il est légitime que vous preniez sa défense.

— Si l'un d'eux était l'assassin, c'est qu'il aurait été victime d'un moment d'égarement. Ça peut arriver à tout le monde. Depuis il aurait repris ses esprits, et il se serait déjà constitué prisonnier.

Derval hocha la tête avec une moue dubitative.

— Les recherches continuent. Si le chalutier a coulé, on finira bien par repérer quelque chose.

En bon enquêteur, Derval savait que les funérailles des victimes sont souvent riches d'enseignements. L'assassin a parfois l'audace d'y assister, une attitude pour le moins morbide, comme s'il entendait mesurer les conséquences inhumaines de son geste, ou éprouvait le besoin de se repentir. Ou en retirait une certaine jouissance. Peut-être qu'au cimetière, un lieu moins solennel que le chœur d'une église... Le véhicule de la gendarmerie était garé un peu plus bas, rue des Dames. Il fit signe à ses adjoints.

Le convoi arrivait par la rue de la Digue. Dominant la rade de Lorient, le cimetière de Kerzo offrait un point de vue remarquable à ses pensionnaires. En face on pouvait voir l'île Saint-Michel, interdite depuis la dernière guerre, le port de commerce avec ses cargos amarrés le long du quai, la base sous-marine, un plan d'eau en activité perpétuelle, sillonné par les vedettes de la compagnie maritime.

Le corbillard roulait au pas. Emilienne avait tenu à accompagner sa fille à pied, les derniers instants en sa compagnie. Elle n'était pas cependant la plus proche de la défunte. Chim faisait partie lui aussi du cortège. Libéré de la surveillance de sa mère, il marchait d'un pas chancelant juste derrière le hayon du véhicule, les yeux rivés sur le cercueil qu'il apercevait à travers la vitre fumée. La caisse où se trouvait Eugénie. Mélanie avait essayé de le raisonner, de le garder près d'elle... Le front buté, le visage impassible, il l'avait repoussée. Jamais la pauvre Mélanie n'avait eu l'occasion de se rendre compte de la force de son garçon, elle ne l'avait jamais vu aussi rétif.

Le corbillard s'engagea entre les deux piliers de l'entrée, faisant crisser le sable blanc de l'allée centrale. Un catafalque attendait à l'aplomb de la fosse béante, la terre entassée à côté. Les employés des pompes funèbres descendirent la bière du véhicule. Chim ne recula que le temps de les laisser opérer, disposer les gerbes et les couronnes de fleurs. Puis il se rapprocha de sa bien-aimée, toujours sans manifester la moindre émotion. Que se passait-il dans sa tête ? Personne n'aurait pu le dire, même pas sa mère.

Le prêtre se remit à psalmodier, son bréviaire à la main, avec par moments des éraillements de voix semblables aux cris des goélands à tournoyer au-dessus de leurs têtes. Puis il saisit le goupillon et en aspergea le cercueil avec un ample signe de croix. Il se tourna pour le transmettre au suivant, se trouva face à Chim, toujours dans le même état d'obnubilation. Emilienne s'interposa, bénit le dernier refuge de sa fille. De ses doigts tremblants s'échappa l'outil, qu'une voisine ramassa bien vite. Se succédèrent les autres sympathisants de la défunte. Venant de l'océan, le vent éparpillait en brume les gouttes d'eau bénite et les déposait sur les voisins. Des larmes du ciel, qui ajoutaient à la tristesse de la cérémonie.

Le moment était venu de descendre la bière dans la tombe. Maître des lieux, le fossoyeur se tenait à proximité, les croque-morts s'empressèrent de lui donner la main. Ils portèrent le cercueil, le posèrent sur les planches en travers du trou, passèrent les cordes dans les poignées. Se doutant qu'on allait lui voler son amie, Chim tremblait comme une feuille. Il s'approcha. La caisse fut soulevée, les planches retirées, elle brinquebala entre les flancs de terre noire. Alors il poussa un cri terrible, se jeta sur la boîte d'Eugénie pour l'accompagner dans son tombeau. Personne n'avait eu le temps de s'interposer.

Les trois gendarmes se tenaient à l'écart. Sidérés eux aussi par la tentative désespérée du jeune homme. Derval était perplexe, essayant de cerner les motivations d'un comportement aussi inattendu. Refusait-il de voir partir son amie ? Fuyait-il la réalité ? Ou entendait-il se faire pardonner de lui avoir fait du mal ? Au bout du compte, le fils Gahinet n'était peut-être pas aussi innocent qu'il y paraissait… A surveiller et interroger en tout cas, s'il recouvrait un semblant de raison et l'usage de la parole.

De stupéfaction, les employés des pompes funèbres avaient laissé échapper les cordes. Livré à lui-même, le cercueil se trouva coincé entre les mors argileux de la fosse. Saisis d'effroi, les témoins avaient l'impression d'assister à une farce macabre. Un sacrilège. Deux des croque-morts empoignèrent Chim par les épaules, le relevèrent sans ménagement de sa fâcheuse posture. Le malheureux hurlait, les mains tendues vers sa bien-aimée, pas un mot, mais une plainte terrible qui faisait froid dans le dos. On le tira en arrière, jusqu'au milieu de l'allée. Quand les pognes le lâchèrent, il s'effondra à plat ventre, mit les bras au-dessus de sa tête, ne bougea plus.

Anéantie, Mélanie Gahinet s'était laissée tomber sur le marbre de la tombe la plus proche. Elle aussi semblait déconnectée de la réalité.

— Faut pas le laisser là… fit le prêtre.

Il remarqua les gendarmes, répéta plus fort qu'il convenait de venir en aide au malheureux, si l'on ne faisait rien, il risquait de se montrer dangereux.

L'adjudant n'avait pas attendu l'intervention du curé pour réclamer du secours. Les pompiers arrivèrent quelques instants plus tard. Chim ne leur opposa aucune résistance, frappé d'une léthargie totale. Une loque décérébrée. L'internement dans une structure psychiatrique s'avérait incontournable. Traînant les pieds comme des bois morts, il se laissa porter dans le véhicule. Les portes se refermèrent. La camionnette s'en alla. L'incident était clos, on procéda à l'inhumation d'Eugénie Le Livec. Elle pouvait reposer, enfin, en paix

17

Les condoléances de Mauricette sur le parvis de l'église impliquaient de ne plus se replier, donc pour Lucie Kerjean de rouvrir son estaminet. La vieille femme lui en expliqua la nécessité. Lucie ronchonna pour la forme, consciente de ne pouvoir garder son troquet fermé, ne serait-ce que pour des raisons financières.

— Il faut reprendre la vie comme avant, abonda Rozenn. Moi, je retourne travailler à la poissonnerie.

Lucie promit pour le lendemain, chacune partit de son bord.

Ce mardi-là, le soleil resta opalescent derrière un mince rideau de nuages. Pas un souffle de vent, un ciel uniforme, d'un gris qui donnait l'impression d'une chape argentifère. La veille, certains chalutiers avaient différé leur départ, afin d'assister aux obsèques de la « pauvre gosse », par sympathie pour la mère. A l'aube, ceux-là aussi avaient levé l'ancre, plus aucun bateau n'était à quai. Lucie Kerjean ouvrit sur le coup de neuf heures, il se mit à pleuvoir, une pluie fine et drue, un épais brouillard si elle n'avait tant mouillé. Un temps à ne pas mettre le nez dehors. Lucie se sentit soulagée, elle n'aurait pas grand-monde, mais elle avait promis. Elle donna un coup de balai, descendit les chaises des tables, puis essuya les verres embués par l'humidité. Quelques passants défilèrent devant le bistrot.

Tiens, la Lucie avait ouvert, elle avait dû se calmer…

Ils ralentissaient, les plus hardis s'approchaient de la devanture. Un coup d'œil furtif à travers la vitre, la tête aussitôt détournée s'ils croisaient le regard de la patronne, installée derrière son comptoir. A dix heures, Lucie commençait à se demander si cela valait la peine d'insister.

Dans tout port circulent des personnages remarquables, singuliers à différents titres. Parmi les célébrités locales figurait un vieux marin : Désiré Bertout, dit la Godille. Plus jeune, il était le maître incontesté de cette façon de manœuvrer un canot : d'une main et avec une seule rame à l'arrière de l'embarcation, en usant de cet habile coup de poignet qui dessine un 8. Il avait poussé tout de travers, comme les pommiers rabougris des prairies, ceux qui donnent des fruits à peine plus gros que des nèfles, les meilleurs pour fabriquer du cidre. Lui, affirmait que c'était à force de trimbaler les caisses de poissons et de haler le chalut. Ses camarades d'école rectifiaient : il avait eu un mal de chien à apprendre à écrire, l'instituteur n'avait jamais réussi à le faire se tenir droit à son pupitre. Une scoliose classique. Un caractère de cochon, un brave homme quand même. Un bon marin en tout cas, avant de poser le sac à terre.

Avec toutes ces histoires, la Godille s'était enfermé dans un mutisme obstiné, dont même son copain de toujours ne parvenait à le tirer. Lucien Le Cam, un marin du chalutier dont Désiré était le patron. Ils avaient si souvent levé l'ancre ensemble, galéré par tous les temps, ramassé tant de paquets de mer à travers la gueule, qu'ils ne pouvaient plus se passer l'un de l'autre. Lulu avait conservé l'habitude d'obéir à son chef en toute circonstance, celui-ci de le commander. Pas une relation tyrannique, loin s'en faut, Désiré respectait son matelot et ne s'était jamais permis de l'humilier.

D'avoir été ami avec le père de Lucie, la Godille refusait de prendre position dans l'affaire du Lohic. Il connaissait celle-ci depuis qu'elle était toute petite. A l'entendre, il l'avait tenue sur ses genoux. Un jour, elle lui avait même pissé dessus, riait-il, un souvenir qu'il ne manquait jamais d'évoquer, surtout quand il avait la casquette de travers en fin de soirée.

Lucie était fille d'agriculteurs, une petite exploitation du côté de Nostang, de quoi vivoter, pas davantage. Ils donnaient dans le bio, c'est ainsi que la Godille avait lié amitié avec Hubert Legendre, qui fournissait madame Bertout en légumes. Le marin et le paysan d'alors développaient une conception identique de ce foutu monde qui courait tout droit à sa perte. Une haine chronique à l'encontre des gros producteurs et des armateurs industriels qui s'en mettaient plein les poches sur le dos des « forçats de la terre et de la mer ».

Marceline et Hubert avaient eu Lucie sur le tard ; à force d'essayer, ils n'y croyaient plus. Autrement dit, la gamine avait été élevée par des parents vieillissants, usés avant l'âge par le labeur. Tous deux étaient décédés à l'aube de leurs soixante ans, à quelques semaines d'intervalle. La mère la première, le veuf inconsolable n'avait pas supporté le logis vide et le lit froid.

Orpheline en si peu de temps, Lucie avait dix-huit ans. L'aurait-elle voulu, elle n'aurait pu garder la ferme, trop vaste pour ses deux bras. Obligée de baisser le montant fixé par le notaire, elle en avait retiré juste assez pour acheter le café de la Criée, laissé vacant après le décès du tenancier qui buvait autant que ses piliers les plus assidus.

A l'époque, Louis Kerjean était un jeune marin que guignaient toutes les jeunes filles. Les cheveux blonds, assez longs pour onduler dans le vent, les yeux d'un bleu changeant selon l'humeur du ciel, svelte et moins trapu, il n'avait pas le physique standard des matelots. Il s'éprit de la nouvelle patronne à la première incursion dans son bistrot. D'emblée, il lui prodigua une cour assidue ; Lucie s'en amusait, flattée d'être choisie par l'adonis du quartier. L'aimait-elle ? C'était plus de la fierté, le triomphe sur ses rivales et l'obstination de ne pas le leur laisser. Pas question cependant de consommer avant l'heure, une mise à l'épreuve instinctive afin de vérifier la sincérité du séducteur. La crainte aussi d'être larguée au sortir de l'étreinte par un don Juan qui n'aurait eu qu'à cligner de l'œil pour se faire ouvrir d'autres bras. Lili devait l'aimer sincèrement, puisqu'il patienta jusqu'à la nuit de noces.

Ce fut un beau mariage, entre pragmatiques terriens et illuminés de l'océan. Deux mondes parallèles, animés naguère d'une hargne réciproque. Ce jour-là, ils turent leur orgueil afin de faire bon ménage. A vrai dire, les aventuriers de la mer plastronnèrent un peu face aux invités de la mariée, surtout en fin d'après-midi, quand ces derniers effectuèrent un petit tour à bord de leurs chalutiers tendus d'oriflammes.

A force d'habitude, Lucie s'était persuadée qu'elle aimait son mari, sans doute de ne pas avoir connu d'autre liaison. Pas d'enfants, avait-elle décrété dès les prémices de leur idylle. Avec un bonhomme en mer et son commerce elle n'aurait pas le temps de s'en occuper. Lili aurait bien voulu un petit matelot. Privé des rênes du couple, il dut se résigner à empaqueter son outil les jours féconds, ou à faire abstinence. Lucie avait en effet en matière de contraception des principes plutôt stricto-rigides : un stérilet l'aurait dégoûtée. La pilule ? On ingurgitait assez de cochonneries comme ça sans avoir besoin de prendre des médicaments pour la galipette.

Loin d'être un dragon, Lucie commandait donc ; propriétaire et patronne du café, elle régnait finalement sur son territoire. N'ayant jamais été assoiffé de pouvoir, Lili se pliait volontiers à cette autorité bienveillante. A terre, il assurait même le rôle de serveur, faisant fi des quolibets comme quoi il filait doux devant sa bonne femme. Bien que discrète, la vigilance de Lucie ne se relâchait guère. Une ou deux fois l'an, Lili parvenait quand même à prendre la tangente avec les collègues, histoire de faire la fête dans les autres bistrots de Port-Louis. Tant qu'à en profiter, autant s'en mettre plein la lampe. Le lendemain, dégrisé mais la gueule de bois, il rentrait au logis tête basse, comme le chien fugueur parti se rouler dans la vase. Ce qui ne le dispensait pas d'une remontée de bretelles en règle. En privé toutefois.

— Tu vas quand même pas finir comme le pochetron qui m'a vendu la boutique ?

Lili n'osait lever les yeux. Se tenait coi, laissait passer l'orage. Qui ne durait jamais bien longtemps.

Voilà quinze ans maintenant qu'il était à bord du *Saint-Louis*.

Compte tenu de cette affection de longue date, rien d'étonnant que la Godille fût le premier à franchir le seuil ce matin-là, accompagné de son indéboulonnable Le Cam. Ils s'assirent à une table près de l'entrée, bien visible de l'extérieur. La pluie se fit moins prégnante, d'autres anciens vinrent rôder sur le port, pareils aux lézards qui pointent le museau entre les pierres au premier rayon de soleil. Ils hésitaient à pénétrer dans un lieu où flottaient des relents de meurtre, mais la curiosité l'emportait, et surtout la soif. Cette fois, Lucie se promit de conserver son sang-froid. De toute façon, la Godille veillait au grain. Quatre se mirent à taper une petite belote, les autres sirotaient leur chopine ou leur verre de blanc, clappant des lèvres et de la langue à chaque gorgée, avec l'air mystérieux d'œnologues avertis en train de goûter quelque grand cru.

Quand on n'a rien à débattre ou qu'on évite d'aborder certains sujets, on cause du temps. Ce matin-là, il y avait à redire sur cette bruine à la con qui bouchait l'horizon.

— Paraît que ça va durer toute la semaine.

— T'as écouté la météo ?

— Non, les cours de la Bourse…

— Alors, si la météo a annoncé la pluie, il fera beau demain.

De temps en temps, l'un ou l'autre jetaient un regard en direction de Lucie, brûlant d'aborder l'affaire.

— Toujours pas de nouvelles du *Saint-Louis* ? se permit enfin Rémy Caldosse, un bon gars, lui, pas du genre à cancaner.

Lucie secoua la tête d'un air découragé.

— On s'attend à une mauvaise nouvelle sans tarder.

— Au moins ça empêchera de raconter des conneries sur les marins qui sont à bord, fit la Godille.

— On peut pas empêcher les gens de causer, intervint un autre. Y en aura toujours à bavasser tant qu'on saura pas la vérité à propos de cette pauvre gosse.

— C'est vrai qu'elle avait écrit avec des cailloux le nom de celui qui l'a plantée ?

Lucie déglutit sa salive, s'efforça de rester calme. Autant dire la vérité.

— Oui, c'est vrai. C'est pour ça que les gendarmes nous ont interrogées, Mauricette, Rozenn et moi. Mais ils ont bien dit que c'était pas une preuve.

Silence dans la salle. Ce n'était pas une preuve, mais quand même…

18

Les funérailles fantasques de la petite Le Livec réactivèrent les langues au sein de la cité portuaire. Par commisération d'abord. Chim... Qui l'aurait cru capable d'une pareille marque d'amour ? Au dernier moment, il avait voulu accompagner la martyre qu'il chérissait, un sentiment presque incongru chez un garçon qu'on estimait réduit aux enfantillages.

Analyse charitable...

En revanche, les fouille-merde déduisirent de son coup de folie qu'il était bel et bien l'assassin. Fins limiers, ceux-là théorisaient avec une logique imparable. S'il en avait jamais possédé une, le malheureux avait perdu la tête le jour du crime. Toute la semaine, torturé de remords, il avait ruminé son abominable forfait ; dans la primarité de son schéma mental, il n'acceptait pas d'être le meurtrier de la fille qu'il aimait, celle à qui il avait essayé de le prouver physiquement cette nuit fatale. C'était le refus de sa culpabilité qu'il avait clamé en voulant disparaître avec sa victime.

Pourquoi pas, après tout... L'analyse psychologique ne manquait pas d'intérêt... Mais le prénom inscrit par les galets sur le sable, les précautions prises par le criminel pour effacer le moindre indice. Chim Gahinet, le violeur et l'assassin, puis le dissimulateur ? Allons donc...

Les rumeurs essaimèrent dès le mardi matin ; dans toute conjoncture de crise, les nuisibles se réveillent. Parmi les marins du port, un en voulait à mort à l'équipage du *Saint-Louis*, un certain Félix Donias. Un traîne-savates aux crochets d'une vieille mère dont il dilapidait la maigre retraite d'un troquet à l'autre. Franc buveur, le fainéant avait le vin mauvais. Les quinquets embrumés, il cherchait des noises à tout le monde. Pour ne rien arranger, l'animal était costaud. Petit, mais râblé. Il dispensait sa hargne à tout vent, on l'évitait, on l'ignorait, on le fuyait, mais le bougre avait l'agressivité tenace.

Pourquoi en voulait-il aux trois Louis ?

Quelques années auparavant, Donias se pointe dans le café des Kerjean. Un samedi en fin d'après-midi, après une sieste migraineuse trop courte pour dissiper les vapeurs du matin. Il s'installe au comptoir, commande un demi.

— Pas de faux col, s'il te plaît.

Il trempa les lèvres dans la mousse, fit la grimace, ronchonna quant à sa fraîcheur, elle n'avait pas de bulles... Bref, un fond de fût ! Lucie lui répliqua que le fût en question avait été mis en perce en début d'après-midi. Ce n'était que le troisième verre qu'on en tirait.

— En tout cas, celui-ci est éventé.

Habituée aux récriminations de Donias, Lucie s'éloigna. Lui, ne s'estimait pas quitte. Il prenait les clients à témoin : il était en train de se faire gruger, il s'en voulait d'avoir été assez con pour mettre les pieds dans ce tripot de gougnafiers !

A une table voisine de la porte étaient installés les trois Louis, Lili ayant suspendu son service afin de trinquer avec ses deux collègues. Donias les aperçut. Loin de l'incliner à la prudence, cette triple présence ne fit que décupler son acrimonie.

— C'est comme les autres, là-bas. C'est facile de sourire quand on se rince à l'œil.

Loeiz s'obligea à éclater de rire. Donias, Donald, le sobriquet était facile...

— Qu'est-ce qui t'arrive, mon canard ? La patronne t'a fait des misères ?

Le Félix n'aimait pas qu'on le surnommât ainsi, pas plus que « le Chat ».

— Ta gueule, Teignouse, on sait bien que t'es de mèche avec les taverniers de cette gargote.

— Holà, intervint alors Lili, égratigné dans son honneur. Faudrait quand même pas pousser le bouchon trop loin.

— Pourquoi ? Tu crois me faire peur, ma poulette ?

— Si le bistrot te plaît pas, t'as qu'à aller tremper ailleurs ton bec de jars.

— Je vais encore où j'ai envie. C'est certainement pas toi qui me donneras des leçons. Ta bière, elle sent la pisse, c'est pas la peine d'espérer que je vais la payer.

— De toute façon, ça risque pas, répliqua Kerjean. On sait bien que t'es toujours fauché.

— Répète donc un peu ! répondit Donias en affichant des allures de matamore.

Devinant l'escarmouche, Loeiz se leva, imité par P'tit-Louis, prêt à venir à la rescousse. Le patron du *Saint-Louis* s'avança face au trublion.

— Ça suffit comme ça, Donias. C'est pas parce que t'es mal luné que t'as le droit d'emmerder tout le monde. La bière de Lucie te plaît pas ? Alors, passe ton chemin, rentre chez toi cuver ton vin.

— C'est pas toi qui me feras sortir.

Lucie commençait à en avoir assez elle aussi. Soulevant la casquette par-dessus le comptoir, elle attrapa le verre incriminé et en vida le contenu sur la tête de l'énergumène.

— Tiens, si t'as pas envie de boire ta bière, peut-être qu'elle peut te servir de shampoing. Paraît que le houblon, c'est bon pour le cuir chevelu.

Puis elle le recoiffa.

Les marins attablés suivaient la scène avec beaucoup d'intérêt. Immense éclat de rire. Les cheveux dégoulinants de mousse, Donias se retourna en levant le poing, la patronne avait pris la précaution de reculer.

— Donne-moi un coup de main, gamin.

Le Tennier et P'tit-Louis empoignèrent le casse-bonbons sous les aisselles, le soulevèrent et le portèrent comme un pantin désarticulé vers la porte tenue ouverte par Lili. Propulsé par quatre mains, Donias atterrit en un roulé-boulé magistral au milieu de la petite place.

— Evite de traîner dans la rue, des fois que les poubelles passeraient pendant la nuit.

Les trois marins du *Saint-Louis* attendirent sur le trottoir, sachant l'enfoiré capable de flanquer un pavé dans la vitrine pour se venger ; celui-ci préféra quitter la place sans demander son reste.

Depuis cette avanie publique, Donias n'avait jamais remis les pieds au café de la Criée. Il avait conservé de l'algarade une rancœur larvée. Le meurtre d'Eugénie et les soupçons pesant sur l'équipage du *Saint-Louis* lui offraient l'occasion idéale de l'exprimer. Chaque jour, il effectuait le tour de Port-Louis, abordait qui voulait bien l'écouter :

— Si c'est pas malheureux, des salauds pareils. Une pauvre gosse comme la petite Le Livec... Vous vous rendez compte qu'ils se sont mis à trois pour la besogner !

Donias n'était pas avare de détails, exerçant en même temps sa propension à la grivoiserie libidineuse.

— Ils étaient deux à la tenir, pendant que le troisième lui fourrait son engin dans la tirelire.

Tout cela sous cape bien entendu, à voix basse, sur le ton de la confidence, avec l'air d'en savoir plus que les autres. Il effectuait aussi le tour des bistrots, les autres. Pour un peu, malgré son avarice chronique, il aurait payé la tournée pour trouver quelqu'un à l'écouter cracher son venin. Celui qui tombait sous sa coupe haussait les épaules.

— Tu exagères, Donias, t'y étais pas.

— Sans doute... C'est sûr et certain pourtant que ça s'est passé comme ça.

Généralement, il marquait une pause à ce stade de sa démonstration.

— Comme il est certain que ces trois fumiers sont cachés quelque part avec leur rafiot. On n'est pas près de les retrouver.

— Ah bon ! Et pourquoi ?

— Tu sais pas qu'on est dans un pays de jean-foutre où plus personne fait son boulot ?

Il en voulait à la société entière, aux gendarmes, aux pompiers, aux sauveteurs en mer, tous des planqués, complices des assassins. Comment non ? Mais c'était évident.

Ce mardi-là, le temps se leva avant midi. La marée était bonne, une tartine de beurre et un quartier de camembert en guise de déjeuner, Mauricette en profita pour aller aux palourdes. La petite mer de Gâvres, envahie par la foule lors des grandes marées, des pèlerins de tous âges, munis d'instruments aratoires comme les saisonniers de la

Beauce, un miracle que la ressource naturelle ne fût pas encore épuisée ! La mère de Loeiz avait besoin de prendre l'air, de se changer les idées, de défier ses semblables aussi, pour ne pas se terrer dans son logis et laisser croire à la culpabilité de son garçon.

Mauricette n'était pas la seule à arpenter l'estran. Certains pêchaient « au trou », autrement dit à la cuiller ; d'autres donc – même des natifs du coin – s'échinaient à peser sur le manche de leur pioche afin de labourer le sable. Des hommes essentiellement, cette dernière tâche étant trop éreintante pour des femmes. Moins sottes, celles-ci avaient appris à pêcher à l'économie. Elles se connaissaient toutes, au gré d'un cheminement côte à côte pour un brin de causette. Ce jour-là, les consœurs de Mauricette l'évitaient, comme ça, s'éloignant d'elle mine de rien en piquant le sol sans lever la tête. Pas du genre à mendier l'attention, la vieille femme ne fit rien pour engager la conversation. L'une des pêcheuses portait le prénom de la sainte éponyme de l'église de Riantec : Radegonde. Pas facile à assumer, drôle de fantaisie, aussi bien de la part des parents que du secrétaire de mairie. Il est vrai qu'en 1925, un prénom si cocasse ne constituait pas un handicap...

C'était une petite bonne femme toute ridée, si menue que la première bourrasque risquait de l'emporter. Fallait pas se fier aux apparences, la mère Le Peutrec était des plus résistantes, jamais à se plaindre, pleine de compassion au contraire à l'égard de ses compagnes qui avaient « bien du malheur sur cette pauvre terre ». Elle n'avait pas son pareil pour débusquer les précieux coquillages. Le collecteur des parqueurs la considérait avec respect : elle était l'une de ses meilleures pourvoyeuses.

Mauricette estimait Radegonde :

— Toi, tu seras toujours une jeune fille, lui disait-elle quand leurs chemins se croisaient.

— Te moque pas, Mauricette. T'as pas vu mes vieilles jambes tordues comme des pattes de crabe, mon dos plus voûté que la carapace d'une tortue ?

— Dans ta tête, je disais.

Sourire entendu.

— T'as raison, c'est là que c'est le plus important.

Ce jour-là, Radegonde hésita à s'éloigner. Puis elle se ravisa. Ce fut même elle qui rompit la glace.

— C'est vrai ce qu'on dit sur ton fils ?

— Vrai, quoi ?

— Fais pas la bête. Tu sais bien. A propos de la fille à Emilienne.

— Et toi, qu'est-ce t'en penses ?

— Que Loeiz est un trop bon garçon pour avoir commis une horreur pareille.

— De toute façon... A l'heure qu'il est...

— On est toujours sans nouvelles du *Saint-Louis* ?

Mauricette laissa échapper un profond soupir.

— Tu sais bien ce que ça veut dire...

— Faut pas désespérer, tenta de la rassurer Radegonde. Ils ont peut-être dérivé à cause d'une panne de moteur, mais ce sont de bons marins.

Le ton n'y était pas, elles préférèrent changer de conversation. Aujourd'hui, ça donnait bien, et des belles.

Les autres pêcheuses les voyaient deviser, la curiosité l'emporta sur la suspicion. Une à une, elles s'approchèrent, pensant qu'il y avait peut-être du nouveau, puisque la mère de Loeiz était à la côte. Cette fois, ce fut elle qui prit ses distances.

Le climat se dégradait dans la ville. Dans la semaine, le territoire était en priorité occupé par les femmes, plus bavardes que les hommes. Les supputations continuaient. Sans nouvelles, les commères érigeaient en vérités les hypothèses les plus hallucinantes. Le chalutier aurait été aperçu du côté de l'Irlande, ou près de la côte basque. Pourquoi pas en Polynésie ou aux Caraïbes ? La mère d'Eugénie aurait affirmé que les gars du *Saint-Louis* avaient déjà tourné autour de sa fille. De drôles d'individus finalement sous leur apparence intègre, toujours à l'affût d'une paire de fesses, même de celles des femmes mariées. Des ragots à sens unique, d'une perfidie à porter au bûcher les présumées sorcières quelques siècles auparavant ; quand on tenait un coupable, il convenait de ne pas le lâcher, d'étayer la suspicion avec tout ce qui passait par la tête.

Le mercredi, les bateaux revinrent à la vente à la criée de Lorient. L'adjudant avait fait le déplacement afin de savoir si l'un des équipages avait remarqué quelque chose de particulier à propos du *Saint-Louis* : rien. Voilà maintenant plus de huit jours que le chalutier avait disparu, il était rare que si longtemps après, la mer n'eût pas encore recraché quelque trace d'un éventuel naufrage. L'hypothèse de la fuite devenait moins invraisemblable.

La flottille port-louisienne reprit le large jusqu'au samedi matin.

19

Si le cœur de la cité appartenait aux femmes, le port était le domaine privilégié des hommes, une évidence en rien discriminatoire – les activités y étaient différentes par définition. Le café de la Criée avait repris son train-train quotidien, Lucie une relative sérénité. Bien sûr pas une seconde ne la laissait en paix l'angoisse à propos du *Saint-Louis*, de plus en plus terrible à mesure que s'amenuisaient les chances de retrouver les matelots sains et saufs. Pour l'instant, le Crossa avait suspendu ses recherches. Avec les grandes marées à venir, on y verrait peut-être plus clair, ou encore si une tempête brassait les fonds voisins.

Le temps se montra clément le reste de la semaine. La pêche avait été bonne, du beau poisson dont on tirerait un prix convenable, à condition que la profusion ne fît pas trop baisser les cours. Aussi les marins revinrent-ils le cœur léger à Port-Louis le samedi matin après la vente. La place d'amarrage du *Saint-Louis* restait désespérément vide ; pour les équipages, il ne faisait plus aucun doute que les malheureux ne reviendraient plus. En l'absence de nouvelles, on se résoudrait bientôt à célébrer la messe des disparus en l'église Notre-Dame.

Se souvenant de la façon énergique dont ils avaient été éconduits, les premiers clients hésitèrent devant le bistrot de Lucie. Celle-ci avait prévu le coup, elle s'arrangea pour se trouver mine de rien sur le pas de sa porte quand débarquèrent les équipages. Sans courbettes ni souci de s'excuser, elle fit bonne figure et salua ses pratiques. Ceux de la *Marie-Fanch*, des amis des trois Louis, ne croyaient pas en la culpabilité de ces derniers. Ils n'eurent pas besoin de se concerter pour pénétrer dans le café où ils avaient pour habitude de boire un coup chaque samedi.

— Une bouteille de blanc ? demanda Lucie en rajustant ses cheveux sur ses tempes.

— Bonne idée. Il a fait soif toute la semaine, fit Roger Liscoët, le patron du chalutier, un colosse affligé d'une voix de fausset, mais dont personne n'osait se moquer – le bougre avait des paluches aussi larges que des avirons.

— C'est pas pour t'embêter... dit-il à Lucie quand elle apporta la bouteille et les verres.

— Toujours rien, répondit-elle sans le laisser finir sa phrase. C'est foutu...

A quoi bon essayer de la rassurer ? Bientôt deux semaines. A moins que...

Tout le monde avait le meurtre en tête. On ne portait pas vraiment crédit à l'implication des marins du *Saint-Louis*, mais à défaut d'autre nouvelle...

Un à un, les autres équipages franchirent le seuil à leur tour, s'installèrent à leurs tables habituelles : même lors des libations existait un cérémonial instinctif, tacite. Un peu timides, les conversations se débridèrent. D'une table à l'autre, on échangeait sur la marée, on débattait des prix, les mareyeurs devaient avoir les oreilles à leur siffler ainsi que le crieur qui était, bien sûr, de mèche avec eux. On se racontait aussi les anecdotes de la semaine : le Jeannot Fichet avait glissé et était tombé dans la cale parmi la poiscaille : il aurait pu se rompre le cou. Le miraculé hochait la tête avec une grimace éloquente, tout en riant niaisement quand on lui demanda d'un ton insidieux ce qui lui valait une chance pareille : sa légitime était réputée pour avoir la cuisse légère.

Le Perceval avait remonté un marsouin dans ses filets ; là, ils parlaient à voix basse : la pêche de ce mammifère était sévèrement réglementée, mais à quoi bon rejeter le bestiau à l'eau ? Il était déjà mort. Les matelots se le partageraient, la chair ressemblait à celle du thon rouge, en plus savoureuse. Chaque équipage y allait de son couplet : le *Liberté* avait eu de la veine ! claironnait son patron en torchant son verre. Pour un peu, son chalutier talonnait les roches de l'autre côté de Groix, le matelot distrait à la barre s'était fait tancer de première. A bord de ce bateau-là, on embarquait deux casiers de bouteilles étoilées chaque lundi…

Autant de drames évités, dont il convenait de rire à présent. C'était pas comme les pauvres gars du *Saint-Louis*...

A ce train-là, Lucie avait déjà réapprovisionné plusieurs tablées. Elle avait recouvré ses réflexes de commerçante : acquiesçant comme si elle écoutait, feignant de rire à un bon mot ou l'ignorant parce qu'un peu trop leste, s'inquiétant de la fraîcheur de son vin blanc. Elle naviguait à vue dans un univers d'hommes où elle avait ses repères depuis belle lurette. Où elle se sentait à l'aise.

Assis près de la porte, Boris jetait à échéance régulière un coup d'œil sur la petite place. Il tressaillait au moindre bruit de moteur, sous l'œil ironique de ses voisins. Ce ne fut pas son cerbère à mobylette qui se présenta dans l'embrasure de la porte, mais Félix Donias. Une telle hardiesse interrompit les conversations. Les regards allaient du nouveau venu à la patronne figée derrière son comptoir. Celle-ci s'efforçait de conserver son sang-froid, consciente que le salaud profitait de l'absence des hommes du *Saint-Louis* pour pointer son museau de fouine. Une petite table restait libre près de l'escalier, la dernière. Il s'y installa comme si de rien n'était.

Lucie avait toutes les raisons de ne pas le servir, mais à son grand regret aucune de valable à lui faire valoir ; elle s'avança pour prendre la commande.

— Pas de bière, tu sais pourquoi.

Elle ne releva pas, droite pour attendre qu'il se décidât.

— Apporte-moi donc une fillette de blanc.

Puis, sans la regarder en face :

— Avec un verre propre.

Lucie haussa les épaules, tourna les talons. A son retour, elle posa vivement la bouteille sur la table, faisant tressauter les pratiques alentour.

— Doucement, se permit encore le Félix, fort de son impunité. Ce serait dommage de gâcher une si bonne marchandise.

Il promena sur l'assemblée un regard triomphant, prenant tout le monde à témoin de sa revanche manifeste. On l'oublia, on se remit à causer. Donias se servit avec la même jubilation, puis il trempa les lèvres dans le vin blanc. Lucie conservait un œil sur lui. Il le savait, il fit la grimace. Garda en réserve la remarque prévisible.

Tout le monde se souvenait de l'empoignade entre Le Tennier et Donias, son irruption ramena la conversation sur les marins du *Saint-Louis*. L'occasion rêvée de trouver oreille complaisante.

— Ceux-là, laissa-t-il tomber d'un ton méprisant, ils sont planqués quelque part en train de se la couler douce.

Aucun commentaire. Qu'à cela ne tienne ! Donias décida de s'imposer. Sans se lever, il faufila sa chaise entre celles de la table voisine, puis se retourna afin d'attraper sa bouteille et son verre.

— Je vous dérange pas, j'espère ?

Toussotements et grognements, pas de réponse. Décidément sans scrupule, le butor relança le sujet.

— Je suis sûr que tous ceux qui sont en mer savent dans quelle crique est ancré le vaisseau fantôme.

— Pas nous en tout cas, laissa tomber un nommé Pivert.

— Tutt, tutt. On me la fait pas. En cas de coup dur, on se serre les coudes entre gens de la mer, c'est bien connu.

Malgré le ton sarcastique, les voisins se retinrent encore ; ils recommencèrent à converser entre eux. Donias se resservit. Eclusa aussitôt son verre.

— C'est gentil à vous de m'accepter à votre table, les gars. Pour vous remercier, je vous offre la tournée.

Les autres protestèrent du bout des lèvres. Pour la forme, un gorgeon à l'œil, ça se refuse pas. Donias fit signe à Lucie dès qu'elle passa à proximité.

— Tu nous remettras une bouteille. Du bon ce coup-ci, s'il t'en reste, si c'est pas trop te demander.

Puis avec une grimace éloquente, il prit ses compagnons à témoin :

— C'est vrai, le vin blanc, quand il est aigre, ça vous colle des brûlures d'estomac pour le restant de la journée.

— Le nôtre était correct, répondit Maurice Couviour.

— Vous avez eu de la chance. Ou vous êtes bien vus, vous...

Avec un sourire entendu, Félix déblatérait assez haut pour être entendu de celle qu'il entendait blesser. Stoïque, Lucie conservait son calme. Elle posa le muscadet commandé, puis se retira avec dignité. Il lorgna ses hanches sans vergogne.

— Pas mal foutue, apprécia-t-il, à voix basse cette fois. Ce serait dommage d'être déjà veuve...

— Ta gueule, Félix, répliqua Pivert en emplissant les verres. Il y a des choses sur lesquelles on n'a pas le droit de plaisanter.

— Si on peut plus rigoler... Je dis ça alors que je sais très bien que le Lili n'est pas mort. Ni ses deux complices d'ailleurs.

Puis il baissa le buste et la voix.

— Je suis sûr que c'est eux qui ont fait le coup.

— Qu'est-ce t'en sais ?

Donias adopta un air mystérieux.

— Il suffit de réfléchir un peu. Ça fait bientôt quinze jours maintenant. Si c'était quelqu'un d'autre qui avait sauté la pauvre Eugénie, les flics, ils ont beau être cons, ils auraient déjà mis la main dessus.

— C'est peut-être un malin...

— Facile, bien sûr... Chacun pense ce qu'il veut. Moi je sais ce que je dis.

A la table derrière, la Godille n'avait rien perdu de la conversation. S'il en avait eu la vigueur, il y a longtemps qu'il aurait colleté le malotru pour le flanquer dehors. Le vin aidant, Donias s'enhardissait à pérorer.

— Je suis sûr que les flics savent « per-ti-nem-ment » où se trouve le *Saint-Louis*. Ils attendent qu'il rentre au port pour mettre le grappin sur les trois salauds qui ont fait du mal à une si chic gamine.

Cette fois, la Godille ne put contenir la rage qui bouillonnait en lui.

— T'en as pas marre de raconter des conneries, Coincoin ?

— Tiens, t'es réveillé, toi ?

Désiré Bertout se leva et vint se positionner derrière la chaise de Donias. Par-dessus ses épaules, il s'adressa à ses interlocuteurs.

— Faut vraiment avoir soif pour se rincer le gosier aux frais d'un mec aussi minable.

Malfaisant doté d'un bon sens de la répartie, Donias ne se laissa pas démonter pour autant.

— Allez, pépé, va donc dormir pendant que t'as encore la force de rentrer chez toi. Et oublie pas de changer tes couches avant de te mettre au lit.

Puis baissant à nouveau le ton :

— C'est vrai. Vous trouvez pas qu'il sent mauvais, la Godille ? C'est normal, rendu à un âge, on peut plus se retenir. Ce serait mieux pour tout le monde de le mettre à l'hospice.

Pivert plaqua les mains sur la table, faisant trembler verres et bouteille ; l'assistance se tut.

— Fous-lui la paix, à Désiré. Si t'avais bossé comme lui toute ta vie, t'aurais peut-être le droit de la ramener. Mais t'es qu'un jean-foutre et un bon à rien.

Il était dans son intérêt de se méfier. Donias n'était pas du genre cependant à affaler la voile dès la première bourrasque.

— Je fais ce que je veux de mes journées. J'ai pas de comptes à vous rendre.

— Personne t'en a demandé. C'est toi qui es venu nous casser les couilles sans avoir été invité. Maintenant tu prends ta bouteille et ton verre et tu retournes à ta place.

Bertout se tenait derrière le parasite. Quand celui-ci se leva, il se trouva nez à nez avec lui.

— Encore là, grand-père ? Peut-être que tu veux que je te paie un coup, à toi aussi ?

La Godille ne recula pas, face à celui qui tentait de faire rire à ses dépens.

— Plutôt crever de soif, répondit-il sans baisser les yeux.

— Alors laisse-moi passer avant que je te bouscule et qu'on m'accuse de m'en prendre à un vieillard.

Une autre à ronger son frein, c'était Lucie. Elle émergea de derrière son comptoir comme une furie.

— Fous le camp, Donias. Autrement, toute bonne femme que je suis, je te flanque ma main à travers la gueule.

Cette fois, Donias hésita. Perdit de sa superbe. La mère Kerjean était du genre à mettre sa menace à exécution, il n'aurait pas le droit de répondre. Battre en retraite en public devant une femme était à ses yeux un déshonneur suprême, surtout que tout le bistrot se taisait à présent, guettant la suite de l'affrontement, le sourire déjà aux lèvres. Il préféra emprunter le chemin de la conciliation.

— Puisque tout le monde se ligue contre moi... De toute façon, avec la pisse d'âne qu'on m'a servie, j'avais plus soif.

— Cette fois-ci, tu fais pas comme l'autre jour, tu règles la fillette que t'as bue et la bouteille que t'as commandée.

Un murmure d'approbation monta des marins attablés.

— Holà, holà ! s'exclama Donias en sortant son porte-monnaie. J'ai toujours payé ce que je dois. Tu ferais bien de surveiller tes propos, Lucie Kerjean, avant que je prévienne les argousins pour diffamation. Quand on a un mari qui a fait ce qu'on sait à une malheureuse jeune fille, on est mal placée pour traiter les gens de voleurs.

Il sortit un billet plié en quatre ; la patronne s'effaça pour le laisser passer ; il se faufila jusqu'au comptoir.

— Voilà, fit-il en se tournant vers la compagnie et en la toisant avec la même arrogance. C'est pas pour dire, il y en a qui feraient mieux de réfléchir à deux fois pour savoir où ils mettent les pieds.

Il s'escrimait à sauver la face. Matamore de kermesse, il ne parvenait qu'à s'enfoncer dans le ridicule. La Godille imita le cri du canard dans son dos, l'assemblée éclata de rire.

— J'attends la monnaie, ajouta-t-il quand même, alors que l'auditoire se prenait à cancaner de plus belle.

Lucie souriait maintenant elle aussi, dédiant dans son for intérieur cette victoire à son mari, où qu'il fût. Elle préleva dans le tiroir-caisse ce qu'elle devait. Donias empocha les pièces et se décida enfin à lever le camp.

— Bande de cons, proféra-t-il avant de franchir le seuil.

Personne ne s'abaissa à répondre.

20

Le ciel profita de la nuit pour se draper de gris. L'aube dominicale se leva bien triste après ces rares jours radieux où l'on avait cru le printemps installé pour de bon. Ce n'étaient pas des nuages de pluie, mais une lactescence de longs voiles en altitude, immobiles malgré le vent. Sans doute celui-ci manquait-il de souffle pour monter si haut... Dans l'air rafraîchi, les grands oiseaux blanc et noir planaient lentement, leurs plaintes éperdues déchiraient en un rauque chapelet le silence figé. Amarrés aux quais luisants d'humidité se balançaient les chalutiers, entre lesquels chuchotait le flot. Le port paraissait mort, à cause de la place vide du *Saint-Louis* bien sûr, mais pas seulement. Une jeune fille avait souffert dans les rochers un peu plus loin avant de mourir, il y avait comme des silhouettes de fantômes à rôder dans l'obscurité.

Le dimanche, les marins avaient enfin le droit de prendre leur temps. Contraints dans l'exiguïté de la couchette, ils dormaient mal en mer, par bribes, chacun devant assurer le quart à tour de rôle. Après l'étreinte conjugale pour les plus jeunes et les mieux mariés, les hommes goûtaient enfin à une vraie nuit de sommeil, dans un grand lit, avec des draps qui fleuraient bon et caressaient la peau quand on se glissait dedans, la tête sur un oreiller qui n'empestait pas la sueur. Ils se réveillaient au petit jour, surpris du silence et de la stabilité de la chambre. Certains se laissaient volontiers dorloter par leurs épouses. Si celles-ci avaient encore les pupilles allumées et le sourire langoureux, ils s'appliquaient à leur prouver combien elles leur avaient manqué, avec une fougue retenue qui prolongeait le plaisir.

Les vieux couples se résignaient à la sagesse, grattant au fond de leur mémoire des miettes de tendresse de plus en plus rares. Si les cœurs croyaient aimer encore, les mains calleuses n'avaient plus l'audace de caresser les corps flétris afin de raviver la flamme du désir.

Le lit de Lucie était vide. Froid. Les autres nuits, Lili ne lui avait pas manqué – les femmes de marins ont l'habitude de dormir seules toute la semaine. Mais le samedi, comme il leur est doux de se blottir entre des bras musculeux, contre un poitrail velu dont le sel et la toison piquent les lèvres. Elle avait tardé à trouver le sommeil, hanté d'images morbides. Son homme était ballotté par le flot. Quand il cessait de bouger – elle ne voyait pas bien, échoué sur une plage ou coincé entre deux récifs –, son visage livide partait en lambeaux autour de ses orbites vides. Si ce cauchemar-là se dissipait, il laissait place à un autre tout aussi effrayant : le corps d'Eugénie allongé sur le sable, dénudé jusqu'à la taille, avec au mitan des cuisses, sous l'étoupe fauve, le trait de sang de la petite crevasse. Un homme debout la contemplait en ricanant. Révulsée, la pauvrette. Epouvantée. Le salopard se reculottait. Sortait un couteau. Juste une silhouette. Lucie avait beau écarquiller les yeux, elle ne parvenait à discerner s'il s'agissait de son mari.

Un goéland réveilla Lucie Kerjean en cognant du bec à la fenêtre. Elle mit du temps à reprendre ses esprits. Pendant quelques secondes apparut le visage de Lili derrière la vitre marbrée de sel. Une sensation brève, mais intense au point de lui arracher un cri. Elle se leva comme une folle afin de lui ouvrir. Ecarta les battants de la fenêtre, l'air vif finit de la réveiller. La chambre était à l'étage... La place devant le bistrot était vide ; au loin se déroulait la Côte rouge jusqu'à Riantec, lovée dans la brume.

Lucie n'était pas superstitieuse, elle se demanda cependant si elle ne venait pas de recevoir quelque intersigne, comme les veuves de naguère au moment précis où périssait leur bonhomme. Elle passa dans la salle de bains, prit une douche à peine tiède, comme pour se flageller. Dans la cuisine en bas flottaient des relents de tabac froid ; même portes fermées, les odeurs de la salle s'infiltraient dans toute la maison. Elle se sentait flasque, inutile, plus de goût à rien.

Elle mit à chauffer un peu du café de la veille, une tartine de pain à griller.

Tout espoir éteint, l'attente durait quand même, insupportable. Le lot des femmes de la côte dont les époux travaillaient au large. La marine avait perfectionné sa flottille, jamais cependant ne seraient dominées les rages subites de l'océan, qui ne fait patte de velours que pour mieux saisir ses proies entre les griffes acérées de ses récifs. A dix heures, Lucie ouvrirait son troquet, comme tous les dimanches matin. Ce n'était pas un jour de grand commerce. Seuls quelques anciens en franchiraient le seuil, dans leur plus beau costume, avec une casquette si neuve qu'on aurait dit des gentlemen de croisière, un caban aux boutons dorés, leurs chaussures presque cirées. Ce midi-là, le vin blanc n'était pas de mise, c'était jour de fête :

— Un jaune, s'il te plaît. Pas de demi-mesure.

— Toi aussi, Edouard ?

— Non, un martini plutôt, avec un doigt de gin, si tu veux bien.

Entre les verres, Lucie posait une petite soucoupe avec quelques biscuits et une poignée de cacahuètes salées, dont se plaignaient leurs vieilles dents. De ces anciens-là émanait une noblesse manifeste. Le teint encore hâlé, la peau dentelée de fines rides, dans leurs yeux clairs dansaient toujours les sirènes dont ils avaient rêvé, et celles qu'ils avaient vues pour de vrai les soirs de grande bordée. A deux, ils dégustaient un second apéro ; à trois, le dernier hésitait à remettre, la journée n'était pas finie ; au-delà, on attendrait la prochaine occasion.

Les adeptes de cet autel trivial ne s'agenouillaient pas à celui de l'église. Les mentalités avaient évolué à l'égard du clergé et de la redoutable machine ecclésiastique : la foi n'était plus aussi convaincue, la piété moins assidue. Redoutant quelque sournoise collusion entre la mer et le ciel, les bourlingueurs évitaient cependant de se poser la question de l'existence divine. Hommes rudes au caractère trempé, ils priaient dans leur tête, par pudeur ; s'ils juraient souvent à pleine gorge, ce n'étaient que des mots enregistrés depuis l'enfance, sans réelle signification ni intention de blasphème. Quelques marins assistaient encore à la messe cependant, en l'église Notre-Dame, posant leur casquette dominicale sur le banc derrière eux, oubliant parfois de l'en ôter quand le prêtre les invitait à s'asseoir : colère silencieuse de l'épouse, hilarité moins discrète dans le dos du distrait.

Rozenn avait mal dormi elle aussi. La veille, véhiculée par une voisine charitable, elle avait rendu visite à sa mère à Charcot. L'état de Pauline Forner se dégradait. Elle ne reconnaissait pas sa fille, sa folie s'aggravant d'Alzheimer. Elle avait demandé des nouvelles de son défunt mari, persuadée qu'il était toujours de ce monde ; Rozenn l'avait rassurée, il allait bien. Dans son esprit chamboulé, Guillaume avait les traits de P'tit-Louis.

— Pourquoi il est pas venu me voir comme la dernière fois ?

Assise sur la chaise près de la fenêtre, la voisine souriait tristement.

— Il était fatigué. Ils ont eu du gros temps en mer. Il avait besoin de se reposer, expliquait Rozenn.

— Pourquoi il est pas venu me voir ?

— Il a promis de venir la prochaine fois.

— Ah bon. Pourquoi il est pas…

— Il faut qu'on te laisse maintenant, maman.

— Quand est-ce que je vais sortir d'ici ?

Pauline Forner agitait ses longues mains émaciées.

— Bientôt.

Un baiser sur la joue que la mère essuyait comme si une guêpe l'avait piquée.

— Elle est très perturbée, avait confirmé l'infirmière dans le couloir. Elle ne mange presque plus rien quand elle ne refuse pas de s'alimenter. Si ça continue, le médecin a dit qu'on va être obligés de la mettre sous perfusion.

— Elle me réclame ?

— Non. Désolée de vous faire de la peine. C'est son mari dont elle s'inquiète sans arrêt. C'est normal, elle vit dans le passé.

Rozenn ressassait sa douleur dans sa chambre de jeune fille. Ni elle ni son frère n'avaient osé occuper celle de la mère, comme si tant qu'elle n'était pas morte, son retour restait dans l'ordre des choses. Depuis son hospitalisation, frère et sœur se savaient condamnés à vivre comme un couple, hormis la relation physique bien entendu. Le petit appartement les contraignait à une promiscuité parfois gênante. Rozenn n'était pas pudibonde, P'tit-Louis n'était pas à traquer l'anatomie de sa frangine. Il l'avait surprise quelquefois dans la salle de bains ou avant d'enfiler sa chemise de nuit : il n'avait pas détourné les yeux. Sans le lui dire, il l'avait trouvée un peu rondelette, mais plutôt bien fichue. Rozenn avait senti son regard sur son ventre, elle avait piqué un fard en dissimulant sa poitrine de son bras et sa toison de l'autre main.

— Va-t'en...

— Excuse-moi. C'était pas volontaire, je pouvais pas deviner...

— Va-t'en.

Avait-il éprouvé du plaisir à la contempler dans le plus simple appareil ? Etait-il attiré par les femmes, par les filles ? Par Eugénie Le Livec ? Non bien sûr a priori, mais Rozenn, qu'en savait-elle au bout du compte ? Ce dimanche matin-là, les doutes affluaient dans son esprit fatigué. Elle aussi l'avait vu nu, un jour où il avait laissé ouverte la porte du cabinet de toilette. A présent, elle se demandait si ce n'était pas intentionnel. Malgré son trouble, elle n'avait pu s'empêcher de constater qu'il était bel homme, costaud, la peau claire et tachetée de lentilles de son ; se sentant observé, il s'était retourné ;

elle n'avait pas levé les yeux tout de suite, il avait mis quelques secondes à refermer la serviette autour de ses reins. Elle n'aurait jamais pensé que le sexe d'un homme pût être si long.

Rozenn se leva d'un bond. Arrête de gamberger, petite idiote ! T'es en train de devenir folle, ma pauvre fille ! P'tit-Louis est mort, il est innocent ! Elle n'avait pas le droit de salir sa mémoire avec des pensées aussi sordides. Il était mort, c'était mieux ainsi, parce que sinon...

Mauricette Le Tennier ne dormait plus une nuit complète depuis bien longtemps. En fait depuis que son mari lui avait tiré sa révérence. Un veuvage interminable. Vingt-cinq ans, c'est long sans un homme à vous serrer contre lui, à vous prêter son épaule afin de vous épancher, à vous murmurer au creux de l'oreille que vous êtes encore belle quand la mélancolie de l'âge commence à affadir l'existence. Elle n'avait jamais été avide, elle n'avait pas cherché un autre mâle afin de satisfaire ses pulsions. Ce n'était pas faute d'en avoir eu l'occasion ; plusieurs lui avaient tourné autour, elle avait encore de la classe dans sa tenue austère sous sa coiffe d'un autre âge. Des avances même, plus ou moins voilées... Un soir, un frisson au creux des reins, elle s'était sentie sur le point de céder. Juste comme ça, pour retrouver une fois le bonheur de la caresse et le vertige de l'étreinte. Pas eu le courage au dernier moment, manque d'audace. Elle avait signifié au soupirant qu'elle n'était pas une dévergondée, elle l'avait planté au milieu de la place. Une excuse hypocrite, afin de ne rien regretter. Un brave gars pourtant, loin d'être un séducteur à l'affût. Peur en fait d'avoir honte de sa poitrine affaissée, de ses hanches trop larges, de la cellulite, de sa pilosité rêche et drue qu'elle se refusait à éclaircir, estimant que se coiffer la foufounette était coquetterie de courtisane.

Et puis, il y avait Loeiz. Celui-ci ressemblait à son père, du moins à l'image qu'elle conservait de son mari quand ils s'aimaient encore. Mauricette en avait transféré le souvenir sur son fils, une tendresse dont elle se rassasiait. Une question la hantait, dont elle refusait une réponse qu'elle connaissait pertinemment : Loeiz était-il resté célibataire pour vivre avec sa mère ? Oui, sans conteste. Encore que ce marin-là ne possédait pas le tempérament d'un bon époux. Trop taciturne, trop sauvage, assujetti par des sentiments indéfectibles à sa seule véritable maîtresse : la mer. Pas à l'autre gourgandine persuadée de lui avoir mis le grappin dessus. La meilleure preuve qu'il ne l'aimait pas vraiment, elle n'était jamais parvenue à le traîner devant le maire. Non… Loeiz ne la fréquentait que pour soulager une fois le temps son désir d'homme.

Un soir, en rentrant de se promener sur la côte, Loeiz avait dit à sa mère que la petite Le Livec devrait se méfier. Des paroles en écho dans la mémoire de Mauricette depuis le drame :

— Gironde comme elle est, un jour un saligaud va lui mettre la main au panier, elle n'aura même pas la présence d'esprit de se défendre…

Ce jour-là au moins, Loeiz avait regardé la jeune fille avec des yeux d'homme… Qu'aurait-il fait s'il l'avait rencontrée une nuit, seule sur la plage du Lohic ? Qu'avait-il fait ?… Un doute affreux : n'était-ce pas lui que la petite ingénue avait voulu désigner avant de rendre l'âme ?

Mauricette finit d'épingler sa coiffe du dimanche. Quelle folie de continuer à s'imposer une pareille contrainte ! Au moment opportun, dans les années cinquante, elle aurait dû l'abandonner comme les dernières femmes qui l'arboraient encore au-dessus d'un imper de tergal gris. Elle avait essayé par la suite, face à la glace de sa salle de bains. Comment coiffer ses cheveux autrement ? Un chignon, un foulard ? Jamais elle n'avait eu le courage de sortir sans sa parure de dentelle aux larges ailes horizontales, c'eût été aussi indécent que de se promener toute nue. Elle se contentait pourtant de son bonnet sur ses cheveux tirés quand elle descendait aux palourdes, mais c'était pas pareil.

L'été, les touristes demandaient à se faire photographier avec la vieille Bretonne. Les rares fois où elle avait accepté, elle avait connu le ridicule, le vrai, celui d'être considérée comme une indigène provinciale, un objet de curiosité pour vitrines d'anciens coloniaux. Mauricette Le Tennier derrière ce sourire crispé près d'un gamin qui se serrait contre elle en souriant ? Mauricette la fière Port-Louisienne au côté d'un « Parisien » en ciré Cotten flambant neuf, acheté le matin même à la coopérative maritime de Lorient ? Pour un peu, cet idiot-là lui aurait posé le bras sur les épaules. Non, ce n'était pas elle… Plus jamais une telle mortification ! Il lui arrivait encore de se faire avoir.

De toute façon, maintenant il était trop tard, tout le monde la croirait malade de s'exhiber cheveux au vent.

Midi, trois clients sirotaient encore l'apéro, en devisant des chevaux sur lesquels ils avaient misé pour le tiercé de l'après-midi au PMU rue de la Marine. Lucie essuyait les verres et les rangeait sur l'étagère au-dessus du comptoir, celle qu'elle ne pouvait atteindre qu'en se hissant sur la pointe des pieds ; alors Lili se moquait d'elle. Elle riait devant les clients, attendant d'être seule avec lui pour se fâcher. Pas trop quand même, il n'était pas méchant.

— Tant que je te taquinerai, disait-il, ce sera la preuve que je fais attention à toi et que je t'aime.

Mine de rien, il était resté bel homme, le Lili Kerjean, et il savait parler aux femmes. Plusieurs fois, Lucie lui avait soupçonné quelque liaison hors du mariage. Il lui arrivait de marmonner dans son sommeil, elle n'était pas sûre qu'il murmurât son prénom en rêvant avec un sourire béat. Jamais elle ne s'était abaissée à lui tirer les vers du nez.

Elle se rassurait : si son bonhomme avait couru le guilledou, tout Port-Louis aurait été au courant, l'information lui serait revenue avant qu'il n'eût déserté les bras de la belle.

Mais Eugénie n'était pas comme les autres, ce n'était pas suspect de lui parler. La petite innocente connaissait bien Lili, sûr qu'elle ne se serait pas méfiée des avances d'un homme de son rang, qui aurait pu être le père que personne ne lui avait jamais connu. Lucie laissa échapper un soupir horrifié que les derniers clients prirent à leur compte.

— On vous doit combien ?

Des gens de la haute, ceux-là, pas du genre à tutoyer la patronne d'un bistrot. Elle tapa le montant, imprima le ticket et le présenta sur une petite soucoupe. Elle fit mine de chercher la monnaie.

— Laissez. Ce sera notre pourboire, on vous a fait attendre si longtemps avant de pouvoir déjeuner.

— Vous savez, ces jours-ci j'ai pas grand appétit.

— Toujours aucune nouvelle ?

Lucie secoua tristement la tête.

— Il faut pas désespérer, on sait jamais…

— Les miracles, c'est à Lourdes, pas à Port-Louis.

21

Dans la nuit du dimanche, le temps se gâta encore. La peur au ventre, les nuages étaient descendus se blottir avec les oiseaux dans les entrelacs de la côte. Plus lourds, plus sales, plus noirs, acculés par le vent qui les dilacérait en infâmes haillons. Pas encore la tempête cependant, la météo n'annonçait pas de vrai coup de tabac. Le col des suroîts relevé, la casquette vissée, les marins convergeaient vers le port de Locmalo, certains poussant la petite charrette où étaient entassées les victuailles pour la semaine. Ils masquaient leur inquiétude en plaisantant. Rudes gaillards, qui ne larguaient pourtant jamais les amarres sans une certaine appréhension. Ils ne riaient pas de tout, jugeant téméraire de braver le destin, de narguer le ciel, même ceux qui doutaient d'un quelconque royaume divin. Superstitions diffuses, vieilles histoires ressassées à voix basse dans les bistrots des quais à propos de grandes gueules notoires, parties serrer la pince aux crabes et conter fleurette à une raie bouclée. Poètes du grand air sans le savoir, ils avaient la métaphore facile, souvent limite grivoise, qui jamais ne manquait de sel.

Un à un, les chalutiers désertaient les quais et s'enfonçaient dans la nuit pâlissante en train de fuir à l'ouest. Libérées des lourdes coques ventrues, les vagues murmuraient en mille bouches leur sempiternelle rengaine.

Sans s'être concertées, Mauricette et Rozenn se retrouvèrent sur la place Pen-er-Run alors qu'il faisait encore sombre. A mesure que le temps s'écoulait se renforçait chez les trois femmes le besoin de se resserrer. Le café était déjà ouvert depuis sept heures, une habitude du lundi, pour que les retardataires pour cause de houle cérébrale puissent s'en jeter un dernier avant d'embarquer, histoire de réamorcer la machine. Le port était gris, les quais déserts, le bistrot vide. Ce matin-là, les bateaux étaient tous partis, le temps était trop triste pour que les anciens soient déjà dehors.

Lucie vit avec plaisir ses deux amies franchir le seuil.

— On dérange pas ?

— Non, au contraire même. J'avais les idées noires.

Elles s'installèrent dans la salle humide. Long moment de silence, le regard fixé sur la toile cirée de la table. Entre ces trois-là, existait-il des choses qui avaient encore besoin d'être dites ? Chacune pensait à son Louis. Mauricette était la moins taraudée par le doute. A force de tourner le problème,

Rozenn n'était plus aussi sûre de l'innocence de son frère. Lucie ne s'était jamais posé beaucoup de questions sur la fidélité de son époux. De s'être mariée, cela lui semblait une chose acquise une fois pour toutes. Quelques détails lui revenaient à l'esprit à présent. Souvent fatiguée par son bistrot, un peu blasée aussi de fréquenter des hommes à longueur de journée, elle avait conscience de sa froideur au lit. Lili lui reprochait d'ailleurs son manque d'initiative dans un domaine où la routine est le pire des poisons. Lui, faisait toujours les premiers pas ; elle, avait du mal à dissimuler ses réticences. Parfois elle se prêtait au jeu, sans enthousiasme ; sinon elle soupirait, ce qui avait le chic de calmer les velléités de son bonhomme. N'était-il pas allé assouvir ses fantasmes dans d'autres bras moins pudiques ? Lucie se souvenait : une fois, Lili s'était fâché à cause de son manque d'entrain. Assis sur le bord du lit, il avait débité un chapelet de jurons. Puis il s'était reculotté et était descendu dans la salle du bistrot. Inquiète, elle l'y avait rejoint un peu plus tard. Elle l'avait retrouvé attablé devant un ballon de cognac, les épaules voûtées, respirant le malheur.

— Ah… C'est toi…

Elle s'était installée en face de lui.

— Ce soir, je suis fatiguée, avait-elle murmuré afin de se justifier.

Il avait levé la tête, l'avait dévisagée sans répondre ; elle n'avait pas supporté ses grands yeux tristes.

— T'es pas obligée, avait-il dit enfin.

Un long silence s'était installé.

— T'as pas peur qu'un jour je te quitte ?

La question avait piqué Lucie comme une pointe de feu. Quels mots lui avait-elle bredouillés ? Qu'elle l'aimait sans doute. Qu'elle allait faire un effort. En revanche, elle n'avait pas oublié ce qu'il lui avait répondu d'une voix désabusée :

— Parce que tu as besoin de faire un effort pour m'aimer maintenant ?

Le vent s'était levé. La porte du bistrot, mal fermée, vint cogner contre le mur, rappelant si besoin la présence de l'océan. Rozenn se précipita pour refermer.

— Il fait de plus en plus mauvais, dit-elle en frissonnant.

— Ils reviendront plus, laissa tomber Mauricette d'une voix morne. J'ai même pas eu le courage d'aller sur la grande plage samedi matin.

Les deux autres non plus. Résignées toutes les trois.

— En parlant de samedi, j'ai cloué le bec à l'autre ordure de Donias.

— T'as bien fait.

— Qu'est-ce qu'il racontait encore ?

— Toujours la même chose à propos d'Eugénie.

— C'est affreux s'ils sont morts tous les trois, reprit Rozenn, à court d'idées.

Mauricette la regarda d'un air ahuri.

— Pourquoi tu dis ça, petiote ? Bien sûr que c'est une chose affreuse de périr en mer. Pour moi c'est sûr maintenant que le *Saint-Louis* a coulé. Il ne reste plus qu'à espérer qu'on retrouve leurs corps au plus vite.

22

Mauricette Le Tennier vécut une journée... « bizarre ». Tiraillée entre la douleur légitime d'avoir perdu son fils et, si c'était le cas, le soulagement qu'il ne fût pas mêlé à cette sinistre histoire du Lohic. Avec ce temps-là, à quoi bon aller à la côte... Du café de la Criée, elle rentra direct chez elle, rue de la Citadelle. De plus en plus seule. De toute façon, la rumeur de l'océan ne lui avait jamais paru aussi odieuse. Elle se terra dans la cuisine, posa ses longues mains osseuses sur la table de formica, usée sur les bords où portaient les coudes. Elle resta ainsi un long moment, perdue dans des pensées embrumées. Puis elle déjeuna d'un bol de bouillon réchauffé. Au-dessus de la table était accrochée une photo du *Saint-Louis*, l'équipage sur le pont, un beau chalutier gréé pour la pêche d'aujourd'hui. Des hommes heureux, les trois Louis, fiers de leur rude métier, narguant le destin d'être encore vivants, les « seigneurs de la mer » comme on dénommait à Douarnenez les pêcheurs de langoustes qui bourlinguaient aux larges des côtes de Mauritanie. On n'a rien à leur envier, disait Loeiz, qui les considérait comme des hâbleurs. On fait pas la même pêche, c'est tout. En réalité le Port-Louisien était jaloux de ces aventuriers de naguère. S'il avait vécu cet âge d'or, il aurait volontiers rejoint la flottille finistérienne.

Soudain, Mauricette éprouva le besoin de ressusciter quelques bribes du bonheur partagé avec son fils, ne serait-ce que pour dissiper le cauchemar de son corps ballotté par les flots, de son visage camard, une atroce vision de plus en plus précise. Dans une vieille boîte à chaussures, elle conservait quelques photos ; une dizaine, pas plus, elle n'était pas de la génération où l'on vivait en différé ; Loeiz estimait lui avoir autre chose à faire que de fusiller les gens avec l'appareil de sa mère. Elle écrasa une larme au coin de la paupière. C'est vrai qu'il avait fière allure, son garçon, surtout à vingt-cinq ans, l'époque où il avait pris la barre du chalutier. Dire qu'il s'était pas marié... Elle soupira : à quoi bon se voiler la face, à cause d'elle, et aussi de cette pétasse déjà lestée du bâtard d'un autre.

Mauricette alignait les clichés sur la table, dans l'ordre où ils avaient été pris. De l'un à l'autre, Loeiz n'avait pas beaucoup changé ; un peu plus trapu, le visage empâté, mais tellement buriné par le vent et le sel que cela ne se voyait pas. La dernière photo, elle la contempla quelques secondes, puis la laissa au fond de la boîte : celle de son mariage, à l'église Notre-Dame. Ni par répulsion, ni par nostalgie, Baptistin était le seul homme qu'elle eût aimé. Aujourd'hui encore, le sentiment ne s'était pas estompé dans les brumes de l'oubli.

Rozenn avait rejoint la poissonnerie. Le lundi, il n'y avait jamais beaucoup de vente à la criée, avec ce fichu temps, les prix avaient grimpé. Quelques clients inspectaient l'étal, l'air pincé, la mine dégoûtée, s'en allaient sans un mot. En début d'après-midi, elle retourna dans son HLM. Elle aussi avait le sentiment de sacrifier son existence afin de s'occuper de P'tit-Louis et de sa mère. Dix-huit ans, toujours pucelle. Un constat davantage moral que physique, le désir ne la tenaillait pas vraiment, les garçons ne l'attiraient pas. Se laisser caresser, pétrir par des mains calleuses comme celles du jeune marin, quelle horreur... D'imaginer un seul instant qu'un appendice du genre de celui qui lui pendouillait au bas du ventre pût se dresser et se gonfler afin de s'enfoncer en elle lui provoquait une répulsion encore plus intense.

Son frère... A mesure que progressaient les événements, sa personnalité s'opacifiait. Où se trouvait-il en ce moment ? Mauricette avait raison ; tous trois devaient être morts, mais on ne serait sûr que lorsque la mer rendrait les corps.

Rozenn soupira. A quoi bon se ronger les sangs ? On verrait bien. Au lieu de se laisser abattre, elle décida de se faire un peu de cuisine. Gourmande depuis l'adolescence, quand ça n'allait pas, elle dévorait. En témoignaient ses rondeurs. Ce soir-là, elle se prépara une escalope à la crème avec une boîte de champignons, et une poignée de pâtes. Cette solitude imprévue, n'était-ce pas l'occasion de s'occuper enfin de sa personne ? En travaillant d'arrache-pied, elle mettrait de l'argent de côté – elle n'avait pas besoin de grand-chose pour vivre. Elle s'achèterait un petit commerce, la poissonnerie dont elle rêvait depuis qu'elle était gamine, à Port-Louis, à Locmiquélic ou à Riantec. Ou elle prendrait la succession de celle de la rue de la Marine, où elle travaillait. Elle déjeuna de bon appétit.

L'après-midi, Rozenn éprouva le besoin de prendre l'air. Elle avait envie d'oublier toute cette misère, l'insupportable attente. Le col de son imperméable relevé, elle emprunta le boulevard de la Compagnie-des-Indes qui longeait l'anse du Driasker, soucieuse de s'éloigner du port de Locmalo, du café de Lucie, d'éviter Mauricette dont elle cherchait pourtant la compagnie quelques heures auparavant. Envie d'être jeune et de s'ébrouer des problèmes d'adulte. Elle remonta par la place aux Canons. Une pluie fine estompait les remparts, le vent avait encore forci, ce qui ne l'empêcha pas de grimper sur la corniche menant au mémorial. Le visage ruisselant, elle s'arrêta à mi-chemin. De là, elle avait la même vue à quelque chose près que les trépassés du cimetière de Kerzo, la base sous-marine, l'île Saint-Michel, interdite puisqu'on la disait minée, sur laquelle s'aventuraient pourtant les fusiliers marins de la caserne derrière l'Amirauté. La jeune fille était seule à perte de vue. Soudain elle eut le sentiment étrange de flotter en dehors de la réalité, comme dans un rêve, que toute cette misère n'était pas vraie. Elle poussa jusqu'à la Citadelle, sans se départir de cette singulière impression. Le crachin s'épaissit, trempée jusqu'aux os, elle eut froid. Il était temps de rentrer.

De retour au gîte, il était près de vingt heures. Elle se changea, se coiffa, elle n'avait jamais eu les cheveux très dociles, cette fois, elle ressemblait à une véritable harpie. Elle dîna d'une boîte de sardines et d'un quignon de pain. Il était encore un peu tôt pour se coucher, elle consulta le programme de télé : *La Grande Vadrouille*, sorti sur les écrans en 66, voilà plus de vingt ans, pas mal, mais Rozenn avait déjà vu deux fois le film ; comme disaient les vieux, depuis quelque temps ils passaient toujours les mêmes rengaines à la télé. Elle n'avait pas sommeil, pas l'esprit à dormir. Pourquoi ne pas mettre un peu d'ordre dans la chambre de son frère ? A échéance régulière, elle s'y efforçait, ce n'était pas un luxe. Quand elle lui en faisait le reproche, P'tit-Louis riait :

— Gronde pas, sœurette… C'est pas aux hommes de faire le ménage, surtout quand ils sont marins.

— Je suis pas ta femme. Encore moins ta bonniche. Si t'es pas capable de t'occuper de tes affaires, trouve-toi une fiancée. Je lui souhaite beaucoup de plaisir.

Il la taquinait, la chatouillait, lui prenait les joues entre les paumes afin de plonger ses yeux au fond des siens. Comme des amoureux. Elle soutenait le regard quelques secondes, ce qu'elle y découvrait la dérangeait, elle fermait les paupières. Depuis l'hospitalisation de la mère, la relation fraternelle n'était plus la même…

Rozenn changea les draps du lit, chiffonna l'oreiller marbré d'auréoles brunes : P'tit-Louis transpirait beaucoup, l'hygiène n'était pas sa première préoccupation. Elle remarqua alors quelque chose qui dépassait de sous le matelas. Loin de vouloir jouer les indiscrètes, elle ne put s'empêcher de regarder : des magazines. Dès le premier, elle eut un haut-le-cœur. Sous ses yeux s'exhibaient des corps de femmes nues, exposant leur intimité sous toutes les coutures. Mon Dieu, était-il possible que son frangin s'adonnât à d'aussi sordides contemplations ! Horrifiée, elle laissa choir la revue. Elle était bien naïve, ces revues érotiques étaient consultées par la plupart des garçons, surtout dans les ports, où elles circulaient sous le manteau.

Les anatomies des pin-up s'étaient incrustées en elle. Au-dessus des chairs immondes, Rozenn voyait le visage d'Eugénie, déformé par une affreuse grimace de souffrance. Les mauvaises langues de Port-Louis avaient donc raison ? Elle hésita, elle aurait dû flanquer ces cochonneries à la poubelle, mais c'eût été entériner la mort du frère. Elle remit les magazines sous le matelas, sortit atterrée de la chambre. Sa flambée d'optimisme éteinte, elle se laissa tomber sur la chaise, enfouit son visage entre ses mains. L'hypothèse de la culpabilité de P'tit-Louis ne lui paraissait plus hors de raison. Si c'était le cas, elle mourrait de honte quand on le retrouverait. Résignation terrible, elle en vint à souhaiter que le *Saint-Louis* eût tout simplement fait naufrage, que son frère se fût noyé… Ou que le chalutier fût parti au bout du monde et que jamais il ne refît route vers Port-Louis.

Le procureur s'impatientait… Le commandant de la compagnie de Lorient assistait aux réunions. Lui, était moins conciliant. Vous en êtes où, Boisseau ? Pour l'instant rien… répondait le capitaine, après un rapide coup d'œil à son adjoint. Soupir. Pas de reproches directs, mais quand même, le juge d'instruction attendait du concret. L'ambiance se plombait à la brigade. L'adjudant avait encore l'entière confiance de son supérieur. Du renfort, Derval ? Tu veux que je prenne l'affaire en main ? Je t'ai tout dit ce que je sais. Sous-entendu, tu ne ferais pas mieux… Tu es sûr d'avoir tout bien épluché ? Les riverains ? Il y a quand même deux grandes maisons juste derrière le promontoire de la table d'orientation… Ils n'ont rien entendu. Silence. Fais pour le mieux, mais vite ; on va pas pouvoir rester indéfiniment dans l'expectative…

Quoi de plus frustrant en effet que ces enquêtes embringuées dans l'impasse ?

L'hypothèse de la culpabilité de Joachim Gahinet était toujours d'actualité. Un élément du crime abondait en ce sens : l'absence de sperme dans le vagin d'Eugénie Le Livec. Un violeur impuissant, ou trop âgé pour développer une érection suffisante ? Ce n'était pas impossible. Ou alors, un novice en la matière, trop maladroit pour conclure, qui perd ses moyens en cours de route. Cela correspondait assez au portrait du jeune innocent. Imaginons par exemple qu'Eugénie le supplie d'arrêter, fait appel au peu de raison qu'il a. Il prend alors conscience de l'abomination qu'il est en train de perpétrer, n'en a plus la capacité physique. Il n'en reste pas moins qu'il est coupable et qu'il le sait. Si besoin, Eugénie ne manque pas de lui en faire le reproche. Il l'aime, la respecte, mais la craint tout autant. Elle-même bouleversée – on le serait à moins –, elle le menace de le punir, de rapporter à sa mère ce qu'il vient de faire. En lui est larvée une angoisse chronique : l'obnubilation de finir dans un asile d'aliénés, chez les fous ! Alors, il sort son couteau et commet l'irréparable. Un scénario qui lui aussi tenait la route...

Pour l'instant, il était hors de question d'interroger Chim. Le malheureux n'était toujours pas sorti de la prostration où il avait sombré au cimetière. Impossible de lui tirer un mot, avait confirmé le chef de service de Charcot, lorsque Derval était venu aux nouvelles.

— Il va rester comme ça ?

— Difficile d'émettre un pronostic. Les événements dramatiques qu'il a vécus ont sapé les fondations d'une raison déjà bien fragile. Autrement il est calme.

— Vous allez le garder encore longtemps ?

— Sincèrement, je ne sais pas. S'il reste aussi docile, un retour à son domicile n'est pas à exclure, mais je ne peux pas vous dire dans combien de temps… Cela dépendra aussi de sa mère.

Attendre, toujours attendre, pestait l'adjudant en revenant à Port-Louis. Attendre que Chim recouvrât la parole. Attendre le retour du *Saint-Louis* si l'un des trois marins était le coupable, ou que la mer rejetât des morceaux d'épave, leurs dépouilles s'ils étaient innocents. Sinon, attendre il ne savait quoi, que se produisît un événement nouveau, susceptible de relancer l'enquête.

Les gendarmes avaient fini d'interroger les Louis du secteur, ainsi que tous les individus capables d'un tel forfait, les délinquants sexuels bien entendu, du moins ceux qui étaient fichés. La plupart possédaient un alibi, on n'avait trouvé la moindre preuve à la charge des autres. Aucun témoin du drame, ni visuel ni auditif, de ceux qui viennent déposer tardivement, après avoir vaincu la peur d'être impliqués ou de passer pour des mouchards. Pour le peu qu'on y eût accès, l'emploi du temps d'Eugénie Le Livec avait été épluché. Une fille sans histoire, d'une sincérité limpide, si elle avait eu quelque relation secrète, une liaison ambiguë, sa mère aurait été au courant. L'adjudant l'entendait encore, Emilienne Le Livec, des larmes plein les yeux :

— Elle ne m'a jamais rien caché bien longtemps. Elle en aurait été incapable.

Ce « jamais bien longtemps » retenait l'attention de Philippe Derval. Si le meurtre était consécutif à un événement particulier, celui-ci s'était produit peu de temps avant le drame, sans doute le jour même, sinon la mère se serait rendu compte de la préoccupation de sa fille. D'une façon ou d'une autre, elle aurait réussi à la faire parler. Ou alors la rencontre d'Eugénie avec son assassin était le fait du hasard, un crime sans préméditation en quelque sorte. Une hypothèse plausible, mais il demeurait un point d'ombre : en ce cas, que faisait une jeune femme « sans problèmes », aux alentours de minuit, sur la promenade du Lohic ?

Derval s'était rendu en personne au musée de la Compagnie des Indes, dans la Citadelle. Le conservateur avait confirmé tout le bien que l'on pensait de son employée : une personnalité singulière, une âme simple comme il en existait peu, d'une sensibilité exacerbée à la beauté artistique sous toutes ses formes.

— Vous savez, mon adjudant, elle était loin d'être aussi sotte que beaucoup le prétendaient.

Elle connaissait parfaitement le détail de chaque collection, l'histoire de chaque objet exposé, peut-être même mieux que certains d'entre nous.

Il avait souri.

— J'ai d'ailleurs pensé lui demander d'assurer le rôle de guide à la pleine saison, les jours d'affluence.

— Vous le lui avez proposé ?

Le conservateur avait hésité.

— Non... J'éprouvais une réelle affection pour cette jeune personne, j'ai craint de la plonger dans l'embarras s'il se présentait le moindre problème. Les visiteurs ne sont pas tous des plus tendres, ni très futés. S'ils s'étaient rendu compte de l'ingénuité d'Eugénie, ils auraient été capables de s'en amuser.

Derval fut sur le point de demander son prénom au conservateur, mais il eut peur de sombrer dans le ridicule. De toute façon, il n'avait pas une tête à s'appeler Louis. Ni à violer une jeune innocente, une nuit, sur une plage de Port-Louis. Par la suite, l'adjudant avait appris qu'il se prénommait Pierre, Pierre Lebrun. Il avait bien fait de se taire...

Les ragots à circuler dans les rues de la ville lui revenaient aux oreilles. A ne pas négliger, ils contiennent souvent une part de vérité. La rumeur est un phénomène étrange ; a priori, elle ne repose sur rien de tangible ; une fois lancée, elle est pourtant plus indéboulonnable qu'un pylône sur son socle de béton. Il fallait un meurtrier, pour l'instant les suspects idéaux étaient les marins du *Saint-Louis*, dénoncés de façon plus ou moins explicite par la victime. La populace est pareille aux chiens qui rongent leur os jusqu'à la dernière miette, ou qui ne l'enterrent que pour mieux le déterrer, ne l'oublient que lorsqu'on leur en fournit un plus frais. Tant que l'enquête ne progresserait pas dans une autre direction, les vautours s'acharneraient sur les marins du *Saint-Louis*.

Derval avait lui-même des moments d'incertitude : s'il avait un doute pour les deux autres, le plus jeune pouvait très bien être l'assassin. P'tit-Louis, un adolescent attardé au physique plutôt ingrat, qui devait en avoir assez de se prendre des râteaux auprès des demoiselles. L'adjudant n'avait qu'un vague souvenir d'Eugénie Le Livec. Il avait dû la croiser une fois ou deux... Au dire de tout le monde, c'était plutôt une jolie femme, susceptible en tout cas d'émouvoir un mâle dans la force de l'âge contraint à l'abstinence. Un crime pulsionnel digne des magazines racoleurs.

L'adjudant éternua. Se racla la gorge. Possible, plausible en effet, mais il ne parvenait à y croire. Il restait le pauvre garçon qui avait fait un esclandre lors des obsèques de son amie. Joachim Gahinet n'avait pas toute sa tête, sa mère avait beau jeu d'affirmer qu'il était incapable de faire du mal à une mouche. Mais il n'avait pas non plus la lucidité de maîtriser ses montées de sève. Le couteau qui avait servi à poignarder Eugénie Le Livec était un opinel, tout le monde en possédait, lui aussi sans doute. Si on ne trouvait pas d'autre coupable, il faudrait peut-être se rendre à l'évidence. Un acte abominable... Il s'enfuit aussitôt. Incapable d'assumer son geste, il veut accompagner sa victime jusque dans la tombe. Depuis, il s'enferme dans le mutisme absolu, afin d'éviter de devoir rendre des comptes. Un scénario on ne peut plus logique, auquel adhérerait vraisemblablement le juge d'instruction. Faute de mieux...

Derval se leva afin de remettre d'aplomb les dossiers dans les étagères en face de lui. Il était temps de faire un peu de ménage... A trois dans le même bureau, cela devenait le foutoir. Il revint s'asseoir. En proie à une profonde perplexité, il secoua la tête. Faire endosser le crime au pauvre Gahinet relevait de la lâcheté, escamotait le détail des galets. En fait, le mystère restait entier, aucune solution ne le satisfaisait. Il fallait encore attendre, espérer que l'on découvrît les traces d'un naufrage, les corps des matelots. Attendre que les langues se délient.

23

Colette Lesire ! Mauricette faillit tomber à la renverse quand elle la reconnut dans la pénombre du vestibule. Son premier réflexe fut de lui claquer la porte au nez.

— J'ai su pour votre fils.

Mauricette la dévisageait : elle n'avait quand même pas le culot de venir mendier à présent que Loeiz devait être au fond de l'eau !

— Tout le monde sait à Port-Louis, répliqua-t-elle sèchement.

La maîtresse du marin disparu n'espérait pas être accueillie à bras ouverts, mais tout de même... Une telle hostilité...

— Je voulais vous dire...

— T'as rien à dire. Loeiz doit être mort à l'heure qu'il est. Laisse-le en paix maintenant.

Ce tutoiement ne signifiait que mépris à l'égard d'une catin, Colette ne s'en offusqua pas :

— Avec moi, Loeiz a toujours été en paix.

La vieille femme se raidit un peu plus. Voilà que de surcroît, cette roulure se permettait de donner la leçon !

— Il vous parlait de moi ?

— Il n'en avait pas besoin. Les gens ne se gênaient pas pour le faire à sa place. Tout le monde était au courant de ce qui se passait entre vous deux.

— C'était un homme bon et gentil.

— Trop naïf aussi.

Colette ne releva pas.

— Lui, il me parlait souvent de vous.

Mue par la curiosité, Mauricette se radoucit. Elle considéra la nouvelle venue d'un œil un peu moins farouche.

— Ah... Qu'est-ce qu'il disait ?

— Il avait beaucoup d'affection pour sa mère. Il savait qu'en me fréquentant, il vous faisait de la peine.

— Ça vous empêchait pas de continuer à fricoter ensemble.

— Nous nous aimions. Plusieurs fois, il m'a proposé de m'épouser.

Mauricette tressaillit, fronça les sourcils, la femme face à elle n'avait pas l'air de mentir... C'était la première fois qu'elle lui parlait, si elle n'était pas encore à la trouver sympathique, peu à peu se déconstruisait le portrait négatif qu'elle s'en était dressé.

— C'est pas un endroit pour causer. Entrez donc cinq minutes. Vous prendrez bien un peu de café.

Réhabilitée par le vouvoiement, Colette hésita... Elle était là pour parler en effet, le moment était malvenu de jouer la sainte-nitouche.

— Asseyez-vous donc.

Face à un guéridon aux pieds torsadés, Colette se posa du bout des fesses sur le fauteuil de velours grenat, acheté il y a belle lurette, mais qui semblait tout neuf, comme le canapé, le vaisselier, l'ensemble du mobilier en fait.

— Attendez-moi. Je vais mettre le café à chauffer.

Sans se lever, la jeune femme jeta un regard alentour. L'appartement de la mère Le Tennier était tenu de façon irréprochable. Un parquet ciré dans lequel on aurait pu se mirer, pas un grain de poussière sur les meubles, ni le moindre mouton à voleter en dessous, il n'existait de meilleures femmes d'intérieur que celles de marins. Au milieu de la pièce qui servait de salon et de salle à manger trônait la table ronde, sur laquelle était posé un napperon de dentelle au crochet. Quelques sous-verres encadrés ornaient les murs, des compositions florales, une caravelle de l'ancien temps, un paysage exotique : des reproductions bien entendu, dont certaines devaient avoir été prélevées dans des magazines, ou sur les grandes boîtes de chocolats à Noël, un portrait de son fils aussi, dans sa tenue du dimanche, sous sa grande casquette. Colette possédait la même photographie chez elle, dans sa chambre à coucher, au-dessus de son lit. Son Loeiz, qu'elle avait toujours été obligée de partager... De toute la personne du marin émanait un aspect rassurant. Il aurait fait un bon mari. Un bon père aussi. Son soupir n'échappa pas à son hôtesse, de retour avec la cafetière et un plateau sur lequel étaient posées deux tasses en porcelaine.

— Vous avez beaucoup de chagrin ?

— Vous avez perdu votre fils, moi le compagnon qui m'était cher.

— Comme ça, il vous avait proposé de se marier…

— Une fois ou deux, oui…

— Pourquoi est-ce que vous avez refusé ?

— Je suis veuve, j'ai mon garçon. J'aurais été plus un fardeau qu'une bonne épouse.

— C'est curieux, il m'en a jamais parlé.

— Ah quoi bon, je lui avais dit non… Il savait aussi que vous auriez pas été d'accord. Cela ne servait à rien de vous faire de la peine inutilement.

Mauricette restait pensive. Elle avait souvent des idées arrêtées sur les gens, ce ne serait pas sa première erreur.

— Vous savez qu'on raconte des horreurs sur son compte et sur ses deux marins ?

— A propos du meurtre du Lohic ?

— Oui, beaucoup pensent que c'est un des marins du *Saint-Louis* qui aurait fait le coup.

Colette haussa les épaules.

— Pas Loeiz en tout cas. C'était un homme d'une grande bonté. Il m'aimait sincèrement. Je ne pense pas qu'il avait besoin d'aller voir ailleurs.

Mauricette se faisait l'avocat du diable.

— Les hommes ont parfois de drôles d'idées à leur trotter dans la tête. Un coup de folie, une fille un peu facile qui lui fait des avances...

— Le jour du drame, il était venu me rendre visite. Si vous voulez connaître la vérité, nous avons passé quelques heures ensemble. Dans le même lit. Quand il m'a quittée, il allait tout à fait bien, il n'avait pas besoin d'aller chercher une autre femme pour satisfaire son appétit. Vous voyez ce que je veux dire ?

La vieille femme conservait le silence, elle imaginait la scène : son garçon serrant la veuve entre ses bras, enlacés en train de faire l'amour. Une vision écœurante. D'avoir évoqué aussi crûment leur étreinte, Colette avait rougi, elle gardait les yeux baissés.

— Votre petit garçon, qu'est-ce qu'il pensait de tout ça ?

— Il était au courant, même si je ne recevais Loeiz que lorsque mon Jeannot n'était pas là. Je crois que celui-ci l'aurait aimé comme si c'était son père.

— Ça lui fait quel âge ?

— Il vient d'avoir seize ans, c'est un homme maintenant. Enfin presque.

Mauricette la dévisageait, la trouvant de plus en plus aimable au fil de la conversation. Elle ne connaissait toujours pas la vraie raison de sa visite, n'osait la lui demander ouvertement.

— Qu'est-ce que vous comptez faire maintenant que Loeiz n'est plus là ?

— Pour moi, cela ne changera pas grand-chose, sauf qu'il va me manquer énormément. Je voulais vous demander... Si on retrouve son corps, pour les obsèques, est-ce que je pourrai venir ?...

Mauricette la regarda d'un air indigné, choquée qu'elle allât si vite en besogne. Puis elle comprit, cette visite n'était qu'un prétexte afin de parler du disparu, pour épancher son chagrin, elle aussi. Elle l'aimait à n'en point douter.

— Vous croyez pas qu'il est préférable d'attendre ?

— Si, bien sûr... Excusez-moi, je suis maladroite, c'est pas ce que je voulais dire...

Colette secoua la tête.

— Je connais bien Loeiz, un peu moins Lili et le fils Forner. Je peux pas croire que l'un d'eux soit un criminel.

— Moi non plus, si vous voulez mon avis. Pour répondre à votre question, l'église est ouverte à tout le monde, c'est pas à moi de décider qui a le droit ou non d'assister à la cérémonie.

La vieille femme marqua une pause.

— Tu reprendras bien un peu de café ?

Cette fois le tutoiement était affectueux. Colette acquiesça.

— Si on le retrouve, je crois que cela ferait plaisir à Loeiz que tu sois là.

Mauricette soupira.

— A moi aussi finalement.

24

L'adjudant Derval en arrivait à craindre que faute de concret à brève échéance, le procureur, incité par le juge d'instruction, ne lui ôtât l'enquête. Il était retourné à plusieurs reprises sur la promenade du Lohic, espérant que la configuration allumât dans son esprit l'étincelle tant attendue. De là, il dominait la petite plage où l'on avait retrouvé la victime. De façon à jouir d'une vue encore plus étendue, il était grimpé sur le tertre du Papegault, au sommet duquel était dressée une table d'orientation. Le goulet permettant d'accéder au port de Locmalo était si étroit qu'en deux minutes on aurait pu le traverser jusqu'à Gâvres si on avait eu pied. Sur la droite s'étalaient des rochers découpés, couverts de goémon, entre les différentes cales qui permettaient aux bateaux d'accoster afin de livrer au plus près le poisson. Au plus vite, du temps des conserveries de sardine. Les tourbillons du courant aspiraient le flot au gré de la marée. Un décor charmant, paisible, où un forfait aussi abominable paraissait impensable.

L'adjudant redescendit de son observatoire. Il revint sur la promenade, s'avança tout au bout de la cale du Lohic. Il se retourna afin d'observer la côte que dominait la tour Saint-François, inhabitée, dommage, c'eût été le poste idéal pour un témoin. Derrière les remparts se déroulait la promenade Henri-François-Buffet. Entre la plage du crime et les premières maisons, une centaine de mètres... Comment admettre que personne n'eût rien entendu ? A moins que le viol et le crime n'aient été perpétrés beaucoup plus loin et le corps apporté ensuite dans la petite crique. Non, cela ne tenait pas, la pauvre fille était morte où on l'avait trouvée, puisqu'elle avait eu le temps de disposer les galets avant de rendre son dernier souffle.

A chaque fois, le même labyrinthe, sans une Ariane charitable afin de lui fournir le moindre fil. Au début de cette sinistre histoire, Derval avait cru tenir enfin une affaire digne d'un véritable intérêt. De celles qui constituent des atouts non négligeables dans la carrière d'un flic. A présent, il redoutait de n'en tirer aucune gloire, bien au contraire même s'il ne parvenait à dénouer l'écheveau. Espérer l'indice miraculeux, le détail qui avait échappé à tout le monde, un témoignage de dernière minute par exemple qui ouvrirait enfin une piste. A vrai dire, il n'y croyait plus.

Le beau temps revint quelques jours plus tard. Il fit chaud tout de suite, une aubaine dont les

Bretons avaient appris à profiter : les moins frileux ressortirent les maillots de bain. Pas pour se baigner, non... Il faudrait patienter avant de s'aventurer dans l'eau sans être frigorifié, juste histoire de lézarder sur le sable et de bronzer un peu. La plage du Lohic resta cependant inoccupée : personne n'osait profaner le lieu où avait souffert Eugénie Le Livec. Les curieux se cantonnaient sur le surplomb ou sur la cale voisine. Les enfants y descendaient ; mine de rien, ils avaient entendu raconter en détail ce qui s'y était déroulé. Les moins effrontés se tenaient en retrait, fixant avec horreur l'endroit précis où l'on avait relevé le corps. D'autres s'amusaient à écrire avec des galets les prénoms de leurs camarades sur le sable, surtout ceux des garnements de leur âge avec qui ils s'étaient chamaillés les jours précédents.

Les trois femmes éprouvaient toujours le besoin de se retrouver. Sans aucune illusion au sujet du *Saint-Louis*, elles auraient pu être de ces veuves résignées dont la seule consolation est de ressourcer le souvenir du disparu. Un comportement inacceptable tant que courrait le meurtrier d'Eugénie. Le vrai.

Donias mourait d'envie de rôder sur les quais de Locmalo, estimant le territoire aussi bien à lui qu'aux trois mégères. Des compagnes d'assassins, ne démordait-il pas, au moins l'une d'entre elles. Un soir, il n'y tint plus. Des anciens devisaient ensemble, un peu plus bas que le café de la Criée.

Il les aborda avec une humilité propre à engendrer la confiance. Non contente d'être une langue de pute, la hyène possédait le charisme pour rendre crédibles ses perfidies. Il ressortit sa litanie habituelle.

— J'espère que les flics vont enfin se décider à faire leur boulot.

Trouvant bizarre que l'on n'eût encore aucune preuve du naufrage, les retraités eurent le malheur de l'écouter.

— Leur boulot, quel boulot ?

La vanne était ouverte.

— Vous savez bien. A propos de la pauvre gosse. Celle qui a été violée et assassinée sur la plage du Lohic.

On ne comprenait toujours pas.

— Tu sais quelque chose ?

Il hochait la tête d'un air entendu.

— C'est pas impossible...

— Quelque chose de nouveau ?

— Y a pas besoin d'avoir du nouveau pour comprendre ce qui s'est passé. Depuis le début, tout le monde le sait. Les vaisseaux fantômes, c'est bon pour les histoires de gamins, pas pour des gens sérieux comme vous et moi.

— Le *Saint-Louis* ? Mais on est toujours sans nouvelles...

— Parce que certains n'ont pas envie d'en donner, des nouvelles.

— Mais qui donc ?

Depuis sa dernière avanie avec Lucie Kerjean, Donias avait eu le temps de fourbir une arme nouvelle.

— Eugénie Le Livec, vous la connaissiez aussi bien que moi ?

— Oui... Enfin, façon de parler...

— Alors vous savez qu'elle n'était qu'une pauvre demeurée. Une jolie fille, mais un pois chiche entre les oreilles.

— C'est vrai qu'elle avait pas toute sa tête.

— Face à elle, trois marins pêcheurs qui ont bonne réputation... A votre avis, les flics, ils ont intérêt à protéger qui ?

Ce soir-là, Mauricette et Rozenn étaient venues rendre visite à Lucie après le dîner. Il commençait à faire sombre, Donias tournait le dos à l'estaminet, il n'entendit pas la vieille femme arriver dans son dos.

— La ferme, Félix...

Donias se retourna. La mère Le Tennier.

— J'étais en train d'expliquer pour ton fils...

Le Félix n'eut pas le temps d'en dire davantage. Malgré l'obscurité, les anciens virent la main de la Mauricette prendre son élan et fouailler à la volée le visage du misérable ; le claquement magistral retentit dans la rumeur de la houle comme une voile souquée dans le vent. Estomaqué, Donias recula. Il essaya encore de sauver la face, elle le coupa tout de suite :

— Fous le camp avant que je t'en colle une autre.

La Godille venait de remonter du môle. Aux premières loges du bref affrontement, il jubilait.

— Ouais, c'est ça... marmonna-t-il en serrant les poings. Fous le camp, Donald. T'as raconté assez de saletés comme ça.

Témoin elle aussi de la scène, Lucie rejoignit ses deux amies. Elles restèrent un long moment silencieuses, trois femmes sur le quai, unies par le malheur. Elles n'avaient pas l'intention de se laisser faire, ni de laisser souiller plus longtemps la mémoire de leurs trois compagnons. Dans la pénombre sous la lune, leurs visages avaient la gravité des masques funéraires des tragédies antiques.

25

Faute de mieux, Derval avait enquêté sur le nommé Louis Forner. Il était le plus jeune, célibataire de surcroît, susceptible donc de chercher une aventure. L'OPJ avait découvert une histoire ancienne à son sujet. Il reconvoqua Rozenn.

Le véhicule bleu de la gendarmerie se gara en début d'après-midi sur le parking devant les HLM, le sang de la jeune fille se glaça. Le *Saint-Louis* était revenu, son frère avait avoué, on venait arrêter sa complice. Le représentant de la maréchaussée traversa la rue, s'engouffra sous le porche.

Rozenn ne s'était pas trompée ; la sonnette retentit.

— Mademoiselle Forner, l'adjudant souhaiterait vous parler.

— A propos du bateau ? On l'a retrouvé ?

— Hélas non. C'est pour des questions d'ordre général. Des points de détail.

— Quand ? Tout de suite ?

— Le plus tôt possible. Je peux vous conduire si vous le désirez.

— Non, non, s'empressa la jeune fille, mortifiée à l'idée d'être embarquée dans la voiture des gendarmes sous les fenêtres des voisins. Cela me fera du bien de marcher un peu.

Le gendarme sourit.

— Vous avez raison. A prendre le volant dès qu'on a deux pas à faire, on finit par s'encroûter.

Rozenn attendit quelques minutes avant de descendre à son tour. Une poignée de bavards papotaient devant l'immeuble. A la vue de leur colocataire, ils baissèrent la voix, ils avaient vu les flics arriver, on parlait d'elle. D'elle et de son frère bien entendu. Elle fila sans lever les yeux. La gendarmerie se trouvait à l'autre bout de Port-Louis, un petit quart d'heure en marchant d'un bon pas. Elle croisa tant de gens qu'elle crut toute la ville de sortie. Plusieurs la saluèrent, elle bredouillait une vague réponse sans ralentir, on se demandait ce qui lui valait d'être si pressée. Jamais ne lui parut aussi longue la rue de la Citadelle. Le planton de service l'accueillit cordialement.

— L'adjudant vous attend. Je vous en prie.

Derval mit aussi du sien pour apaiser l'appréhension évidente de la jeune fille. Il la remercia même d'avoir fait diligence. Le Leuch quitta le bureau, il avait à faire à Kerzo, une querelle de voisinage qui avait failli mal tourner, un tact qui fit chaud au cœur de Rozenn. Marie Lugnol assista à l'interrogatoire.

— Vous avez appris quelque chose de nouveau à propos du *Saint-Louis* ? demanda Rozenn d'une voix éteinte.

L'adjudant soupira, secoua la tête d'un air navré.

— C'est dur d'attendre, n'est-ce pas ?

Rozenn ravala les sanglots qui lui nouaient la gorge.

— Oui… Pourquoi vous m'avez fait venir toute seule ?

— Parce que c'est avec vous que j'ai besoin de parler.

— Vous croyez toujours que c'est un des marins du *Saint-Louis* qui est l'assassin ?

— C'est en effet une hypothèse plausible tant qu'on n'aura pas retrouvé le chalutier. C'est ce que pensent beaucoup de gens à Port-Louis.

Rozenn se ratatina un peu plus sur sa chaise. Derval l'observait, laissant sciemment s'installer le silence, guettant sa réaction, hésitant toutefois à mettre sa gêne sur le compte d'une éventuelle culpabilité de son frère.

— Qu'est-ce qu'ils disent ?

— Vous le savez bien…

Nouveau silence.

— Vous savez bien que certains pensent que votre frère est mêlé à l'assassinat d'Eugénie Le Livec. Il y en a même qui affirment tout net que c'est lui le coupable, qu'il a tué ses deux compagnons pour les empêcher de parler, que c'est pour cette raison que le bateau n'est pas rentré.

« Assassinat », « tuer », des mots cruels comme des ongles acérés. Elle ne pouvait écarter de son esprit la sordide découverte ; elle revoyait les photos immondes dénichées sous le matelas ; la tête lui tournait.

— Vous ne vous sentez pas bien, mademoiselle Forner ? Vous voulez un verre d'eau ? fit Lugnol.

Rozenn s'accrocha à sa chaise de crainte de chanceler.

— C'est pas P'tit-Louis. Il a tué personne, ni Eugénie, ni ses collègues matelots. Il a son caractère, mais c'est pas un mauvais garçon.

— On a enquêté à son sujet, vous pensez bien. C'est notre métier. C'est vrai qu'il s'est battu dans une boîte de nuit de Lorient ?

Rozenn se souvenait. Un dimanche matin. Le frangin avait la pommette tuméfiée.

— Qu'est-ce qui t'est arrivé ?

— Ça te regarde pas.

Il s'était rattrapé aussitôt.

— Je me suis cogné en rentrant dans la nuit.

— T'avais bu ?

— Qu'est-ce que ça peut te faire ? T'es pas ma mère, que je sache.

Il était majeur, c'est vrai, mais tout de même...

— T'es bien content de me trouver pour m'occuper de toi... Alors, tu pourrais peut-être changer de ton quand je m'inquiète de ton état.

— Excuse-moi. C'est pas ce que je voulais dire. J'ai des raisons d'être en colère. De bonnes raisons.

— Après moi ?

— Non, bien sûr… C'est après l'autre connard qui m'a collé un marron.

— Qu'est-ce qui s'est passé ?

P'tit-Louis avait soupiré, puis il s'était enfin déballonné. Une querelle à propos d'une fille. Croyant qu'elle lui faisait les yeux doux, il avait poussé ses avances. Seulement, elle avait déjà un copain. Celui-ci n'avait pas apprécié qu'on essayât de lui chiper sa fiancée. Le ton avait monté.

— C'est lui qui t'a frappé le premier ?

P'tit-Louis avait hésité.

— J'sais plus. J'crois pas. En tout cas il l'avait bien cherché.

— C'est normal alors qu'il s'est défendu. C'est malin… T'as vu ta blessure ? Tu vas garder une cicatrice.

Le jeune homme avait souri.

— C'est rien à côté de ce que je lui ai mis.

— T'es une vraie brute, avait conclu Rozenn en ouvrant l'armoire à pharmacie de la salle de bains.

L'adjudant suivait le cours de la réflexion de la jeune fille face à lui.

— Alors, c'est vrai ou c'est pas vrai ?

— Il m'a parlé d'une histoire de ce genre-là, en effet.

— Ça lui arrivait souvent d'être violent ?

— C'est la seule fois où j'ai eu à le soigner en tout cas. Ce devait pas être si grave, puisque personne n'a porté plainte.

— Des bagarres entre jeunes coqs, il n'y a pas de quoi fouetter un chat, je vous l'accorde. Mais le viol et le meurtre d'une pauvre fille comme la petite Le Livec, ce n'est plus tout à fait la même chose.

Rozenn posa une main sur son front en poussant un soupir découragé.

— Vous aussi, vous pensez que c'est lui ?

— Tant qu'on ne saura pas où est passé le *Saint-Louis*, personne ne pourra prouver le contraire.

Alors la jeune fille sentit le sang lui monter à la tête. Elle était de ces tempéraments paisibles qui endurent les reproches sans se rebiffer, puis qui explosent d'un coup sans signes annonciateurs. Elle se redressa sur sa chaise.

— Vous connaissez quelque chose au monde de l'océan ?

Estomaqué de la véhémence de l'apostrophe, l'adjudant eut un haut-le-corps.

— Je ne suis pas à Port-Louis depuis longtemps. J'ai eu le temps d'apprendre quelques petites choses quand même.

— Vous avez pas compris que le *Saint-Louis* a fait naufrage ? Ils sont morts, ça vous suffit pas ? Qu'est-ce qu'il vous faut de plus ?

Derval avait eu le temps de recouvrer son sang-froid.

— Qu'on les retrouve. Vivants ou morts. Cela couperait court à toutes les calomnies.

Rozenn tremblait face à l'adjudant. Puis elle retomba assise en éclatant pour de bon en sanglots cette fois.

26

— Elle nous cache quelque chose... dit Marie Lugnol à l'adjudant après le départ de la jeune fille qu'elle avait dû réconforter.

— C'est aussi mon avis. Mais quoi ? On va quand même pas la torturer pour l'obliger à parler !

— Elle est jeune. Elle vient de craquer pour la première fois, elle finira bien par lâcher le morceau.

— Les deux autres la soutiennent. C'est évident.

— Si c'est Louis Forner, elles vont finir par se désolidariser. Tôt ou tard il y en aura une qui vendra la mèche.

— Si tu pouvais avoir raison...

Rozenn vécut des jours affreux. Mortifiée par les accusations à peine sous-entendues de l'adjudant Derval et encore plus d'avoir étalé son désarroi, elle téléphona à la poissonnerie afin de prévenir qu'elle ne se sentait pas bien.

— Pas bien... répondit le patron. Pas bien comment ?

Même cet homme-là, pourtant si brave...

— Ça va pas… C'est tout… J'en peux plus d'a…

Elle se remit à sangloter ; le poissonnier eut pitié d'elle.

— Je comprends. Reste donc te reposer un jour ou deux. On arrivera bien à se débrouiller sans toi.

Elle bredouilla un vague merci, raccrocha.

Désormais Rozenn était seule en pleine tourmente, privée même du droit de se confier à ses deux amies qui elles aussi soupçonnaient son frère. Confinée dans son HLM, elle n'osait plus sortir.

Contrairement à ce qu'avait dit l'adjudant à Rozenn Forner, la rumeur à propos du *Saint-Louis* s'essoufflait dans la cité port-louisienne. Les plus virulents évitaient de reparler des trois disparus ; les langues les moins venimeuses se dédouanaient en dressant d'eux un portrait plutôt bienveillant : de bons marins, ces trois-là, des hommes courageux au sujet desquels on n'avait jamais rien eu à redire. Avec ça commandés par un bon patron, Le Tennier. Tu parles, les nécrophages avaient la mémoire courte…

Le sieur Donias lui-même commençait à perdre de sa férocité, surtout que plus grand-monde ne l'écoutait.

Mardi 8 juin, voilà bientôt un mois que la demoiselle Le Livec avait été découverte sur la plage du Lohic. L'adjudant convoqua les trois femmes à la gendarmerie. En homme intègre, Derval avait conscience du calvaire enduré par les malheureuses : non contentes d'avoir perdu chacune l'homme qui lui était cher, elles étaient traînées dans la boue.

Mauricette, Lucie et Rozenn avaient pris le deuil, affichant ainsi leur conviction du naufrage, et du même coup l'innocence des marins. Pour la doyenne, ce n'était pas une contrainte vestimentaire : le plus souvent, elle arborait une tenue sombre, plutôt austère même, en accord en fait avec la coiffe qu'elle s'évertuait à porter. Lucie était plus exubérante, une salle de bistrot n'était pas l'annexe d'un presbytère. Elle avait opté pour une jupe grise, un chemisier blanc et un pull en laine noire sous son imper, gris foncé lui aussi. Rozenn n'avait perdu qu'un frère. Choisissant sa tenue la plus sobre, elle fit cependant peine commune avec ses deux amies. Elles se retrouvèrent sur la place Pen-er-Run, unies comme jamais, décidées désormais à affronter la tête haute la tracassière communauté. Elles passèrent par la Grand-Rue.

Il faisait beau, fin de matinée, les gens étaient de sortie. Des réactions diverses. De la déférence pour la plupart. Persuadées que l'on avait retrouvé le chalutier, les amies les saluèrent avec compassion. Les plus agressifs changèrent de trottoir à distance ; pris au dépourvu, les médisants de la dernière heure baissèrent les yeux ou détournèrent la tête en passant à leur hauteur.

Pour les trois « veuves », il ne s'agissait pas d'une vengeance, ni même d'une revanche, c'était un hommage légitime aux malheureux déshonorés par la calomnie, une façon de signifier sans détours leur innocence. La gendarmerie leur parut moins hostile, ainsi que le bureau de l'adjudant. Lui-même aussi, un homme qu'elles n'avaient jamais considéré comme un ennemi malgré son rôle d'accusateur.

Derval avait demandé cette fois à ses deux collègues d'être présents. Du côté du *Saint-Louis*, il était à craindre qu'on n'en apprît pas davantage. Faute de trouver une autre piste, l'enquête aboutirait à un non-lieu, ce qui ne signifiait pas pour autant que l'affaire serait classée.

— Nous avons décidé de vous laisser tranquilles.

— L'enquête est terminée ? demanda Lucie.

— Une enquête n'est jamais terminée. Nous sommes obligés d'espérer qu'apparaisse un élément nouveau. Vous voyez, je joue franc jeu. J'en attends de même de votre part. Si vous apprenez quelque chose, j'espère que vous nous préviendrez tout de suite.

Mauricette sursauta ; Lucie et Rozenn échangèrent un regard surpris. Comment interpréter une telle annonce ? Soulagement, puis frustration immédiate. Même au plus fort du doute, elles étaient restées persuadées de l'innocence de Loeiz, de Lili, de P'tit-Louis.

— Mais l'assassin d'Eugénie… murmura la jeune fille.

— Pour l'instant, nous n'avons rien de nouveau à son sujet. La seule piste était celle fournie par la victime, le prénom inscrit sur le sable. Nous avons interrogé tous les Louis à la ronde, tous ceux qu'Eugénie Le Livec était susceptible de connaître. Nous avions pensé aux matelots du *Saint-Louis*...

Il hésitait.

Lucie Kerjean soupira, visiblement agacée.

— Si je comprends bien, on saura jamais qui a fait le coup ?

— Faute de nouveaux indices, c'est malheureusement une issue probable.

Mauricette se contenait depuis quelques instants. Aux mouvements de sa coiffe, il était évident qu'elle bouillait d'intervenir.

— Vous ne semblez pas ravie, madame Le Tennier ? Je viens de vous annoncer pourtant que nous allons vous laisser en paix...

— Parce que vous croyez que nous pourrons connaître la paix après ce qui s'est passé ? rétorqua la vieille femme.

— Le temps efface les tourments les plus cruels. Bientôt tout le monde aura oublié.

— Pas nous !

Cette fois, c'était Lucie, tout aussi révoltée que son aînée.

— Tous les clients qui viendront boire un coup dans mon bistrot se demanderont toujours si je suis pas la femme d'un violeur et d'un meurtrier. Je les connais, certains pourront pas s'empêcher de me faire des remarques. Il y en a même qui viendront plus.

Elle se pencha en avant.

— Mon adjudant, vous trouvez que c'est connaître la paix que de vivre dans un doute aussi affreux ?

Elles avaient raison, pensait Derval, impressionné par la force de caractère qu'elles affichaient.

Se souvenant de sa dernière entrevue avec l'adjudant, Rozenn n'avait encore rien dit.

— L'assassin, il existe bien, quand même, dit-elle d'une voix éteinte.

— Certainement, mademoiselle Forner. Mort ou vivant, c'est un être bien réel. Un beau salaud, si vous voulez mon avis.

— Vous allez le laisser courir dans la nature ?... Vous craignez pas qu'il va... comment on dit ?...

— Récidiver. C'est malheureusement une éventualité que nous ne pouvons écarter. Croyez bien que le capitaine va nous demander de faire preuve de la plus grande vigilance, mais il est impossible de tout surveiller.

— S'il en trucide une autre, au moins comme ça on sera fixés, marmonna Mauricette.

L'adjudant hocha la tête.

— En effet, même si c'est une issue que personne ne peut souhaiter. Je comprends votre désarroi si l'affaire devait en rester là. C'est pour vous remercier de votre collaboration que je vous ai fait venir. Si les gens continuent à cancaner, laissez-les dire, ils finiront bien par se calmer. Si certains se permettent d'aller trop loin, n'hésitez pas à nous prévenir. Il est aussi dans nos attributions de vous protéger contre la médisance.

Mauricette eut sur le bout de la langue qu'il était temps d'y penser, qu'elles étaient assez grandes pour se protéger toutes seules, mais l'adjudant ne lui était pas franchement antipathique. Elle rengaina sa riposte acide.

27

Les trois femmes restèrent un long moment décontenancées devant la gendarmerie, puis elles allèrent s'asseoir dans le jardin de la Muse. L'adjudant venait de leur signifier à mi-mot la fin de l'histoire ; la page était tournée, désormais, elles devraient vivre avec cette affreuse incertitude. Les promeneurs les observaient, silhouettes côte à côte sur un banc, figées comme la statue voisine, devisant à voix basse. Leur assurance ostentatoire de tout à l'heure laissait place à un sentiment de malaise. Que fût disparu le fils, le mari ou le frère, aux yeux de leurs concitoyens, elles ne retrouveraient jamais une virginité absolue. Une infamie indélébile.

Au lieu de reprendre la route principale, elles descendirent le long des remparts, à les croire attirées par le lieu du crime, ou alors elles espéraient y recevoir une soudaine illumination. La muraille se dressait sur leur droite, avec le chemin de ronde permettant de surveiller l'océan par les meurtrières, si étroit que l'on se demandait comment y manœuvraient les soldats lors des attaques des armadas ennemies. Pour les trois femmes, ces hautes pierres érigeaient le paravent du terrible secret. La porte d'accès à la cale du bateau de Gâvres, qui assurait la courte navette d'une rive à l'autre à longueur de journée. Sans se concerter, elles s'arrêtèrent. Cette portion de côte les horrifiait, un aimant implacable pourtant. Silencieuses, elles descendirent sur la promenade du Lohic. Sur la gauche, la crique fatale. Les grands oiseaux marins sillonnaient la passe, d'un vol nonchalant, ou plongeant dans les eaux turbides s'il s'agissait de cormorans. Elles s'avancèrent à l'aplomb de la petite plage. Le lieu n'était plus maudit ; sous la surveillance de la nourrice ou de la grand-mère, des bambins y babillaient. Les trois femmes tremblaient, assourdies de cris de douleur, hantées d'images grimaçantes, qu'exacerbait le ricanement des mouettes et des goélands. Là avait commencé le malheur qui les enchaînait d'un boulet invisible, dont elles ne pourraient plus se débarrasser.

— Qu'est-ce qu'elle fichait, Eugénie, sur cette plage, seule en pleine nuit ? marmonna Mauricette avec cette façon bien à elle de soliloquer.

— Personne le sait, pas même les gendarmes, répondit Lucie en écho.

— Ceux-là, reprit la vieille femme, on est en droit de se demander s'ils ont fait tout ce qu'il faut.

— L'adjudant a l'air de connaître son métier, intervint Rozenn. Je crois qu'on peut lui faire confiance. Ses adjoints ont fouillé partout, ils n'ont rien trouvé.

— Alors, c'est pas là qu'il fallait chercher.

Mauricette secouait la tête d'un air entendu, celui d'avoir à l'esprit quelque idée qu'elle ne souhaitait pas développer. Pour l'instant... Parce qu'elle n'était pas sûre de son bien-fondé.

Le vent se leva ; des nuages menaçants plombèrent la côte de gris ; la plus jeune frissonna la première, plus à cause de l'ambiance morbide que de la soudaine fraîcheur.

— Cette fois, il est temps de rentrer, fit Lucie.

S'écoulèrent quelques jours sans que les trois femmes se revoient.

Chacune organisa à sa façon son nouveau cadre de vie.

Entérinant son décès, Mauricette Le Tennier entreprit de sanctuariser la chambre de son fils, comme si son propre avenir était désormais trop bref pour apprendre à vivre sans lui. Elle s'appliqua à faire le ménage. Elle sortit une tenue propre, pantalon, chemise, pull et vareuse, caleçon et chaussettes. Elle plia soigneusement le tout sur la chaise au chevet du lit, comme chaque dimanche soir, afin qu'il les trouvât le lundi matin. Elle vérifia sa tenue dominicale dans la penderie de son armoire, il ne s'agissait pas que les mites se mettent à les grignoter. Sur la commode près de la fenêtre, elle posa sa casquette de cérémonie, après l'avoir époussetée. Puis elle s'assit sur l'autre chaise, où elle resta immobile une éternité. Sur son visage impassible coulaient lentement deux larmes, se faufilant dans les rides de ses joues affaissées.

Lucie Kerjean dormirait désormais dans une chambre de veuve. Lili vivant, elle avait souvent eu le sentiment qu'il n'était que son locataire, un homme de passage, son amant en fin de compte, même si elle, n'avait jamais eu les audaces d'une maîtresse. Il lui manquait déjà cruellement, elle n'eut pas encore le courage d'ôter ses affaires de la chambre conjugale. Les hommes étaient les pratiques quotidiennes d'une tenancière de bistrot, maintenant qu'elle était seule, ils seraient quelques-uns à lui tourner autour, les mêmes à lui faire les yeux doux avant le naufrage, avec des avances plus ou moins voilées ; d'autres aussi certainement, les cœurs en détresse, les mal-mariés. Les vicieux aussi. Le mardi matin, elle se rendit de bonne heure chez le photographe local. Elle lui demanda de tirer au plus vite un agrandissement d'un portrait du défunt, celui où il souriait le mieux.

— Dans l'après-midi, ça vous ira ?

— Très bien. Vous le mettez dans un cadre. Je passerai chercher le tout dans la soirée.

Le lendemain, avant d'ouvrir son estaminet, elle accrocha son Lili en bonne place dans la salle du bistrot, afin que tout le monde le vît et que personne ne l'oubliât. Afin de signifier aussi qu'elle avait la farouche intention de lui rester fidèle.

Rozenn Forner était la moins éprouvée des trois : elle ressentait une certaine affection pour P'tit-Louis, mais celui-ci ne lui avait jamais manifesté une tendresse évidente. La découverte de son érotomanie d'adolescent attardé avait déstabilisé la sœur. P'tit-Louis était parti de la même façon qu'il aurait quitté le logis s'il s'était déniché une fiancée et qu'il s'était marié. Une séparation inéluctable, il aurait alors vidé son repaire de célibataire. C'était ce qu'il convenait de faire au plus vite, afin de tourner la page. Elle s'y attela ce mardi-là.

Le premier souci de Rozenn fut d'escamoter les magazines compromettants. Elle les intercala parmi de vieux journaux au fond d'un sac-poubelle. Les vêtements, elle les donnerait à la Croix-Rouge ou au Secours populaire. La pièce vide, le matelas nu posé sur le lit, elle connut un moment de remords, le sentiment de lui avoir porté le coup de grâce en se débarrassant à la hâte de ses effets, comme si elle souhaitait sa mort.

Rozenn n'oubliait pas sa mère. Lors de sa dernière visite à l'hôpital Charcot, elle avait demandé des nouvelles de Joachim Gahinet.

— Toujours pareil, avait répondu l'infirmière de façon laconique.

— C'est-à-dire ? avait insisté la jeune fille.

— Il ne parle pas. Il ne semble pas nous entendre.

— Je pourrais le voir ?

— Tant qu'il sera dans cet état, les visites sont interdites.

— Même sa mère ?

— Non bien sûr, mais vous n'êtes pas sa mère que je sache. Ni sa sœur.

— Non, je ne suis qu'une amie de sa pauvre maman.

— Il faudrait demander au médecin, mais aujourd'hui, il n'est pas là.

La semaine se termina sans incident particulier. Lucie avait rouvert son établissement, les pratiques d'avant reprirent leurs habitudes : boire un coup, taper le carton pour une petite belote, bavasser sur les turpitudes du monde, tant qu'à faire lui redonner un petit coup de neuf. Tout cela sous l'œil narquois de Lili Kerjean, dans un brouhaha ponctué de clameurs formidables qui faisaient fuir les chiens de la place, la queue ramassée entre les pattes, quand ils passaient devant la porte restée ouverte.

Rozenn était retournée vendre poissons, crabes et langoustines dans la boutique de la rue de la Marine, des bestioles qui ne lui faisaient toujours pas horreur malgré ce qui était advenu à son frère.

Mauricette avait repris le chemin de la côte, où elle ruminait à son gré sa solitude en piquant la palourde. La plus âgée des trois, elle était pourtant la plus obstinée. Pas question de se résoudre à laisser courir un assassin, encore moins de renoncer à dissiper le doute au sujet des marins du *Saint-Louis* : coûte que coûte, il fallait découvrir l'identité du meurtrier. Les autres pêcheuses l'évitaient, mine de rien, en feignant de ne pas l'avoir vue, ou d'avoir déniché un coin plus prometteur, ou en avisant une autre commère à qui communiquer une nouvelle d'une extrême importance. Loin d'être dupe, Mauricette n'était pas du genre à mendier la sympathie.

Le lundi suivant, Emilienne Le Livec et Mélanie Gahinet poussèrent elles aussi jusqu'à la côte Rouge. Elles avaient pris l'habitude de se retrouver, afin de se réconforter mutuellement. Elles parlaient de leurs enfants, ne parvenant à admettre la disparition d'Eugénie et la déchéance de Chim. Ils n'avaient même pas eu le droit d'être heureux ! disait l'une. Ils n'avaient jamais fait de mal à personne... ajoutait l'autre.

— Comment il va, ton garçon ?

Mélanie secouait la tête d'un air désespéré.

— Pas mieux. Il sera plus jamais comme avant.

A ressasser leur malheur, les deux mères désiraient la même chose que Mauricette, que Lucie, que Rozenn : que fût démasqué l'assassin de la jeune fille. La seule façon pour Emilienne de faire son deuil, pour Mélanie d'innocenter son fils. Ce jour-là, tout à leur chagrin, elles arrivèrent à proximité de la mère de Loeiz sans avoir eu conscience de sa présence ; elles, n'essayèrent pas de l'éviter. Au contraire, dépliant les reins, elles la saluèrent.

— Elles marquent bien aujourd'hui ?

— Pensez-vous. Rien de bon.

Vous pouviez demander à n'importe quelle habituée de la côte si la pêche était bonne, elle vous répondait invariablement qu'il n'y avait plus rien à ramasser : la faute aux paysans avec leurs nitrates et leurs pesticides, aux riverains qui n'avaient pas encore le tout-à-l'égout, et puis pourquoi pas, aux touristes qui chamboulaient l'estran comme des forcenés. Si vous aviez l'audace de jeter un coup d'œil dans son panier, vous découvriez que la « chouineuse » ne s'était pas échinée pour rien. Pour parer à pareille indiscrétion, celle-ci prenait soin le plus souvent de recouvrir sa récolte d'une ou deux poignées de goémon.

Ce jour-là cependant, il était vrai que Mauricette n'avait pas encore pêché beaucoup de palourdes. Certains jours, la côte faisait preuve d'avarice, même si le temps était favorable.

— Ça fait plaisir de vous voir ensemble, fit la vieille femme.

— Que veux-tu ? Le malheur paraît moins lourd à deux.

Un long moment de silence, sinon le crissement des cuillers qui lardaient le sable.

— On n'a toujours rien trouvé pour Eugénie ? reprit Mauricette.

Emilienne laissa échapper un soupir douloureux.

— Jamais on découvrira le salaud qui a fait le coup.

— Il devait bien la connaître pour avoir réussi à l'attirer sur la plage du Lohic en pleine nuit.

— Elle aussi devait bien le connaître pour avoir accepté de l'y rejoindre.

— T'as vraiment aucune idée de qui ça peut être ?

— Les gendarmes m'ont posé cent fois la même question. Nous avons cherché ensemble. Eugénie ne connaissait pas beaucoup de monde, pourtant on n'a rien trouvé.

Mélanie suivait la conversation en continuant à pêcher à proximité. Elle se redressa.

— Je t'ai dit, Milie, il y a quelque chose qui vous a échappé, à toi et aux gendarmes. Un détail, un tout petit détail, je suis sûre qu'on finira bien par mettre le doigt dessus.

Mauricette entretenait depuis longtemps la même idée.

— Je veux bien t'aider à réfléchir.

— Tu te crois plus maligne que les policiers ?

— Non... Tu sais bien que non... Ce serait pas idiot quand même d'examiner les choses avec un œil nouveau. La plupart des gendarmes sont des hommes, ils n'ont pas le même regard que les femmes. Ce serait bien de se retrouver ensemble afin de parler un peu de ta fille.

Emilienne réfléchissait. Les enquêteurs lui avaient paru parfois un peu empotés. Ils s'étaient acharnés après les trois Louis en suivant aveuglément la piste laissée par Eugénie. Une indication qu'elle-même n'avait jamais réussi à élucider. Que voulait dire sa petiote en traçant une croix dans le sable, puis en alignant des galets avant de rendre le dernier souffle ? Personne ne pourrait plus jamais pénétrer dans sa tête, c'était pourtant là que se trouvait la clef de l'énigme. La mère Le Tennier avait raison, il fallait tout reconsidérer sous un autre angle, partir d'Eugénie, essayer de découvrir ce qui s'était passé dans son esprit les jours précédant le drame.

— Je veux bien, Mauricette. J'en peux plus de savoir qu'un fumier de cette espèce est encore en liberté.

— Je vais en toucher deux mots à Lucie Kerjean et à Rozenn Forner. Tu peux venir aussi, Mélanie.

— Au café de la Criée ? fit Emilienne.

— Non, il y a trop de monde. Chez toi, si tu veux bien.

— Chez moi !

— C'est là que vivait Eugénie, non ? Avant toute chose, il faut essayer de la connaître un peu mieux, avec d'autres yeux que ceux de sa mère. Ça te va, lundi ?

Bousculée par une telle autorité, Emilienne n'eut d'autre choix que d'accepter.

28

Mauricette rendit visite à Lucie dès son retour de la pêche ; la récolte était loin d'être miraculeuse, de la partager ne serait qu'un prétexte. Avec toute cette histoire, j'ai perdu l'appétit. J'ai plus de goût à rien. Elle ne mentirait qu'à peine...

Toutes trois étaient aussi désabusées, engluées dans une mélancolie les privant de la force de se battre. Oublier le sordide imbroglio ? La meilleure solution sans doute. Peine perdue, la mémoire est un outil prodigieux, mais aussi rétive pour ressusciter les souvenirs agréables que pour effacer ceux qui vous torturent. Leur chaude complicité manquait au trio, Lucie fut enchantée de la visite de sa vieille amie.

— Il y avait du monde à la côte ?

— Toujours les mêmes. Ah si. J'ai rencontré Emilienne Le Livec et Mélanie Gahinet.

— Les pauvres... Comment elles vont ?

— Pas bien. Elles ont du mal à se remettre elles aussi.

— Elles nous en veulent toujours ?

— Je pense pas qu'elles nous en aient jamais voulu. Dieu merci, elles sont pas assez sottes pour écouter les cancans qui circulent à Port-Louis. J'ai cru comprendre qu'elles avaient envie de parler d'Eugénie et de Chim.

— Avec nous ?

— Nous sommes nous aussi dans le malheur, n'est-ce pas ? A cause de la même histoire. Je leur ai proposé de se rencontrer.

— Qu'est-ce qu'on va bien pouvoir se dire ?

— J'ai ma petite idée derrière la tête. Ce serait bien de mettre Rozenn au courant, elle aussi.

— Tout de suite ?

— Assez vite, ce serait le mieux.

Mauricette proposa de dîner ensemble, Lucie accepta de bon cœur.

— C'est moi qui ai le plus de place. Je fermerai la boutique de bonne heure. De toute façon, j'en ai assez de rester bavasser avec les soûlots qui ont jamais d'heure pour rentrer.

— Bonne idée. Je préparerai mes palourdes. Y en a pas beaucoup, on partagera.

— Avec un verre de vin blanc, ça passera tout seul.

Depuis le début de leur malheur, c'était la première fois où elles goûtaient à nouveau un semblant de plaisir.

Mauricette mit les palourdes à dégorger dans la cuisine de Lucie, avec la dose de sel pour donner l'illusion de l'eau de mer, trente-cinq grammes par litre. Pas besoin de balance, elle avait l'œil. Puis en attendant la fermeture du bistrot, elle poussa jusqu'à l'Avancée afin de prévenir leur jeune amie. Celle-ci ne fit pas non plus de manières, la vie reprenait, devait reprendre. La mère de Loeiz aperçut les cartons entreposés dans le vestibule. Elle se douta que c'étaient les affaires de P'tit-Louis.

— Tu fais le ménage ?

Rozenn sentit le sang lui affluer au visage.

— De vieux habits. On garde, on garde, après on sait plus quoi faire avec.

— T'excuse pas. Tu es jeune, cela te servirait à rien de vivre avec le passé.

La jeune fille haussa les épaules.

— Ça fera pas revenir mon frère de conserver ses frusques. Rassure-toi, je vais quand même pas les mettre à la poubelle. Je vais les donner pour qu'elles servent à quelqu'un d'autre.

— T'as raison. Viens maintenant. Lucie et moi, on a à te parler ; on va manger chez elle.

En avance, elles poussèrent jusqu'au môle qui abritait le port de Locmalo. Ce soir-là, le plan d'eau était calme, un banc de petits vieux devisaient face au large. L'un fumait la pipe, les autres mâchouillaient au coin du bec un de ces petits mégots dont on ne sait jamais s'ils sont encore allumés. Une barbe disparate leur hérissait le visage, ils ne devaient plus avoir le temps. Ou alors leur peau trop ridée ne supportait plus le fil du rasoir. Mauricette les connaissait : de braves bougres qui avaient bourlingué dans les chenaux alentour. Souvent avec Loeiz. Ceux-là avaient toujours considéré la mer comme une maîtresse, accorte et accueillante, trop souvent versatile et capricieuse, fâchée sans raison et capable alors des pires colères. A la vue des deux femmes, ils cessèrent de radoter leurs histoires d'aventuriers de proximité. Au long de leur existence, ils en avaient connu qui avaient perdu leur homme, des veuves, des mères éplorées, des frangines. Respect, mesdames, d'un hochement de casquettes, ils les saluèrent. Celles-ci répondirent avec humilité, puis poussèrent un peu plus loin. La plus jeune s'assit sur le quai, les jambes ballantes au-dessus du flot ; Mauricette n'avait plus l'âge d'en faire de même.

— On n'a toujours pas retrouvé le bateau ? corna un des vieux marins.

Mauricette se retourna lentement. Elle n'avait pas envie de parler, mais à quoi bon jouer les pimbêches…

— Il doit être au fond de l'eau. Dieu sait si on le retrouvera un jour…

Théophile Duigou n'était pas du genre loquace – « la Carpe », comme le surnommaient ses compagnons. Il se racla la gorge et cracha dru sur le pavé.

— L'océan adore jouer les cachottiers, mais il finira bien par rendre l'épave. Tôt ou tard.

Préparer les palourdes était tout un art. Tout d'abord les ouvrir encore vivantes. Le plus souvent le couteau faufilé entre les deux coquilles suffisait à les écarter, mais certains bivalves se montraient récalcitrants ; il suffisait alors de faire jouer la charnière à l'arrière et dans le même mouvement de ramener la lame en avant afin de ménager le passage, un coup à prendre. Règle d'or : garder la bestiole entière dans une seule coquille, pas comme certains grigous de restaurateurs qui en faisaient deux avec une seule. Pour la farce, Mauricette utilisait oignon et persil finement hachés, pas d'ail, ça dénaturait le goût, un quartier de tomate quand c'était la saison. Elle ajoutait le tout à un morceau de beurre mis à fondre dans une casserole avec un peu de sel et de poivre. Puis elle faisait couler une noix du mélange dans chaque bestiole, à l'aide d'une petite cuiller. Avant de passer les palourdes quelques minutes sous le gril, elle n'oubliait pas de les saupoudrer d'un peu de chapelure, qui épongerait le jus et donnerait du croustillant. Un véritable régal...

Pendant la dégustation accompagnée d'un verre de bordeaux blanc bien frais – moins aigrelet que la plupart des muscadets, le gros-plant, n'en parlons pas –, Mauricette exposa son projet.

— Puisque les flics n'ont rien trouvé, nous allons mener notre propre enquête.

Lucie dévisagea sa vieille amie.

— Tu perds la tête. On va quand même pas se mettre à jouer aux détectives !

— Pourquoi pas ? Les flics sont restés sur l'idée que c'était un des gars du *Saint-Louis* qui avait fait le coup. Maintenant qu'ils sont à peu près sûrs que c'est aucun des trois, ils n'ont plus rien à se mettre sous la dent.

— C'était leur seule piste, celle que leur avait fournie la victime, entreprit de les défendre Rozenn.

— Sauf que c'était pas la bonne. Ce qu'il faudrait savoir, c'est ce que fabriquait Eugénie sur la plage du Lohic à cette heure-là.

— Sa mère le sait pas, elle-même.

— Contrairement à ce que croit Emilienne, il est évident qu'Eugénie lui disait pas tout. Il faut vérifier qui elle fréquentait.

— Chim, mais je peux pas croire que c'est lui le coupable. Autrement, Emilienne nous a bien certifié que sa fille sortait jamais.

— Sans doute... Elle se rendait quand même au musée tous les jours. De la rue de Gâvres jusqu'à la Citadelle, il y a un bout de route. Elle était pas sans rencontrer des gens en chemin. Là-bas aussi, elle voyait du monde. Elle était plutôt jolie fille. Elle a pu se faire repérer par un visiteur qui lui a fait du charme, il a réussi à la séduire, il lui a fixé un rendez-vous. Elle fréquentait le personnel du musée.

— Les gendarmes ont pensé à tout ça, répondit Lucie. Ils savent faire leur boulot, ils ont rien trouvé.

— Je suis sûre pourtant que c'est de ce côté-là qu'il faut fouiller, s'obstina Mauricette en vérifiant l'arrimage de sa coiffe. C'est Eugénie qui a été violée et assassinée, c'est d'elle qu'il faut partir pour retrouver son meurtrier.

— Mais comment ?

— En la connaissant mieux, ses habitudes, ses manies, sa façon de procéder, de réagir face à un problème, ce qu'elle aimait faire, ce qu'elle détestait. J'ai proposé à Emilienne et à Mélanie de les rencontrer afin de discuter d'Eugénie et de Chim. On n'arrivera jamais à me faire gober que c'est par hasard que la pauvre fille s'est rendue sur la plage du Lohic à une heure aussi tardive. Pas pour se promener en tout cas.

La vieille femme était convaincante.

— Vous trouvez pas bizarre qu'Eugénie a rien dit à sa mère ce soir-là, alors qu'elle lui racontait tout d'habitude ?

Lucie et Rozenn hochaient la tête en silence.

— J'ai envie de voir dans quel cadre vivait sa fille. J'ai proposé à Milie de venir toutes les trois chez elle pour discuter. La pauvre femme est encore tellement bouleversée qu'elle a pas osé dire non. La mère de Chim sera là elle aussi. Ce serait bien qu'elle fouille du côté de son garçon. Ils étaient toujours fourrés ensemble. Peut-être qu'il sait quelque chose.

— Tu sais bien qu'il est devenu muet !

— Oui, mais il recouvrera un jour la parole. En attendant, Mélanie devrait jeter un œil dans ses affaires. Peut-être qu'il a conservé des objets ayant appartenu à son amie.

— T'as raison, fit Rozenn, à qui ne déplaisait pas l'idée de jouer les enquêtrices. On va les aider. Toutes deux seraient soulagées de savoir qui est le criminel.

29

L'arrivée des trois femmes bousculait les habitudes d'Emilienne ; elle s'empressa de leur ouvrir de crainte d'éveiller la curiosité des voisins. De fenêtres étroites, la pièce baignait dans la pénombre. Il y régnait une odeur de propreté, mêlée de lavande et de Javel ; à côté de la cuisinière trônait la cafetière, un modèle ancien à deux étages, l'eau frémissait dans la casserole sur la plaque rutilante. La table était mise, un charmant service de porcelaine délicate, ornée de roses rouges, délavées cependant. Une assiette avec quelques biscuits, une autre avec une douzaine de crêpes achetées à la boulangerie, qui faisait dépôt.

— Je vous attendais.

Belle évidence… C'était pas la peine de se donner tant de tracas, répondit Mauricette. On était juste venues parler un peu. Emilienne les convia à s'asseoir.

— Mélanie Gahinet ne devait pas se joindre à nous ?

— Elle avait promis de venir. Elle aura eu un empêchement, répondit Lucie.

— Ou elle aura renoncé au dernier moment, ajouta Rozenn.

S'installa un long silence, dans le glouglou de l'eau sur le point de bouillir.

— C'est pas facile pour Mélanie de parler de Chim, marmonna Emilienne.

Elle poussa un profond soupir.

— De ma pauvre Eugénie non plus, d'ailleurs.

— Il le faut pourtant, insista Mauricette.

Celle-ci hésita à profiter de la piété de leur hôtesse, sans doute ébranlée depuis le meurtre de sa fille. Mais après tout...

— Ne serait-ce que pour qu'elle puisse reposer en paix.

— Il faut que le salaud soit démasqué, convint Emilienne. Sinon, plus jamais je pourrai trouver le sommeil.

— T'es pas la seule à avoir du mal à dormir. Il reste encore beaucoup de gens à penser que c'est un du *Saint-Louis*. Si on retrouve pas l'assassin, c'est une histoire qui ressortira à la moindre occasion.

— Mauricette a raison, fit Lucie. Il faut chercher ensemble.

A ce moment, on frappa au carreau de la porte ; trois faibles coups à peine audibles ; à travers le rideau de dentelle au filet se dessina la silhouette de Mélanie Gahinet. A la vue des femmes attablées, la pauvre parut aussi empruntée que la mère d'Eugénie.

— Je suis en retard, s'excusa-t-elle d'une voix tremblante.

Elle se posa sur la chaise prévue à son intention, son sac à main sur les genoux, comme si elle ne restait qu'un bref instant. Emilienne la débarrassa.

L'eau chantonnait sur la cuisinière, elle la versa sur le café. A l'ancienne, à croire le progrès sans prise sur certaines femmes de la génération antérieure. Ou que jamais il n'aurait la faveur de remplacer les pratiques ancestrales.

— Qu'est-ce que vous voulez savoir ?

Mauricette haussa les épaules.

— Pourquoi Eugénie est sortie cette nuit-là.

Emilienne secoua la tête d'un air navré.

— Si je le savais, je l'aurais dit aux gendarmes. Certainement qu'ils auraient déjà déniché le meurtrier.

— C'était pas dans ses habitudes de courir ?

— Non bien sûr. Je lui avais expliqué les dangers à se promener seule la nuit.

Elle fixa intensément ses convives :

— Eugénie n'était pas folle, vous savez. Des fois, elle n'avait pas toute sa tête, mais elle n'était pas folle.

— Aucune d'entre nous n'a jamais pensé ça de ta fille. C'est pour cette raison qu'il faut tâcher de comprendre ce qui l'a poussée à aller se promener en pleine nuit sur la plage du Lohic.

Mauricette se tourna vers Mélanie Gahinet.

— Chim t'a rien dit les jours qui ont précédé le drame ?

— Rien que j'aie remarqué en tout cas. Eugénie et lui se voyaient pas tous les jours. En fait, il me parlait pas beaucoup d'elle.

— Pourquoi ?

— Je pense qu'il avait peur que je lui interdise de la voir.

— Il ne faisait pourtant pas de bêtises avec elle ? s'étonna Lucie.

Mélanie était au supplice.

— Oh, non... Mais Chim est devenu un homme. Il ne devait pas être insensible à la beauté de son amie. De seulement la regarder était déjà pour lui un péché. Je suis sûre qu'il s'est toujours montré correct avec elle.

— C'est aussi mon avis, fit Emilienne. Eugénie avait une frayeur bleue des hommes. Si Chim s'était amusé à lui faire des avances, elle aurait cessé aussitôt de le fréquenter.

— Est-ce que t'as pensé à fouiller dans sa chambre ? demanda Lucie à Mélanie.

— Pourquoi donc ?

— Je sais pas... Tu pourrais peut-être trouver quelque chose qu'Eugénie lui aurait donné.

— Il n'a jamais aimé que je me mêle de ses affaires. Quand il reviendra, s'il découvre que j'y ai mis le nez, il va pas être content.

— Au musée, ça se passait comment ? demanda Rozenn, appliquée à réfléchir en termes d'enquêteur.

— Le mieux du monde, répondit Emilienne. Y a que là-bas qu'elle se sentait véritablement heureuse.

Les jours où elle travaillait, elle était prête une heure avant de partir, toujours de bonne humeur. Bien mise et bien coiffée.

— C'est pourtant de ce côté-là qu'il faut chercher, ne désarma pas Mauricette. Elle parlait de son emploi à la Citadelle ?

— Souvent, oui. Elle connaissait le détail de toutes les collections. Elle était émerveillée à chaque fois qu'on installait une exposition ou qu'arrivaient de nouvelles pièces.

Le café était prêt, Emilienne se leva pour servir ses invitées.

— Elle aimait particulièrement une statuette. Sa petite « Li », comme elle disait tout le temps. Si vous voulez mieux connaître ma pauvre fille, ce serait bien d'aller faire un tour au musée de la Compagnie des Indes.

— Elle s'entendait bien avec les autres employés ?

— Elle se plaignait jamais. Les rares fois où j'ai rencontré ses patrons, je n'ai eu que des compliments à son sujet. Eugénie n'a jamais été compliquée, ni quand elle était gamine, ni à l'adolescence, ni après. Si elle avait rencontré un brave et bon garçon qui aurait su l'écouter et la protéger, elle aurait fait une épouse modèle.

Elle s'arrêta, puis rajouta à voix basse, comme s'il s'agissait d'un secret :

— Malgré ses petits problèmes.

Nouveau silence.

— Mangez donc une crêpe, ou un gâteau.

C'eût été offense de refuser…

Rozenn n'avait vu Eugénie qu'une fois ou deux, elle essayait de se l'imaginer. Elle finit de grignoter une galette pur beurre.

— Ce serait possible de jeter un coup d'œil dans sa chambre ?

Emilienne sursauta, se raidit. La jeune fille comprit qu'elle s'aventurait sur un terrain délicat. D'ailleurs la mère ne répondit pas.

— Vous reprendrez bien un peu de café.

Visiblement gênée, elle n'osait plus croiser le regard de ses convives. Mélanie Gahinet vint au secours de Rozenn.

— Pourquoi tu veux pas nous montrer sa chambre, Milie ?

— Juste un coup d'œil, reprit Rozenn. Je vous promets de ne toucher à rien.

Emilienne avait les yeux embués.

— Eugénie avait gardé son caractère de petite fille. Sa chambre, c'était à elle, rien qu'à elle, son jardin secret si vous préférez. Vous comprenez ? C'est elle qui faisait le ménage, j'avais à peine le droit d'entrer. Alors, maintenant qu'elle est morte…

— C'est peut-être là que se trouve la réponse aux questions qu'on se pose, fit Mauricette. Si ta fille nous voit, je pense qu'elle serait d'accord pour nous laisser regarder l'endroit où elle vivait.

— Elle a dû souffrir, murmura Lucie. Ce serait bien de pouvoir la venger, tu crois pas, Milie ?

La mère se leva ; le regard fixe, elle tremblait.

— Après tout, les gendarmes m'ont pas laissé le choix, eux. Venez.

Mauricette avait pitié de la pauvre femme.

— C'est pas la peine d'entrer toutes les trois. Vas-y, toi, Rozenn.

La pièce était exiguë ; meublée d'un lit, d'une commode et d'une chaise, il ne restait plus grande place pour circuler. Rozenn restait sur le seuil, interdite par le sentiment de violer le sanctuaire de la défunte. Face à elle, une chambre d'enfant en effet : la tapisserie avec de grandes fleurs colorées, trois poupées sur le lit, vêtues de façon impeccable et nattées, comme si leur maîtresse venait de s'en occuper, des peluches alignées le long des murs à même le plancher.

— J'ai tout laissé comme quand Eugénie…

Elle ravala ses sanglots.

— … comme quand elle était encore vivante.

— Les gendarmes ont fouillé la chambre ?

— L'adjudant a regardé partout. Il a bien senti que j'avais pas envie qu'on mette le chantier. Alors, il a fait attention. De toute façon, que voulez-vous qu'il y ait à trouver dans la chambre d'une petite jeune fille comme Eugénie ?

— Ça lui arrivait d'écrire ?

Emilienne dévisagea Rozenn.

— Pourquoi tu me demandes ça ?

— Si j'ai bien compris, elle était très… Comment dire ? Fleur bleue ? Les adolescentes tiennent souvent un journal intime où elles parlent de leurs joies, de leurs peines, de leurs états d'âme.

— Elle rêvait souvent, c'est vrai, mais je l'ai jamais vue écrire. Pourtant, c'était pas faute d'imagination. Elle avait toujours eu un peu de mal à l'école, elle rechignait à prendre la plume. Par contre, elle passait son temps à inventer des histoires.

— De quoi ça parlait ?

— Des histoires de gamine, des contes de fées. Elle se les racontait à voix haute dans sa chambre, je l'écoutais. Il lui arrivait de me prendre pour confidente, mais elle avait peur que je me moque d'elle. Le plus souvent, elle arrêtait avant la fin.

— Vous vous rappelez ce qu'elle disait ?

— Si... Non... De toute façon, cela n'a aucune importance. C'étaient que des enfantillages.

Rozenn resta encore quelques instants à observer le cadre de la jeune défunte. Au mur, sur un panneau de liège étaient épinglées des photos du musée.

— C'est Eugénie qui les a prises ? demanda Rozenn en se retournant vers la mère.

— Oui, je lui avais offert un appareil Polaroid pour son brevet. Elle s'en servait pas beaucoup, ça coûte cher de faire des photos. Au musée de temps en temps, quand il y avait un objet qui lui avait tapé dans l'œil.

Rozenn contempla les clichés, en compagnie de Lucie et de Mauricette qui s'étaient risquées dans la chambre afin de mieux voir. Sur plusieurs apparaissait la fameuse statuette.

— Pauvre gosse... fit la doyenne. Faut croire qu'elle aimait bien son métier.

— C'était devenu sa seule raison de vivre.

Mélanie Gahinet s'était avancée elle aussi, elle regardait le panneau par-dessus les épaules.

— La veille du drame, Eugénie avait offert une photo comme celles-là à Chim.

Aussitôt, Rozenn fut en alerte.

— Vous l'avez vue ?

— Mon garçon était incapable de rien me dissimuler. Ce soir-là, quand il est rentré, j'ai tout de suite deviné qu'il me cachait quelque chose. Je lui ai demandé ce qu'il avait.

« — Eugénie m'a dit de pas montrer, qu'il m'a répondu.

« — Quoi ?

« — La photo.

« — Quelle photo ?

« — Celle-là.

« Alors il a sorti la photo de sa poche.

— Qu'est-ce qu'elle représentait ?

— Il m'a pas laissé le temps de bien voir. Je crois bien que c'était la même statuette. En tout cas, ça y ressemblait. Chim était tout fier, il a filé dans sa chambre. Après ce qui s'est passé, je vous avoue que j'avais oublié cette photo.

— Ce serait bien de la voir.

— Pourquoi ? Celles-là vous suffisent pas ?

— Si sans doute, mais on sait jamais.

— Si je la retrouve… Je sais pas où mon pauvre garçon a pu la fourrer. Lui aussi a ses petits secrets.

Elle hocha la tête, le regard embué de tristesse.

— Même pour moi, sa mère… ajouta-t-elle, alors qu'elle venait d'affirmer qu'il ne lui cachait rien.

Rozenn aurait eu envie de fouiller, d'ouvrir les tiroirs, d'inspecter les recoins, sous le lit. Elle se consola : les gendarmes avaient dû le faire en douce, elle ne dénicherait rien de plus. Elle remercia la mère, referma la porte.

Les trois amies avaient le sentiment de ne pas avoir progressé. Elles n'avaient plus d'autre raison de s'incruster, Mauricette adressa un regard éloquent à Lucie.

— C'est gentil de nous avoir reçues, Emilienne. Nous allons te laisser maintenant.

— Je vous accompagne.

Devant la maisonnette, un jardinet : deux plates-bandes entretenues, une de chaque côté de l'étroite allée de ciment. En ce printemps, les parterres étaient délicieusement fleuris : des primevères, plusieurs variétés de jonquilles, d'un jaune crémeux ou orangées, des iris majestueux. Lucie en fit le compliment à la propriétaire.

— C'était Eugénie qui s'en occupait. Elle avait la main verte.

Deux larmes coulaient sur les joues de la mère.

— Quand je vois que tout ce qu'elle a planté est en fleurs, j'arrive pas à croire qu'elle est morte. Chaque matin, je me réveille en pensant avoir fait un mauvais cauchemar, que ma pauvre petite dort encore paisiblement dans sa chambre. Que je vais entendre chanter sa voix si…

Elle ne parvint pas à terminer sa phrase.

30

Les trois femmes se retrouvèrent dans la rue. Guère plus avancées, animées cependant d'une énergie nouvelle, celle d'avoir enclenché un processus de recherche, de ne plus être résignées. Elles descendirent vers l'embarcadère, prirent sur la gauche, vers la plage du Lohic. Une sorte de pèlerinage. Elles s'assirent sur le banc au-dessus de l'endroit du meurtre.

Mauricette, Lucie et Rozenn s'efforçaient d'imaginer la scène du crime, le tête-à-tête impitoyable entre le meurtrier et sa victime. Les goélands s'apostrophaient au-dessus du chenal, en une dispute sempiternelle. Une cacophonie épouvantable par moments. Assourdissante.

— La nuit, les oiseaux ne crient pas, marmonna la vieille femme en les regardant flotter de leur vol lourd. La gamine a dû se défendre, elle a hurlé, c'est sûr.

Elle marqua une pause…

— Ou alors on l'a tuée du premier coup.

— Réfléchis un peu, répondit Lucie. Tu sais bien qu'Eugénie n'était pas morte quand l'assassin l'a laissée sur le sable, puisqu'elle a eu la force de disposer les galets.

C'était vrai...

— Ce devait être une chic fille, fit Rozenn.

— Une cervelle d'oiseau dans un corps de femme. La proie idéale pour un obsédé qui a envie d'une partie de jambes en l'air.

Rozenn secoua la tête d'un air dubitatif.

— Tu vois, Mauricette. J'ai du mal à croire qu'elle a été assassinée par un type qu'elle aurait rencontré par hasard.

— C'est pourtant ce qui a dû se produire, insista la vieille femme. Il faisait beau, elle n'arrivait pas à dormir, elle est partie se promener sur la plage du Lohic. Elle s'est trouvée sur le chemin d'un beau parleur qui a réussi à la séduire.

— Ou qui lui a sauté dessus sans crier gare, intervint Lucie. Elle avait beau être sotte, si elle l'avait vu venir, elle se serait méfiée. Il l'a assommée, il lui a fait son affaire, puis il l'a poignardée. Ce salaud-là croyait qu'elle était morte, il a fichu le camp. Quand Eugénie est revenue à elle, elle a essayé de désigner son agresseur, mais elle n'a pas eu la force d'aller jusqu'au bout.

— Louis, ou quelque chose comme ça... fit Mauricette. Ça paraît invraisemblable.

— T'as raison. Là aussi, il y a quelque chose qui cloche, reprit Rozenn. Louis qui ? Et cette croix tracée dans le sable ? Ça colle pas... Emilienne nous a certifié que sa fille serait jamais sortie seule en pleine nuit. Si elle s'y est risquée ce soir-là, c'est qu'elle avait un sérieux motif de transgresser l'interdiction. Le musée était sa principale raison de vivre. Je suis persuadée que c'est là-bas que tout a commencé, que c'est de ce côté-là qu'il faut orienter nos recherches.

— Dis donc, t'es pas bretonne pour rien. Les gendarmes l'ont déjà fait. Ils n'ont rien trouvé.

— Ils n'ont pas bien cherché. On va aller faire un tour à la Citadelle. En tout cas, moi j'irai.

Lucie soupira.

— Après tout, pourquoi pas ?... Il y a longtemps que j'ai pas mis les pieds au musée. Ils doivent avoir de nouvelles curiosités.

— On demandera à Emilienne de nous accompagner, ajouta Rozenn.

— En voilà une autre lubie !

— Personne ne connaissait Eugénie mieux qu'elle. Celle-ci n'arrêtait pas de lui parler de son travail au musée. Milie peut nous montrer des choses que nous on verrait pas.

Rozenn Forner était encore jeune, elle avait appris la vie de bonne heure, elle possédait le tempérament entêté des femmes de marins, habituées par obligation à gérer les affaires pendant que l'homme était en mer.

La fameuse Citadelle de Port-Louis, imposante, majestueuse, avec ses quatre bastions en as de pique qui s'avançaient de tous côtés dans les flots. Pour y accéder, il fallait d'abord passer le petit pont. Un lourd portail protégeait la demi-lune où se tenait la salle de vente des billets. Surprise de la visite de la mère de la « pauvre Eugénie », la guichetière eut du mal à dissimuler sa compassion. Emilienne voulut payer son entrée, Mauricette la devança. La préposée régla le problème :

— Pour vous, madame Le Livec, c'est gratuit.

— Ah bon...

— C'est normal, c'est la moindre des choses.

Après ce premier poste, il convenait de traverser le grand pont, sur lequel les ennemis n'avaient d'autre choix que de cheminer à découvert entre le bastion Desmourier et celui de Groix d'où les occupants pouvaient les canarder à leur guise. Il menait au donjon défendu jadis par un pont-levis et un système de herses en tous points identiques à ceux des châteaux forts. Le porche franchi, les visiteurs parvenaient face à un long bâtiment qui abritait autrefois l'hôtel des gouverneurs et la chapelle Saint-Louis. Derrière se trouvait l'ancienne caserne de Lourmel où se cantonnaient les soldats du temps où la Citadelle était en pleine activité militaire. Pour l'heure, depuis 1984, elle hébergeait essentiellement le musée de la Compagnie des Indes, mais aussi celui de la Marine dans la salle de l'Arsenal et celui des Armes dans l'ancienne poudrière.

Emilienne était particulièrement émue. Sa dernière visite en ce lieu, c'était en compagnie de sa fille, elle la croyait encore à ses côtés. Le musée proprement dit était de taille imposante. Les trois femmes n'avaient pas le sentiment d'être là pour une simple visite, surtout Rozenn ; elle écarquillait les yeux, comme si la vérité allait soudain jaillir de l'une ou l'autre des vitrines. De mystérieux documents, calligraphiés à la plume d'oie avec tant d'arabesques qu'on pouvait à peine les lire, dans un français qu'elle ne comprenait qu'à moitié. Les maquettes des bateaux qui assuraient le fabuleux commerce dans les mers lointaines dévoilaient le secret de leurs cales grâce à d'ingénieuses coupes. Les soieries et les indiennes damassaient la pénombre de reflets mirifiques en un décor des *Mille et Une Nuits*.

Rozenn se tenait près d'Emilienne, soucieuse de ne perdre aucune de ses paroles. Celle-ci ne pouvait se départir de l'émotion qui lui nouait la gorge.

— Eugénie était si heureuse ici. Elle aimait tant travailler au musée.

— Elle avait l'impression que tout ça, c'était à elle ?

— Je sais pas... Je crois pas... Par contre, elle était persuadée en être responsable autant que les gens du musée. Qu'elle devait participer à la défense de ces merveilles venues de si loin. Des formules toutes faites, glanées au hasard d'une conversation, mais elle avait l'air si sérieuse alors...

— Ce qui veut dire que si quelqu'un avait voulu toucher à une des pièces exposées, elle s'y serait opposée ?

— Pour sûr qu'elle aurait pas laissé faire. Ma pauvre chérie... En lui demandant de faire le ménage, c'est un peu comme si on lui avait confié la responsabilité des collections.

Rozenn réfléchissait, persuadée qu'il s'était passé quelque chose dans cet édifice qui abritait tant de richesses, que tout avait commencé dans l'une des salles. Mauricette et Lucie suivaient la conversation avec intérêt, mais en laissaient le monopole à leur jeune amie.

Elles restèrent un long moment à contempler le grand samouraï au bout de la travée, impressionnant, effrayant dans sa tenue de combat qui ressemblait à une armure ; son masque de guerrier lui composait un faciès halluciné.

— Eugénie avait des objets qu'elle affectionnait plus que les autres ?

Emilienne se retourna, les paupières chargées de larmes.

— Je vous l'ai déjà dit, Li, sa petite impératrice. Vous vous souvenez, les photos... Venez, je vais vous la montrer.

Avant de pouvoir la contempler, elles durent attendre que s'en aillent un groupe de Japonaises qui n'en finissaient pas de s'extasier devant la petite vitrine au milieu de la salle des porcelaines chinoises. De leurs voix aiguës, elles pépiaient comme des passereaux. Elles sortirent enfin en trottinant comme des geishas de cinéma.

Les trois visiteuses furent aussitôt impressionnées par la majesté qui émanait de la statuette, pourtant d'apparence anodine. De porcelaine blanche, elle était ornée de fines touches de bleu cobalt, déposées comme des pétales par un pinceau délicat. Elles n'y connaissaient rien, c'était de toute évidence une pièce de grande valeur. Rozenn l'examinait sous toutes les coutures, essayant de déceler un détail qui lui aurait ouvert une piste.

S'installa un long moment de silence, comme si l'effigie, d'une trentaine de centimètres de hauteur, dégageait un charme indicible qui les médusait.

— Eugénie m'a si souvent parlé de sa petite Li. Celle-là, oui, elle devait considérer qu'elle lui appartenait.

— C'est pour cela qu'elle a tant de photos d'elle. Elle est de quelle époque ?

— Du XVe siècle si je me souviens bien. Elle vient de Chine.

D'une délicatesse raffinée, la statuette, blanc et bleu, était en effet datée de 1430, de l'époque Ming, indiquait la petite plaque métallique collée sur la base du socle.

— Elle était vraiment impératrice ? demanda Rozenn.

— Je pense que oui. Eugénie s'était renseignée à son sujet, elle était soucieuse de dire la vérité à propos des différentes collections.

— Elle s'appelait Li ?

— Je sais plus... Peut-être... En tout cas, c'était le nom que lui avait donné Eugénie. Je vous ai dit qu'elle inventait des histoires qu'elle se racontait à elle seule. Li était son héroïne favorite. Dans ses récits, elle était une princesse merveilleuse qui vivait à chaque fois des aventures extraordinaires, rarement les mêmes.

— Vous vous souvenez de quelques-unes de ces histoires ?

— Des passages... Eugénie ne les terminait jamais, du moins en ma présence. Maintenant que tu m'en parles, je me rappelle un détail qui revenait infailliblement.

Rozenn dressa l'oreille. Depuis un bon moment, les quatre femmes étaient stationnées devant la vitrine, avec l'air de conspirer. Le gardien en faction les observait d'ailleurs d'un œil intrigué.

— Quel détail ? demanda la jeune fille.

— Li était un personnage exceptionnel, Eugénie affirmait pourtant qu'elle était triste.

De plus en plus titillées, les trois femmes observaient la statuette.

— Pourquoi ?

— Je sais pas. Elle racontait tellement de choses bizarres, la pauvre enfant.

La petite impératrice souriait, un sourire mystérieux, énigmatique, comme si de suivre la réflexion de Rozenn l'amusait. Un encouragement à continuer l'enquête ?

— La visite vous a plu ? demanda la préposée aux entrées dans la boutique du hall.

— Oui, répondit Rozenn. Il y a vraiment de très belles pièces.

— C'est une chance pour Port-Louis que la Citadelle puisse héberger le musée de la Compagnie des Indes. Pour une fois qu'il n'y en a pas que pour Lorient.

— Tout cela doit coûter une fortune ?

— Rien n'est à vendre. Pourquoi ? Vous vouliez acheter ?

— Oh non ! Je disais ça comme ça.

— Je vous taquine... Vous avez raison, ce sont des objets d'une valeur inestimable, je connais beaucoup d'antiquaires qui seraient enchantés d'en faire l'acquisition, ne serait-ce que pour les revendre à de richissimes collectionneurs étrangers.

31

Ce même jour, le capitaine Boisseau et l'adjudant Derval s'étaient déplacés au parquet de Lorient. Rien d'exceptionnel, il était logique de faire un point régulier sur l'avancée de l'enquête, par communication téléphonique, ou de vive voix, comme ce matin-là. Le procureur, Aristide Durieux, était un fonctionnaire du genre plutôt pointilleux. Efficace au demeurant, et qui détestait voir classée une affaire non résolue. En tout cas, ce n'était jamais arrivé à celles dont il avait eu la responsabilité. Le juge d'instruction, qui par commission rogatoire avait saisi la brigade de Port-Louis, exigeait un coupable dans les plus brefs délais, expliqua-t-il. Il conservait toute sa confiance à la gendarmerie locale, il n'était pas dans ses intentions de lui retirer l'affaire. Le commandant de la compagnie de Lorient assistait à l'entretien. Lui, semblait moins patient.

— Boisseau, c'est vous et vos hommes qui êtes chargés de l'enquête. Vous n'allez pas me dire que dans une petite cité comme Port-Louis personne ne sait rien ! Les gens, ça cause, il suffit de savoir les écouter...

— Celui qui a fait le coup est un malin. Ou il bénéficie de la protection de la population.

— Vous sous-entendez qu'en Bretagne régnerait la loi du silence ? On n'est pas en Corse, ni en Italie. Personne n'a de raison de protéger l'assassin d'une pauvre gosse sans défense. Qui n'avait pas toute sa tête de surcroît...

Le capitaine ne répondit pas.

— Derval, en qualité d'OPJ, c'est vous qui êtes en première ligne. Vos hommes ont bien interrogé tout le monde ? demanda le procureur.

— Tout le monde, peut-être pas. Tous ceux qui auraient pu être mêlés de près ou de loin à ce qui s'est passé cette nuit-là, ça, je peux vous le certifier.

Le commandant secouait la tête d'un air dubitatif.

— La croix, je veux bien, moi, reprit Durieux. Mais comment être sûr qu'elle voulait dire « saint quelque chose » ?

Derval s'efforça de rester impassible... Le procureur avait jugé lui aussi sérieuse la piste laissée par la victime, voilà qu'à présent, il reprochait à la gendarmerie locale de s'y être engouffrée tête baissée !

— C'était une possibilité, se permit Boisseau. Vous-même...

— Oui, je sais... Mais pourquoi ce chalutier ?

— Il s'appelait le *Saint-Louis*. Les trois matelots s'appelaient Louis.

— Et alors…

— Le bateau semble s'être volatilisé.

— Il s'est pas envolé, tout de même !

— Non, bien sûr, mais il a sans doute fait naufrage.

Un dialogue de sourds, auquel Boisseau finit par renoncer. Durieux commençait à en avoir assez :

— Qu'est-ce que vous comptez faire maintenant ?

Le capitaine haussa les épaules.

— Attendre… Derval et moi, on va rester vigilants. Reprendre l'enquête à zéro si on n'avance pas.

— Vous voyez, Boisseau, dans cette histoire-là, deux choses me dérangent. En premier lieu, le fait que l'opinion publique a besoin d'un coupable. La justice et la police n'ont pas très bonne presse, les gens ne peuvent pas comprendre que nous n'ayons pas encore débusqué le salaud qui a fait le coup dans un cadre aussi restreint que Port-Louis.

— Il est peut-être venu d'ailleurs…

— Tout est possible en effet, à condition de s'appuyer sur du tangible. Le second point qui me chiffonne, c'est que le criminel se trouve en liberté et qu'il est susceptible de recommencer. Pour le coup, nous aurions l'air fin.

Le procureur marqua une pause.

— Vous et moi – il avait surtout insisté sur le « vous ». Comprenez que c'est l'ensemble de la machine judiciaire qui se trouve en faillite !

Bien sûr que Boisseau et Derval comprenaient, ainsi que le commandant de Lorient, apparemment le plus contrarié par la « leçon », mais que répondre ?

— S'il remet ça, se permit le capitaine, ce sera l'occasion de le démasquer, à condition que ce soit une espèce de maniaque du genre sado pervers.

Le commandant sursauta sur sa chaise.

— Boisseau, vous souhaitez un autre assassinat afin de pouvoir avancer dans votre enquête ?

Le capitaine se contenta de sourire.

— Non, évidemment. Sincèrement, je ne pense pas que nous ayons affaire à un tueur en série. C'est plutôt quelqu'un de l'entourage de cette pauvre fille.

— Qui ne voyait pratiquement personne... Pourtant vous n'avez rien trouvé dans des relations aussi limitées !

— Ce n'est pas faute d'avoir cherché.

— Du côté du musée aussi ?

— Bien entendu. Ses collègues sont des gens tranquilles, sans histoire, en tout cas. Aucun ne présente le profil d'un obsédé sexuel capable d'aller jusqu'au meurtre afin d'assouvir ses pulsions.

Le procureur laissa échapper un soupir éloquent.

— Je sais qu'il existe des criminels très habiles, admit Boisseau.

— En tout cas, plus que les forces de l'ordre. En l'occurrence je vous le concède bien volontiers.

Philippe Derval avait envisagé une autre hypothèse au début de l'enquête. La croix pouvait désigner un homme d'Eglise, le curé s'appelait Louis, Louis Le Naour. Connaissant le côté puritain du procureur Durieux, il ne s'était pas aventuré à lui en parler. Il se souvenait du désarroi du prêtre lors des obsèques d'Eugénie, légitime au demeurant. Désireux d'en avoir le cœur net, un matin il décida de rencontrer l'abbé afin de lui demander son avis. Ses soupçons furent tout de suite balayés : il avait affaire à un brave homme de toute évidence, d'un âge avancé de surcroît. Si en affaires criminelles la règle est de ne pas se fier aux apparences, il était hors de raison de l'imaginer courir après une jeunette dans les rochers du Lohic, la rattraper, la renverser, encore moins la trousser, la violer et l'assassiner de plusieurs coups de couteau. Ou alors, il dissimulait bien son jeu.

— Vous avez dû être bouleversé par ce qui s'est passé lors des obsèques de mademoiselle Le Livec ?

— On le serait à moins… C'était une âme simple. Comme le malheureux qui a voulu l'accompagner dans la tombe.

— Pourtant…

— Nous n'avons pas à discuter les décisions de Dieu. S'il a jugé bon de la rappeler près de lui, c'est qu'il doit avoir ses raisons.

— Vous êtes très proche de vos fidèles.

— C'est le propre même de la mission que m'a confiée l'institution religieuse. En tout cas, c'est ainsi que moi je la conçois.

— Vous avez dû certainement les entendre parler de l'affaire ?

— Il n'est pas dans mes habitudes de jouer les indiscrets. Ils me parlent s'ils en ont envie.

— Justement. Personne ne vous a rien dit concernant le meurtre d'Eugénie Le Livec ?

— Désolé de vous décevoir, non.

— Pas même en confession ?

— Là, c'est vous qui me décevez, mon adjudant. Vous savez bien que c'est un devoir sacré de ne jamais trahir la confiance de ceux qui viennent nous confier leurs péchés. Nous ne sommes que les intermédiaires entre leur conscience et le ciel.

— Si un meurtrier vous avouait son forfait, lui donneriez-vous l'absolution ?

Le prêtre sourit.

— Vous devez être un bon enquêteur, mon adjudant.

— J'essaie de faire au mieux mon métier. Pourquoi ?

— Espériez-vous vraiment que je tombe dans le panneau et que je vous réponde ?

— Ce n'était pas un piège. C'est un cas de figure qui m'a souvent tracassé.

Le prêtre ne paraissait pas convaincu.

— Si, si, je vous assure, reprit Derval. Permettez-moi d'insister : si un assassin vous confessait son crime, celui d'un enfant par exemple, que feriez-vous si vous le pensiez susceptible de récidiver ? De tuer un autre enfant ?...

— Mon rôle serait d'essayer de l'amener à prendre conscience de la gravité de son acte, de trouver les mots pour l'empêcher de recommencer.

— Si vous n'y parveniez pas ?

— C'est-à-dire ?

— S'il recommençait quand même. Laisseriez-vous encore en liberté un meurtrier malgré le danger qu'il représente ?

Le curé parut un moment déstabilisé.

— C'est une question que vous ne vous êtes jamais posée ? insista Derval.

— Si, bien entendu, mais vous n'êtes pas obligé de me croire quand je vous dis que cela ne m'est jamais arrivé. Je prie le ciel pour ne jamais me trouver confronté à un dilemme aussi cruel.

— Si je ne vous croyais pas, cela signifierait que je vous soupçonne de mentir, ce qui est un péché aux yeux de l'Eglise, n'est-ce pas ?

— En effet...

— Et si le cas se présentait ? Vous ne m'avez toujours pas répondu.

— Il me semble que si. Peut-être ne m'avez-vous pas bien écouté... Une chose est certaine, en aucun cas je ne trahirais le secret de la confession.

Derval avait cessé de torturer le pauvre curé. Il l'avait quitté avec l'intuition que celui-ci ne savait rien et la conviction qu'il était au-dessus de tout soupçon.

— Vous rêvez, Derval ?

La voix du procureur fit sursauter l'adjudant.

— Je réfléchissais. Je me demande toujours pourquoi personne n'a rien entendu cette nuit-là dans les maisons au-dessus de la plage.

— Peut-être a-t-elle été amenée là alors qu'elle était déjà morte.

— Nous y avons pensé. Ce n'est pourtant pas le cas, puisque la victime a eu le temps de dénoncer son tortionnaire avant de rendre le dernier souffle.

Visiblement excédé, Durieux se tourna vers le commandant de la place de Lorient. Celui-ci haussa les épaules d'un air impuissant.

— Ce n'est pas moi qui suis sur le terrain, se défaussa-t-il.

Alors le procureur apostropha le capitaine.

— Boisseau, débrouillez-vous avec votre équipe. Pour l'instant je n'ai pas du tout l'intention de classer l'affaire. Si ce n'est pas trop vous demander, poursuivez vos investigations. Cuisinez-moi le Chim Gahinet dès qu'il sera en mesure de vous répondre, même si vous n'avez jamais cru en sa culpabilité.

32

L'ambiance à Port-Louis était celle d'un ciel de traîne après une nuit de tempête. Restée sur sa faim, la vindicte populaire refusait de se résoudre à l'ignorance. Alors on tentait encore d'élucider l'affaire, aussi sordide que passionnante. Qui avait donc violé et tué Eugénie Le Livec ? Forcément l'un des suspects présumés, puisqu'on n'avait pas déniché un autre coupable. L'hypothèse de Chim Gahinet était la moins intéressante : celui-ci n'avait pas toute sa tête, si c'était lui, la justice le déclarerait irresponsable de ses actes. Pas un vrai meurtrier en quelque sorte. De toute façon, fou pour de bon à présent, il serait acquitté, un dénouement inacceptable après tout ce remue-ménage. En revanche, les marins du *Saint-Louis*… A défaut d'un viol et d'un meurtre collectifs, on se contenterait d'un seul bourreau. Autant dire que les trois amies étaient loin d'être quittes avec la communauté maritime.

Cette suspicion chronique se traduisait de multiples façons, une réticence manifeste dans la conversation, une fuite du regard ou une observation narquoise entre les paupières mi-closes, parfois quelques sous-entendus, avec un sourire mielleux insupportable, plus accusateur que des reproches directs. Le plus odieux pour Mauricette, Lucie et Rozenn était l'impossibilité de se révolter, la privation du droit légitime de réhabiliter la mémoire des disparus. Tout avait été dit, de toute façon on ne les aurait plus écoutées.

Pour être tout à fait honnête, il faut préciser que l'ensemble de la population locale ne se complaisait pas dans la délation. Port-Louis n'hébergeait pas plus de vipères que les autres villes. Beaucoup ne prêtaient pas l'oreille à de pareils ragots. Certains s'en offusquaient même, trouvant diffamatoire de s'acharner de la sorte contre des hommes de bonne réputation, contraints à une vie si difficile. Peu à peu se constituaient deux clans dans la petite cité portuaire, et l'on finissait par s'éviter pour ne pas s'invectiver et risquer d'en venir aux mains, tant l'affaire déchaînait de passion.

Avec la demi-part des veuves attribuée par les marins en activité et la maigre pension de retraite de son défunt mari, Mauricette peinerait à subvenir à ses besoins. Heureusement qu'elle avait la pêche à la palourde. Au pire, il lui resterait la solution de manger des berniques pour ne pas crever de faim. Combien de temps aurait-elle encore la force physique de fréquenter l'estran, l'énergie d'affronter le vent qui s'engouffrait dans la passe de Gâvres et de remonter sous ces fichus embruns qui empêchaient le coquillage de marquer ? Une question angoissante qui la taraudait à chaque fois que grinçaient ses articulations ankylosées. Sans la fuir, ses compagnes l'évitaient toujours... Que lui dire ? Les propos les plus banals sonnaient faux, la parole quotidienne manquait de spontanéité. Celle qui s'enquérait de sa santé craignait aussitôt que sa question ne passât pour de la curiosité.

Mauricette n'était pas du genre à se morfondre. Elle était plutôt imperméable à l'opinion de ses semblables : ne l'avait-elle pas prouvé en s'obstinant à continuer à porter la coiffe ? Non... ce qui l'insupportait, c'était le côté larvé de l'animosité. L'hypocrisie du silence. Avec quel soulagement eût-elle défendu la mémoire de Loeiz, crié à ces museaux de loches constipées que son fils était innocent ! Les goélands auraient été plus faciles à convaincre que ces délatrices avec leur compassion affectée. Alors, Mauricette se taisait, et préférait se tenir d'elle-même à l'écart de la cohorte des culs-salés.

Le climat n'était guère plus serein au café de la Criée. Si les habitudes avaient été reprises, on n'y discutait plus d'aussi bon cœur, sous l'œil sarcastique du mari de la patronne, qui rappelait sans cesse les vilenies débitées sur son compte. On y venait moins souvent, on y restait moins longtemps, bref on n'y buvait plus autant. Le chiffre d'affaires se réduisait aussi sûrement que se dessèche une méduse sous le soleil de l'été. Lucie Kerjean n'avait plus la même gouaille, se forçant à présent pour tailler le bout de gras avec ses pratiques.

Donias aussi avait perdu de sa férocité. Les nuisibles ont le flair de sentir le vent sur le point de tourner. Caméléon conjoncturel, il avait toutefois changé de stratégie. Contraint d'admettre à son tour le naufrage du *Saint-Louis* – et par voie de conséquence la noyade des marins –, conscient d'autre part du danger d'accuser nommément des supposés défunts dans une région où les hommes payaient un si lourd tribut à la mer, il abordait désormais l'affaire sous l'angle de la maréchaussée. Les gendarmes savaient qui avait fait le coup, affirmait-il en levant la main d'un air entendu et en poussant un soupir dénonçant la tristesse de la collusion entre la justice et la canaille.

— Pourquoi ils font rien alors ?

— Il n'est pas besoin d'avoir fait de hautes études pour le comprendre...

On le pressait d'être plus explicite. Il en avait trop dit, on voulait savoir.

— A quoi cela servirait-il de poursuivre des coupables qui ne sont plus en mesure de rendre des comptes à la justice ?

— Des morts, vous voulez dire ?

Hochement de tête affirmatif avec un sourire de la même teneur.

— Eh oui... Paix à leur âme. S'ils ont péri...

Pas une fois Donias n'avait prononcé le nom des disparus, ni celui du chalutier. Personne ne pourrait l'accuser de diffamer leur mémoire.

Son baroud d'honneur fut de changer une dernière fois de bouc émissaire : les trois femmes étaient au courant des agissements de leurs hommes... Vous pensez bien que ceux-ci ne devaient pas être à leur coup d'essai !

— Elles auraient laissé faire ?

— Vous croyez que des salauds capables de commettre un crime écoutent leurs bourgeoises ?

Rozenn allait connaître d'autres tourments. Braves gens dans l'âme, les propriétaires de la poissonnerie avaient jusque-là considéré leur employée comme leur fille, ils allaient pourtant lui tourner le dos. Le commerce marchait moins bien, une baisse de fréquentation en rien liée au crime de la plage du Lohic, sans doute pas davantage à la présence de Rozenn dans la boutique, mais quand on veut se débarrasser de son chien... Le patron était plutôt du genre tolérant, son épouse beaucoup moins. Elle commença à alléguer que ça jasait derrière leur dos, sur les pavés de Port-Louis. De quoi donc ? Du crime, cela va sans dire. Purs mensonges, la poissonnière n'avait rien entendu de la sorte. A force, elle considérait cependant la jeune femme d'un œil chargé de reproches : que voulez-vous... la sœur d'un assassin, ce n'était pas de nature à attirer les chalands...

Rozenn se rendait compte de sa disgrâce progressive, elle était assez futée pour en deviner l'exacte raison. Elle s'appliquait à redorer son image, mais ses efforts trop manifestes passaient pour une compensation de la fâcheuse réputation de son frère, une forme d'aveu en définitive. Un midi, la mère Chaubois la retint dans l'arrière-boutique. Depuis plusieurs jours, elle avait pris sa décision, puis s'était appliquée à y faire adhérer son mari. Yolande était tenace, comme ces tiques qui ne lâchent leur proie qu'une fois gorgées de son sang. De guerre lasse, le pauvre Arsène avait fini par céder.

— Fais comme tu veux, après tout, mais arrête de m'emmerder.

A la mine revêche de sa patronne le jeudi matin, Rozenn comprit que le moment était venu. Elle ne fit rien pour la dispenser de l'embarras de lui signifier son congé.

Les affaires ne marchaient pas bien depuis quelque temps... Les gens étaient moroses, certainement à cause du temps... Ça ne tournait pas rond dans le pays, avec tout ce chômage... Qu'il était difficile d'aborder le vrai sujet !

— Ça va revenir, disait Rozenn. Il y a des périodes comme ça. Faut pas désespérer.

Elle refusait de saisir la perche que l'autre lui tendait.

— On a de plus en plus de mal à boucler le budget.

Ça y est, nous y voilà, se dit la jeune fille.

— Bientôt ça vaudra plus le coup de se lever avant l'aube pour aller chercher du produit à la criée à Keroman, puisqu'on devra le jeter à la poubelle, reprit la poissonnière en secouant la tête.

— Les touristes vont pas tarder à arriver, ça ira mieux.

— En attendant...

Silence, déglutition. En attendant quoi ? Décide-toi, ma vieille...

— En attendant, on en a parlé, Arsène et moi, on va être obligés de trouver une solution pour faire des économies.

Rozenn afficha un air ébahi du meilleur aloi : elle ne comprenait fichtrement rien à ce que sa patronne s'échinait à lui expliquer !

Yolande Chaubois prit une grande aspiration avant de se jeter à l'eau.

— Ma pauvre petite, je sais pas si on va pouvoir te garder.

Rozenn resta bouche bée comme si le plafond venait de s'effondrer sur sa tête.

— Mais... Mais... Qu'est-ce que je vais devenir, moi ?

Le plus pénible avait été dit, la bonne femme recouvra son aplomb.

— Je sais, ma pauvre chérie, mais on n'a pas le choix. Bientôt on n'aura plus de quoi te payer. On va quand même pas te demander de venir travailler pour rien. Tu es jeune, tu es courageuse, avec nous t'as appris à te débrouiller. T'auras aucun mal à trouver du travail.

— Avec tout le chômage... fit en écho Rozenn d'un ton catastrophé. C'est vous-même qui l'avez dit tout à l'heure.

Yolande haussa les épaules d'un air navré.

— Il y aura toujours du travail pour les gens qui ont envie de crocher dedans. D'ailleurs, tu peux compter sur nous. On mettra une petite annonce pour toi. Si on entend quelque chose, on te téléphone tout de suite.

Rozenn continuait à tenir le rôle de l'orpheline abandonnée avec une certaine jubilation.

— Arsène a même promis de t'écrire une lettre pour dire tout le bien qu'on pense de toi. Comme ça, quand tu chercheras de l'embauche, tu auras toutes les chances d'être prise.

Cette fois, Rozenn en eut assez de faire l'innocente.

— Malgré tout ce qu'on dit sur mon pauvre frère ?

Elle vit ciller les paupières de la patronne, ses joues s'empourprer.

— Des racontars. Il faut laisser les gens parler. Ils finiront bien par se fatiguer. Va maintenant. Je vais laver les comptoirs.

— Pour demain ?

— Vaut mieux que tu restes à la maison. T'inquiète pas, on te paiera le préavis qu'on te doit. On connaît les lois du travail, on n'est pas des voleurs.

33

L'adjudant Derval avait eu vent des cancans colportés par Félix Donias, du climat délétère qu'installait son excitation à la haine. Cela l'amusait plutôt qu'autre chose, il décida cependant d'y mettre un frein, afin de prévenir des animosités capables d'engendrer des troubles de l'ordre public, ce qui était du ressort de la gendarmerie. Il envoya un de ses collègues lui remettre une convocation en bonne et due forme à la brigade. Le misérable accusa le coup.

— Pour quand ?

— Au plus vite, répondit sèchement le représentant des forces de l'ordre, missionné pour lui flanquer la trouille.

Donias tenta de sauver la face.

— C'est que j'ai pas que ça à faire.

— L'adjudant non plus.

— Je vais voir… Je vais réfléchir…

— Pas trop longtemps, sinon on vient vous chercher et on vous embarque.

Donias comprit qu'il n'était pas dans son intérêt de faire le mariolle.

— Il est là demain matin, l'adjudant ?

— Certainement. Dès neuf heures.

— Qu'est-ce qu'il veut ?

Le gendarme prit son temps pour répondre : il n'en savait rien, sauf que c'était en rapport avec le meurtre du Lohic, histoire de le faire mariner un peu plus...

Donias passa une mauvaise nuit. D'une méchanceté chronique, il était loin d'être sot. Cette fois il crut être allé trop loin. Le lendemain matin, il se rasa, se mit à son avantage. Il habitait avec sa mère, dans une maisonnette rue du Mézat, laissée par ses grands-parents. De braves petits vieux, humbles et effacés.

Pressé d'en avoir le cœur net, Donias partit dès huit heures et demie. Il évita la rue de Locmalo et traversa le cœur de la ville afin de rejoindre la brigade.

Derval avait mal dormi lui aussi, toujours contrarié par cette affaire qui s'acharnait à rester au point mort. Donias sonna ; un gendarme vint lui ouvrir. Le reconnut aussitôt, décida de faire monter la pression.

— C'est pour quoi ?

Surpris, Félix se mit à bafouiller :

— On m'a dit de venir...

Il sortit la convocation pliée en quatre dans sa poche.

— Ah oui... Attendez-moi là. Je vais voir si l'adjudant peut vous recevoir.

Derval se trouvait dans son bureau, en compagnie de Le Leuch et de Lugnol. Il n'espérait pas que son trublion se présentât aussi vite.

— Laisse-le donc poireauter dans l'entrée. J'irai le chercher tout à l'heure.

Puis il se tourna vers ses deux collègues.

— Drôle de citoyen, le sieur Donias. Marie, toi qui es du coin, tu as déjà entendu parler de lui ?

Elle sourit.

— Oui, et pas qu'un peu… Il est du genre chacal, si tu veux savoir. Toujours à fouiner partout et à mettre la zizanie. Un aigri de naissance. Il n'y a pas beaucoup de gens qui l'aiment à Port-Louis.

— On va lui sortir le grand jeu, fit l'adjudant.

— Comment ? demanda Le Leuch.

— Laissez-moi faire, j'ai ma petite idée.

Donias resta seul dans l'étroit vestibule. Il hésita à s'asseoir, au bout de quelques minutes il se décida à se poser sur l'une des deux chaises. Au mur étaient affichés les portraits des disparus, des enfants, des adolescents, quelques adultes aussi, dont des femmes. Malgré les circonstances embarrassantes dans lesquelles il se trouvait, le Félix ne put s'empêcher de penser que celles-là l'avaient bien cherché.

Au bout d'un quart d'heure, le gendarme le conduisit au bureau de l'adjudant. Le nez plongé chacun dans un dossier, ses trois occupants ignorèrent son arrivée. Bientôt Derval leva la tête. Feignit de le découvrir.

— Ah ! c'est pas trop tôt...

— Je suis venu dès que j'ai pu, bredouilla Donias.

D'un index impérieux, Derval lui indiqua la chaise face à lui.

— Comme cela, il paraît que vous savez beaucoup de choses à propos du meurtre d'Eugénie Le Livec ?

Pris d'assaut de but en blanc, Donias ne trouva pas tout de suite la répartie.

— Je suis comme tout le monde, je sais pas trop quoi penser, sinon que c'est une bien triste histoire.

— On nous a pourtant dit que vous claironnez dans tout Port-Louis que vous savez qui a fait le coup.

— J'ai ma petite idée.

— C'est-à-dire ?

— Tant qu'on n'aura pas retrouvé le chalutier de Le Tennier, on aura des doutes sur l'équipage. Je suis pas le seul.

L'adjudant décida d'entrer dans son jeu afin de mieux le contrer.

— Vous pensez que c'est l'un d'entre eux ?

Croyant qu'on sollicitait son avis, Donias s'empressa de confirmer.

— C'est eux que la gamine a désignés avant de mourir sur la plage du Lohic, non ? Ils ont disparu, on n'a retrouvé aucune trace du bateau. Vous trouvez pas que c'est bizarre ?

— Ils ont peut-être eu une avarie, ou ils ont talonné une roche. Ou ils auront accroché leur chalut. Ce ne serait pas la première fois. Pour l'instant, rien ne permet de les accuser de façon aussi affirmative.

— Si, les galets sur la plage… Et puis, il y a autre chose… L'autre jour, je me suis fait agresser par la mère du patron. Une véritable tigresse.

— Mauricette Le Tennier ?

— Tout juste…

— Qu'est-ce qu'elle vous a fait, cette pauvre vieille ?

— Elle m'a giflé si vous voulez le savoir. Et pas qu'un peu. Les témoins qui ont assisté à la scène pourraient vous le confirmer. J'aurais même pu porter plainte.

— Pourquoi vous l'avez pas fait ?

— J'ai eu pitié d'elle, pour tout vous dire. C'est pas de sa faute si son fils a fait une connerie. Ou un de ses hommes. Il faut pas s'acharner sur les gens dans le malheur.

Au fil de la conversation, Donias reprenait du poil de la bête, son naturel refaisait surface.

— C'est pourtant ce à quoi vous vous appliquez à longueur de journée.

— Oh ! Je suis pas le seul à parler. Tout le monde dit des choses à Port-Louis. On a quand même le droit de causer.

— Paraîtrait aussi que vous laissez entendre que nous ne faisons pas notre travail correctement.

Donias perdit de sa superbe.

— Moi ? Jamais de la vie.

— Vous en êtes sûr ?

— Ceux qui vous ont dit ça sont des malhonnêtes. Je sais que ce doit pas être facile d'être gendarme, je voudrais pas me trouver à votre place.

— Mais personne ne vous demande d'essayer de vous mettre à notre place. Ce serait même bien de vous contenter de rester à la vôtre.

Félix baissa la tête afin de laisser passer l'orage, avec le sentiment de s'en tirer à bon compte. Il n'était pas quitte.

L'adjudant se pencha en avant, par-dessus son bureau.

— Vous savez, monsieur Donias, à toujours accuser les autres, je finis par me demander si vous n'êtes pas pour quelque chose dans l'assassinat d'Eugénie Le Livec. Vous voudriez détourner l'attention que cela ne m'étonnerait pas…

Le misérable eut un haut-le-corps.

— Moi ! Pour quelle raison j'aurais fait une chose aussi abominable !

— Vous êtes resté vieux garçon, si nos renseignements sont exacts ?

Félix se taisait.

— Vous n'avez jamais envie de tenir une jolie fille entre vos bras ?

— J'ai eu quelques aventures quand j'étais plus jeune.

— Maintenant, vous êtes… moins jeune. Ce doit être plus difficile de séduire les femmes. Eugénie n'était pas mal fichue. Vous ne lui avez jamais tourné autour ?

Donias était devenu écarlate.

— Alors ça, jamais. D'ailleurs, elle a accusé un nommé Louis. Moi, je m'appelle Félix.

— Elle a peut-être voulu dire que c'était quelqu'un qui avait eu des démêlés avec les matelots du *Saint-Louis*. Vous n'avez pas été mis à la porte du café de la Criée parce que vous y faisiez du grabuge ?

Donias se sentait de plus en plus mal à l'aise.

— Des histoires anciennes. La patronne m'avait servi un verre de bière éventée, j'avais toutes les raisons de lui en faire la remarque. Son mari et les deux autres marins du chalutier étaient là. Je sais pas pourquoi, ils n'ont pas apprécié. Ils se sont mis à trois pour me flanquer dehors. Là encore, j'ai été bien bon de ne pas venir vous trouver.

— Vous auriez dû, à moins que vous ayez tout fait pour en arriver là.

— Ils m'aiment pas, c'est tout, parce que j'ai le tort d'être franc et de dire parfois tout haut ce que les gens pensent tout bas.

— En attendant, vous allez cesser de déblatérer n'importe quoi sur le dos des disparus. Cela porte un nom en termes de justice.

Pour le coup, Donias n'en menait pas large.

— De la diffamation, c'est passible des tribunaux, reprit Derval. Si le *Saint-Louis* a fait naufrage comme nous le pensons, et que l'on retrouve les dépouilles des disparus, c'est d'ailleurs de cette façon que cela risque de se terminer. Je pense qu'il n'y aura personne au port de Locmalo pour prendre votre défense.

S'installa un long silence. Les trois gendarmes fixaient le délateur, celui-ci n'osait plus bouger. Au bout d'un moment, il demanda du bout des lèvres s'il pouvait disposer.

— Pour l'instant, oui. Nous serons peut-être appelés à nous revoir, afin de tirer certaines choses au clair. Un conseil : tenez-vous tranquille et fermez-la.

34

Rozenn ne fut pas contrariée outre mesure par son licenciement. Les « choses » n'étaient plus comme avant. De toute façon, elle entendait à plus ou moins brève échéance tenir sa propre boutique, ne plus dépendre d'un patron. Elle avait au moins appris que le poisson pouvait rapporter gros, à condition de mener sérieusement son commerce et d'obtenir la complicité et les faveurs des mareyeurs à la criée de Lorient, des dockers aussi, réputés pour faire la pluie et le beau temps. Certes, cela contraignait le poissonnier à se lever aux aurores afin d'être présent à l'arrivée des chalutiers, que ce fût pour le merlu, les crabes ou la langoustine ; c'est pourquoi il valait mieux être deux, l'homme au port le matin de bonne heure, la femme au magasin jusqu'à midi, époux de préférence, comme les Chaubois. Une perspective que Rozenn commençait à estimer envisageable : elle ne se trouvait pas si moche en fin de compte, elle finirait bien par se dégoter un gentil amoureux qu'elle mènerait devant le maire et le curé.

Dernière ombre au tableau : il lui restait à assumer le fardeau de sa mère, toujours internée à l'hôpital psychiatrique de Caudan, dans le même établissement que Chim Gahinet. Depuis quelques jours, Pauline Forner avait complètement perdu la boussole, elle ne reconnaissait plus personne, ni ne se souvenait davantage de son passé. Il ne fallait plus se faire d'illusions : jamais elle ne récupérerait ses facultés.

En un mot, Rozenn traversait une période d'émancipation. S'extirpant une fois pour toutes de la chrysalide de l'enfance, elle savourait par avance son soulagement quand cette période noire serait terminée : n'avait-elle pas fait à la vie l'avance d'un tribut qui lui permettrait enfin de s'occuper d'elle ? D'être heureuse, tout simplement.

Hormis sa mère, il restait cependant à la jeune fille une autre chaîne à rompre pour se sentir affranchie : régler cette affaire de meurtre qu'on essayait de faire endosser à l'équipage de son frère.

Un temps fut, Rozenn avait soupçonné P'tit-Louis, après avoir découvert notamment qu'il reluquait les femmes à poil dans des magazines spécialisés. Elle avait bien vite compris que tous les garçons en faisaient autant à bord des bateaux, sans pour cela être des anormaux. Beaucoup d'hommes en fait, y compris de fort respectables, les mêmes qui s'offusquaient dans la rue d'une jupe au ras du tabernacle et d'une paire de lolos à l'air sur la plage. Mais qui ne détournaient pas les yeux.

Loin de l'effrayer, cette dernière étape s'annonçait passionnante. Toute gamine, au sortir de ses lectures la petite Forner avait toujours rêvé de mener une enquête, une vraie.

Déjà enfant, elle s'était amusée à jouer aux détectives privés…

Des tags sur les murs de l'immeuble. Orduriers, que la mère lui avait intimé de ne pas lire. Les ouvriers de la ville avaient passé des heures à les effacer, sous la peinture blanche transparaissait encore l'inscription. Le corbeau s'en prenait à un vieil homme habitant au rez-de-chaussée : « Debourg, sale pédophile », Rozenn ne savait pas ce que cela signifiait.

Ernest Debourg. Un brave monsieur aux cheveux blancs, toujours un mot gentil sur les lèvres, parfois une sucrerie au creux de la paume. Rozenn avait entendu une fois parler de lui. Une certaine Léontine qui habitait déjà au-dessus des Forner à l'époque.

— Moi, à la place de Pauline, je laisserais pas ma gamine traîner avec ce vieux cochon.

La mère Forner savait la réputation du quinquagénaire. Tout le monde disait, personne n'avait de preuves.

— Il n'a jamais essayé de te toucher, je sais pas, moi, de t'embrasser ?

Rozenn avait haussé les épaules, ce pouvait être un crime d'embrasser quelqu'un ?

— Non, jamais, il est gentil avec moi, c'est tout.

La mère lui avait quand même conseillé de se méfier.

Rozenn avait voulu savoir pourquoi on écrivait des méchancetés sur le compte de ce monsieur toujours tiré à quatre épingles. Qui ?

P'tit-Louis était au courant que sa sœur menait l'enquête. La Poirotte qu'il l'appelait, en souvenir du détective d'Agatha Christie.

— Méfie-toi. Celui qui a écrit les cochonneries va te couper en morceaux s'il sait que tu es en train de l'espionner.

Elle bombait le torse et en riait. Elle avait dix ans.

— Je courrai tellement vite qu'il pourra pas m'attraper.

Le frère avait hésité à prévenir la mère, conscient de la réalité du danger : le corbeau n'aurait pas apprécié qu'on se mêlât de ses affaires. Mais la sœurette l'amusait avec son aplomb et ses certitudes ; il avait gardé le silence.

Pour Rozenn, il ne faisait aucun doute que le coupable était quelqu'un de l'immeuble. Elle avait fureté dans les garages, découvert des bombes de peinture au sous-sol, avait eu l'ingéniosité de les placer au petit jour sur le muret du parking, en face de l'immeuble, là où tout le monde pouvait les voir. Il ne lui restait plus qu'à les surveiller de la fenêtre de sa chambre. Cela n'avait pas traîné : le Joël Furin. Un grand escogriffe de seize ans, qui allait à l'école à l'occasion, prétendant devenir marin, mais déjà trop con pour faire un mousse. Un traîne-savates toujours à l'affût d'un mauvais coup, d'une blague douteuse. Le gaillard était sorti, la casquette sur l'oreille, la cigarette au bec. Aussitôt il avait reconnu ses armes diffamatoires. Pas assez futé pour deviner le piège, il s'était précipité pour les récupérer. Etait reparti avec, en les dissimulant sous son blouson, regardant à droite à gauche si personne ne l'avait vu.

Rozenn triomphait. Mais que faire d'un pareil secret ? Prévenir la police ? Elle avait hésité... La parole d'un enfant, l'audace de se rendre dans un lieu aussi imposant qu'une gendarmerie. En parler à la mère ? Mêle-toi donc de tes affaires, tu vas encore nous attirer des ennuis. Elle n'avait jamais provoqué d'ennuis à personne, Rozenn... Justement, c'était pas le moment de commencer !

— Je sais qui vous veut du mal.

Debourg avait sursauté, l'avait dévisagée.

— Je connais celui qui écrit des choses sur votre compte.

— C'est pas grave, Rozenn. Ceux qui font ça sont des idiots.

— Joël Furin, avait-elle balbutié quand même.

— Tu es sûre ? C'est grave d'accuser sans preuve, tu sais.

Elle avait fiché ses yeux dans ceux du vieil homme :

— Sûre et certaine, j'ai trouvé les bombes de peinture qu'il utilise.

— Il sait que tu es au courant ?

— Non.

Debourg avait abordé l'adolescent.

— Moi ? J'ai rien fait !

Ernest l'avait menacé de porter plainte à la gendarmerie si cela se reproduisait. Grande gueule, mais trouillard, le Furin s'était tenu tranquille.

Depuis sa visite au musée de la Citadelle, les propos d'Emilienne Le Livec lui trottaient dans la tête. Eugénie était de toute évidence une drôle de jeune fille, ce serait toutefois une erreur de la classer parmi les aliénés atteints de démence. Elle devait même être animée par un fonctionnement intellectuel hors du commun. Le musée la fascinait, un univers propice à l'imagination, elle n'en manquait pas. Elle avait jeté son dévolu sur une statuette chinoise, une fixation d'enfant sur un objet fétiche, sans qu'elle-même pût se l'expliquer. Li, la petite impératrice Ming, au sourire énigmatique... Une poupée exotique hors de sa portée, qu'elle ne pouvait donc s'approprier que de façon mentale... Il est vrai qu'elle offrait de quoi gamberger.

Eugénie inventait des fables, dont elle était à la fois la narratrice et l'auditrice. Cette effigie de porcelaine était son héroïne préférée. Un détail récurrent dans ses récits intriguait Rozenn : la tristesse de la petite impératrice. La statuette n'avait pas l'air pourtant si malheureuse. Ce n'était peut-être qu'une remarque sans réel fondement, ce pouvait être aussi l'esquisse d'une piste. Rozenn se remémorait les photos prises par la jeune fille, cette statuette l'obnubilait au plus haut point. N'y avait-il pas une relation entre cet engouement et l'agression dont elle avait été victime ?

Rozenn était de plus en plus persuadée que quelque chose s'était passé à la Citadelle. Lui vint alors l'idée de se déguiser, afin de jouer incognito au vrai détective. Elle n'avait pas encore pris le temps de se débarrasser des affaires de son frère ; celui-ci n'était guère plus grand qu'elle. Des sacs elle ressortit l'une de ses tenues, un pantalon, une chemise, un pull, le caban, sa casquette dans laquelle elle enroula sa chevelure. Elle se regarda dans la glace du vestibule. Habituée à s'habiller en garçon, avec ses chaussures de sport, elle passait sans problème pour un jeune homme.

Port-Louis n'était encore complètement éveillé. Quelques matinaux sortaient leur chien, qui larguait sa crotte en toute impunité sur le trottoir, pendant que le maître sifflotait, les yeux dans les nuages, tourné innocemment de l'autre côté. D'autres revenaient, une baguette sous le bras, le journal à la main. Plusieurs commères devisaient déjà aux carrefours, avec de grands hochements de tête et des mains éloquentes, se coupant mutuellement la parole : chacune avait plus intéressant à colporter que la copine, on n'avait pas le temps de s'écouter. Des éclats de voix, des apartés sous le couvert, de vraies comédiennes, dressant à merveille la caricature de celles qu'elles brocardaient avec allégresse.

Rozenn filait en s'efforçant de passer inaperçue. Sur les Pâtis, deux ou trois sportifs parcouraient le chemin au pied des remparts, avec des mines d'athlètes accomplis, dosant leur respiration, afin de ne pas perdre le souffle, s'arrêtant par intermittence afin de s'adonner à quelques étirements, avec des gestes de moulins à vent. Surtout quand quelqu'un était à les observer.

La jeune fille arriva à destination. Où se poster ? Se dissimuler ou affecter l'air innocent d'un banal promeneur ? Elle descendit sur la plage par la poterne Saint-Nicolas. La longue étendue de sable était déserte, hormis un couple, les premiers touristes, matinaux ceux-ci. Leurs trois enfants couraient en contrebas dans les rochers en glapissant comme des putois et en se lançant des paquets de goémon à la figure. A chaque instant, les galopins risquaient de se rompre le cou ; pourtant les parents les ignoraient, allongés sur le dos, un chapeau sur les yeux. Le ciel voilé laissait percer un soleil d'une pâleur extrême, une brume épaisse installée au large empêchait d'apercevoir l'île de Groix. On disait que c'était annonciateur de pluie. Ou de beau temps. Selon l'humeur de celui qui se hasardait à la prévision.

Que faisait-elle là, Rozenn Forner ? Elle se réinventa l'image d'Eugénie, violée, assassinée sur la plage là-bas, de l'autre côté. Elle n'avait pas vu le cadavre, d'y penser la révulsait à chaque fois, dénudée à mi-corps, lui avait-on dit, forcée comme une bête par un monstre. Repu, celui-ci l'avait sans doute poignardée afin de la réduire au silence. Le Lohic, le musée de la Citadelle, deux lieux assez proches en fait, séparés par une frange de sable dentelée dans les échancrures des rochers. Deux endroits a priori indépendants, Rozenn était cependant persuadée que le meurtre ne pouvait s'expliquer qu'en les associant.

Elle remonta, resta en retrait de l'embrasure. De là elle apercevait le petit pont, le seul accès au vénérable édifice.

Rozenn jeta un coup d'œil sur sa montre : 9 h 30, le musée ouvrait à 10 heures, le personnel n'allait plus tarder. Ils arrivèrent un à un, les femmes de la vente des billets et de l'accueil les premières, quelques autres, puis le gardien. Rien de particulier de ce côté-là non plus, elle n'avait plus qu'à rentrer. Qu'espérait-elle d'ailleurs ? Elle ne le savait pas... Que se produisît un déclic. Etre là tout simplement, au cas où. Elle effectua une dernière fois le tour de la Citadelle par la partie de l'estran qui lui servait de douves naturelles. Soudain son regard fut attiré par un amas noirâtre. Elle s'approcha, intriguée, investie par l'instinct des bons limiers. Des restes calcinés, que l'humidité avait empêchés de se consumer entièrement. Un canot. Brûlé depuis peu. Des ados qui ont voulu faire un feu de camp, ou une blague, se dit Rozenn. Etrange cependant de s'attaquer à un bateau, aussi petit fût-il : en pays maritime, c'était chose sacrée. A moins que quelqu'un n'eût voulu s'en débarrasser...

— Mademoiselle Forner. Tiens donc.

Rozenn sursauta, le souffle coupé. Prise au piège. Elle se retourna en tremblant : l'adjudant Derval, en tenue de joggeur. Il souriait, sans doute à cause de l'accoutrement de la jeune fille, peut-être aussi de l'avoir reconnue malgré tout.

— Vous vous déguisez à présent ?

Le ton était aussi narquois que le regard, Rozenn ne savait que répondre, ni quelle attitude adopter.

— Ça m'arrive. Ce sont des affaires de mon défunt frère. J'ai pas eu le cœur de les jeter, alors autant qu'elles servent à quelque chose. Vous savez, je mets pas toujours une jupe.

— Je l'avais remarqué. Vous n'avez pas trop chaud sous votre caban ?

— Je suis partie de bonne heure ce matin. J'aime bien me promener quand il n'y a personne. Il faisait encore frais.

— Qu'est-ce que vous regardiez avec autant d'intérêt ?

— Quelqu'un a fait du feu ici il n'y a pas si longtemps.

L'adjudant s'approcha.

— C'est curieux... On dirait une barque.

— C'est ce que je pense aussi...

— Je ne suis pas de la région... C'est dans l'habitude des marins de brûler leurs embarcations ?

— A priori, non. Sauf peut-être quand elles sont trop vieilles et qu'elles leur servent plus...

L'adjudant ne cherchait pas à dissimuler sa perplexité, Rozenn comprit que lui non plus ne considérait pas que l'enquête était close.

— Est-ce que je peux me permettre de vous donner un conseil, mademoiselle Forner ?

Rozenn sentit le sang lui monter au visage.

— Oui, bien sûr...

— Sans mauvais jeu de mots, ne jouez pas avec le feu. Si vous découvrez quelque chose, prévenez-moi. A chacun son métier.

La jeune fille ne savait plus où se mettre. Elle acquiesça d'un signe de tête. S'en alla.

Rozenn rentra dépitée. Hormis la piste peu probable d'un vol en vue d'une revente, son enquête commençait mal. Elle mit plusieurs secondes à trouver ses clefs, ne sachant plus dans quelle poche elle les avait fourrées.

— Mon Dieu, c'est toi, Rozenn ? Je croyais que c'était un cambrioleur. Qu'est-ce qui t'arrive ?

Merde ! la voisine du dessus, une fouineuse de première, une enquiquineuse. La Léontine.

— Moi ? Rien.

— T'as pourtant l'air tout essoufflée. On dirait que t'as couru. Pourquoi t'es habillée comme ça ? T'as des ennuis ?

L'art de poser trente-six questions en même temps...

— Non, non, je vous assure, Léontine. Tout va bien...

— Ah ! Tant mieux... Parce qu'après ce qui est arrivé à ton frère, avec cette histoire de la pauvre Eugénie, ce serait pas juste que tu aies encore des malheurs.

Rozenn soupira, ne répondit pas. Elle dénicha enfin ses clefs, égarées dans la doublure décousue de la veste de son frère. Elle tremblait trop pour introduire la bonne dans la serrure du premier coup.

— C'est pas pour dire, mais depuis quelque temps, je trouve que t'as pas l'air bien. Tu es malade ?

— Ça va, merci.

Sec, péremptoire. Pas assez toutefois pour dissuader la curieuse.

— Parce que si je pouvais t'aider... Entre voisins...

— C'est gentil, Léontine. Je suis pressée, j'ai du ménage à faire.

La clef pénétra enfin dans la serrure.

— Moi je dis ça, c'est juste histoire de causer. Au fait, comment va ta mère ?

— Elle est en train de mourir, lâcha Rozenn d'un ton excédé.

— Oh, mon Dieu, se lamenta la voisine, comme si elle ne se rendait pas compte qu'elle importunait. Pauvre Pauline, elle aussi aura eu une vie de misère, elle aura bien gagné le droit d'aller au paradis. Quand t'iras la voir, tu lui diras...

Rozenn entra enfin et lui claqua la porte au nez.

— Petite peste, marmonna la vieille sur le palier en haussant les épaules.

Elle sortit son mouchoir de la poche de son tablier et y renifla longuement.

— Ça lui forgera le caractère, rajouta-t-elle en se curant la narine gauche de la pointe tire-bouchonnée du carré de tissu.

— Vieille taupe ! maugréa Rozenn en s'appuyant contre la porte, à bout de nerfs et de souffle. Comme si j'avais besoin de toi pour me casser les pieds !

35

La mise en garde de l'adjudant Derval ne dissuada pas Rozenn de continuer son enquête. Parvenue elle aussi dans l'impasse, elle ne savait plus dans quelle direction orienter ses recherches. La statuette, une fausse piste de toute évidence, dont il convenait de faire machine arrière. Un moment, elle avait pensé qu'Eugénie avait peut-être essayé de la voler, puisqu'elle y tenait tant, c'était en totale contradiction avec le portrait que tout le monde dressait de la malheureuse. Ou alors elle avait découvert une histoire de ce genre... Au musée, une des employées avait dit à Rozenn que c'étaient des pièces d'une valeur inestimable et qui feraient bien l'affaire de quelque antiquaire peu scrupuleux. Cela ne tenait pas non plus : sans être spécialiste, Rozenn avait pu se rendre compte que les vitrines étaient munies de systèmes de sécurité inviolables ; les gardiens semblaient particulièrement vigilants, la disparition du moindre objet serait aussitôt remarquée. Elle se souvint alors de la photographie offerte à Chim par Eugénie, une piste qui la ramenait au musée, en accord avec ses intuitions premières. Pourquoi pas, faute de mieux...

Pour se rendre à l'immeuble où logeait Mélanie Gahinet, il fallait passer devant la gendarmerie. Une nécessité qui n'enchantait guère Rozenn, elle n'allait quand même pas se déguiser une nouvelle fois. Elle hésita avant de s'engager. Quand elle se décida, la porte de la brigade s'ouvrit... Trop tard pour faire demi-tour. Manque de chance, ce fut de surcroît l'adjudant Derval qui apparut sur le perron. Il reconnut aussitôt la jeune femme. Elle avait découvert quelque chose, elle voulait lui en faire état, suite à la petite leçon de l'autre jour. Il la salua aimablement.

— Vous venez nous voir ?

Rouge de confusion, Rozenn répondit qu'il n'en était rien.

— Je me promenais. Il fait beau. Autant en profiter.

Sa confusion était tangible, l'argument de la promenade plutôt fallacieux. Derval lui demanda si elle allait chez la mère de Joachim Gahinet. Rozenn n'eut pas l'audace de mentir.

— Depuis la mort de son fils, Mélanie est très malheureuse. J'ai pensé que c'était bien de lui rendre une petite visite.

— Vous avez raison, mademoiselle Forner. C'est tout à votre honneur de vous occuper des gens frappés par le malheur. Pour le bateau de votre frère, toujours sans nouvelles ?

Rozenn secoua la tête d'un air désespéré.

— Le *Saint-Louis* a fait naufrage. Cela ne fait plus aucun doute pour personne. De toute façon on vous aurait prévenus.

— Vous savez, un flic, c'est quelqu'un de désespérément rationnel. Tant qu'on n'aura pas retrouvé l'épave…

— Perdus corps et biens. Vous connaissez la formule, elle dit bien ce que ça signifie…

— Sans doute.

— Vous pensez toujours que c'est l'un d'eux qui est le coupable ?

— Pour être tout à fait honnête, non… Je suis d'accord avec vous : le chalutier a coulé, pour une raison que l'on ne connaîtra peut-être jamais. J'avais une question à vous poser. Je ne connais pas grand-chose au monde de la mer, comme vous me l'avez déjà fait remarquer… Il n'est pas d'usage de dire une messe pour les disparus en mer ?

Si bien sûr. Sans être au fait des coutumes maritimes, Rozenn croyait se souvenir que c'était au bout d'une neuvaine qu'était célébré un office en mémoire des disparus à jamais dans les profondeurs de l'océan. Un oubli de la part de Mauricette et de Lucie ? Peu probable, la sinistre conjoncture ne leur avait pas semblé propice pour une telle cérémonie. Après l'esclandre lors des funérailles d'Eugénie, le curé n'avait pas dû juger utile d'en prendre l'initiative.

— Avec tout ce qui s'est passé, fit Rozenn à voix basse. Après tout ce qu'on a dit sur nos pauvres marins...

— Vous avez raison. Ce n'était pas la peine d'envenimer la situation. Je ne vous embête pas plus longtemps. Dites bien à madame Gahinet toute notre compassion pour son malheureux garçon. Que nous lui souhaitons un prompt rétablissement.

— Je n'y manquerai pas.

Un homme plutôt sympathique, cet adjudant, pensa la jeune fille. Ou alors il essayait de la mettre en confiance au cas où elle découvrirait quelque chose.

Rozenn n'était jamais venue chez Mélanie. Rares étaient d'ailleurs les visites que recevait celle-ci. Avant le drame, elle n'invitait pas grand-monde. Pour le protéger. Surtout parce qu'elle était mortifiée de son état. Depuis son internement, elle avait encore moins le cœur à ouvrir sa porte. Elle habitait un modeste logis, une cuisine et une chambre au rez-de-chaussée, celle de Chim à l'étage, contiguë à une pièce qui servait de débarras. C'était là qu'elle avait réfugié son infortune après l'agression dont elle avait été victime sur la grande plage, près du Casino. Elle y avait pleuré toutes les larmes de son corps, engoncée dans le terrible secret pour ne pas avoir eu le courage de se rendre tout de suite à la gendarmerie. Quelques mois après la naissance de Chim, elle avait compris que c'en était fichu de sa vie. Il était trop tard pour s'extirper des rets tissés par le destin : aucun honnête homme ne voudrait d'une épouse lestée d'un pareil boulet.

Face à la porte dont la peinture s'écaillait, Rozenn hésita, investie par le sentiment de se trouver sur le seuil d'un lieu hanté par le malheur. Elle frappa doucement. Pas de réponse, un bruit de pas. Elle recommença, plus fort.

— C'est moi, Rozenn.

Un soupir de l'autre côté, dont la jeune fille ne sut si c'était d'exaspération ou de douleur.

— Qu'est-ce tu veux ?

— Je suis venue te faire un petit coucou.

La clef tourna dans la serrure ; la porte s'entrebâilla.

— C'est gentil à toi, c'était pas la peine de te déranger.

Mélanie ne l'invitait pas à entrer, Rozenn se sentait affreusement gênée.

— C'est que j'ai pas grand-chose à t'offrir.

— J'ai besoin de rien, je reste que cinq minutes.

La mère de Chim se décida enfin à ouvrir plus grand.

Le logis transpirait la misère. Pas laissé à l'abandon, mais celui de quelqu'un qui avait perdu le goût de vivre. Une impression de tristesse, des meubles ternes qu'éclairait péniblement une lueur diffuse à travers des rideaux grisâtres.

— C'est pas le grand luxe, fit Mélanie, mais ça me suffit...

Puis elle ajouta :

— Surtout depuis que Chim n'est plus là. Tu avais quelque chose à me demander ?

— Je cherche celui qui a fait du mal à Eugénie.

Mélanie secoua la tête.

— A quoi bon t'entêter ? Les gendarmes sont aussi malins que toi. Ils n'ont rien trouvé. On saura jamais, c'est peut-être mieux comme ça...

— Pourquoi tu dis ça ?

— Ça sert à rien de remuer toute cette misère...

— Si. A découvrir la vérité. C'est pas normal de souffrir à cause d'un salaud qui se promène en toute liberté.

Mélanie soupira. Se ravisa.

— Tu as sans doute raison. Si je peux t'aider...

— L'autre jour, chez Milie, tu nous as parlé d'une photographie qu'Eugénie avait donnée à ton fils. Tu l'as retrouvée ?

— Oui, elle est là. C'est la même que celles qu'on a vues dans la chambre d'Eugénie.

Elle était posée sur la commode, la mère la tendit à la jeune fille.

Rozenn s'approcha de la fenêtre. C'était en effet une photo de la petite impératrice. Sinon, rien de particulier, un cliché de la même nature que ceux qu'elle avait aperçus l'autre jour.

— Tu n'as rien trouvé d'autre ?

Mélanie paraissait embarrassée.

— Non, non...

Elle mentait...

Plus jeune, son gamin avait ménagé une cachette dans le plancher, sous son lit. Jamais la mère n'avait eu l'audace d'aller vérifier ce qu'il y dissimulait. S'il s'en apercevait, Chim lui en voudrait à mort. Et puis, elle avait toujours eu envie de lui faire confiance malgré son état. Mais après ce qui s'était passé...

Juste regarder si la photo est là, se disait Mélanie. Je remettrai tout en place après, quand Chim reviendra, il n'en saura rien. Elle avait déplacé le meuble. La lame de plancher ne présentait rien de particulier, repositionnée soigneusement après chaque manipulation. Pas étonnant que les gendarmes ne l'aient pas remarquée quand ils avaient jeté un coup d'œil. Pas une vraie perquisition, qui aurait justifié un mandat en bonne et due forme... La preuve aussi que l'adjudant ne suspectait pas le jeune homme, sinon ses hommes auraient poussé plus avant leurs investigations.

Appréhendant d'y découvrir quelque secret, elle avait soulevé avec anxiété la latte de châtaignier. Dessous était apparu un bric-à-brac d'objets divers, comme en collectionnent les garçons de cinq six ans : une toupie, des bouts de ficelle, des images, un couteau de marque Opinel, une enveloppe d'où dépassait une mèche de cheveux, sans doute offerte par Eugénie. La photo qu'elle cherchait était là elle aussi.

Soudain, Mélanie aperçut tout au fond quelque chose de blanc. Elle allongea le poignet, s'en saisit.

C'était un tissu léger roulé en boule. Elle le défroissa. Poussa un cri horrifié. Une petite culotte de femme. Aussitôt lui vint une idée atroce : nul doute qu'elle appartenait à Eugénie. La pauvre mère se releva en tremblant. Si ses souvenirs étaient bons, on n'avait pas retrouvé celle de la malheureuse sur les lieux du crime. Ce bout de chiffon la révulsait, elle le laissa choir sur le plancher. Chim... Qu'est-ce qu'il avait fait ?... Elle avait remis la planche, le lit, en vitesse de peur que ne surgît quelqu'un. Elle avait caché en lieu sûr la preuve du crime.

— Non, rien d'autre. Pourquoi ?

— Pour rien. Comme ça.

Rozenn demanda à Mélanie comment allait son garçon.

— Je lui ai rendu visite avant-hier.

Elle secoua la tête tristement.

— Il t'a parlé ?

— Toujours pas... Je me demande même s'il m'a reconnue. Le médecin m'a quand même certifié qu'il y avait des signes d'amélioration.

— Tu vois, ça sert à rien de se morfondre. Bientôt ils vont le laisser sortir, il reviendra ici.

Mélanie soupira, à croire que cette éventualité ne l'enchantait pas.

— Je pourrais voir sa chambre ?

— Pourquoi ? C'est sa chambre, il aimerait pas que j'y fasse entrer des inconnus.

Les mêmes réticences qu'Emilienne Le Livec. Rozenn était impressionnée par le respect que les deux mères vouaient à leurs âmes simples, le souci de préserver leur jardin secret. De se conduire avec leurs enfants comme s'ils étaient « normaux ».

— Je toucherai à rien. C'est promis.

Mélanie se taisait, en proie à un cruel dilemme. Elle ne pouvait oublier la sordide découverte sous le lit de son fils. Refuser l'accès de la chambre, c'était risquer d'éveiller les soupçons de Rozenn. Elle la fixa soudain dans les yeux.

— Tu me promets de pas te moquer.

— Me moquer de quoi, grands dieux !

— Chim n'est pas un garçon comme les autres.

— Personne n'est pareil à personne.

Mélanie saisit une clef posée sur le haut du buffet, hors de portée du premier venu, remarqua Rozenn. Elle gravit l'escalier, ouvrit résolument l'une des deux portes donnant sur le palier.

Le sanctuaire de Chim. Rozenn ne put retenir un cri de surprise.

— C'est lui qui avait tenu à faire la peinture, expliqua la mère.

Les murs étaient barbouillés de couleurs vives, dans lesquelles apparaissaient des formes bizarres, tracées à grands coups de brosse. L'œuvre d'un fou, ne put s'empêcher de penser la jeune fille. Ou d'un génie incompris. Elle ne connaissait pas grand-chose à l'art moderne ; au bout de quelques secondes, elle crut discerner une certaine cohérence dans les bandes de couleurs qui se croisaient, s'emmêlaient, se superposaient. Toute la surface avait été recouverte, preuve que ces fresques en apparence hallucinées n'avaient pas été réalisées sous le coup d'un accès démentiel. Du rouge comme couleur dominante, beaucoup de rouge, qui par endroits laissait penser à des traces de sang.

— Il en était très fier, fit Mélanie d'une voix nouée par l'émotion. A part moi et les gendarmes, tu es la première à voir ce qu'il avait fait.

— C'est... surprenant, répondit Rozenn. J'aime assez.

Elle était sincère.

36

L'adjudant était d'humeur de plus en plus maussade. L'enquête au point mort. Un sujet impossible à éviter au sein de la brigade. Parmi ses subordonnés, Le Leuch était le plus proche, presque un ami, à deux ou trois reprises, il s'était permis de petites allusions : le silence ou un grommellement incompréhensible, il valait mieux ne pas insister... Marie Lugnol se découvrait des velléités de tendresse à son égard... Elle l'aimait bien son supérieur, anticipait ses faiblesses, lui adressait un mot gentil et lui proposait un café quand elle le sentait au bout du rouleau. Ce lundi matin-là, Le Leuch devina tout de suite que le patron était de meilleure humeur. Il se fendit d'un bonjour amical quand l'OPJ pénétra dans le bureau.

— Du nouveau ?

— Laissez-moi le temps de m'installer.

Derval exposa l'histoire du canot calciné.

— A mon avis, on n'a pas cherché assez du côté du musée.

— On a interrogé tout le monde, tu as rencontré le conservateur, se permit Le Leuch. Rien que des gens tranquilles, apparemment au-dessus de tout soupçon. Qu'est-ce tu veux faire de plus ?

— Tout reprendre à zéro.

— La mère Le Livec nous a dit que sa fille était parfaitement heureuse là-bas, intervint à son tour Marie Lugnol.

— Avec ses collègues, oui. Mais les visiteurs...

— Elle faisait le ménage dans les salles d'exposition en dehors des heures d'ouverture au public. Dans la journée, elle s'occupait des remises. De toute façon, c'est pas au musée qu'elle a été assassinée.

Derval secoua la tête.

— C'est vite dit. Vous voyez, je ne suis plus sûr de rien, si je l'ai jamais été. A propos de cette barque, j'ai l'impression que quelqu'un a voulu faire disparaître un indice compromettant.

— Il n'y a pas moyen de savoir à qui elle appartenait ?

— Difficile, il n'en reste plus grand-chose. De plus, il n'est pas du tout certain que c'est son propriétaire qui l'a détruite. C'est peut-être quelqu'un d'autre qui l'a empruntée pour accomplir une mystérieuse besogne, puis qui a voulu s'en débarrasser. Vous voyez à quoi je fais allusion ?

— Eugénie ?

Derval ne répondit pas.

— Des jeunes qui ont fait la fête, proposa Lugnol. La nuit, ça arrive souvent dès qu'il fait un peu beau.

— C'est pas impossible. Si on avait retrouvé les tisons, sur la plage, c'est ce à quoi j'aurais pensé en premier lieu, mais dans ce fossé humide, envahi par la mer à chaque marée... C'est vraiment pas le meilleur endroit pour roucouler au clair de lune.

Si Derval attachait autant d'importance à un misérable esquif, c'est qu'il avait découvert autre chose. Depuis le temps qu'il ruminait son impuissance, il tenait enfin un embryon de piste...

— A ton avis, quel rapport entre ce canot et le meurtre, surtout si longtemps après ? demanda Marie Lugnol.

— A priori aucun, je vous le concède. Sauf un détail qui m'a mis la puce à l'oreille. Ce matin, j'ai aperçu Rozenn Forner. Vous vous souvenez ? La sœur d'un des trois matelots, le plus jeune. C'est d'ailleurs grâce à elle que j'ai remarqué les débris calcinés du canot pendant que je faisais mon jogging. Sinon, je serais passé à côté sans rien voir.

— Qu'est-ce qu'elle fabriquait près de la Citadelle ?

— Bonne question. D'autant plus qu'elle était déguisée.

— Déguisée ! s'étonna Marie.

— En marin, de surcroît. Des habits de son frère, m'a-t-elle expliqué. Pour quelle raison, elle n'a pas su me le dire, mais elle avait l'air un peu gênée aux entournures.

— Curieux en effet.

— Si tu veux mon avis, elle s'était accoutrée de la sorte afin de surveiller la Citadelle. Je me demande si elle n'a pas découvert quelque chose.

— La petite intrigante qui prend la place des flics, ricana Le Leuch. C'est une ficelle classique des romans policiers. Je suis pas sûr que ça marche dans la réalité.

— Possible, mais ce serait bien quand même de garder un œil sur elle dans les jours à venir.

— Tu veux qu'on la fasse suivre ?

— Organiser une filature serrée à Port-Louis relèverait de l'utopie. On se ferait tout de suite remarquer. Il faut simplement essayer de deviner où elle se rend ; voir ce qu'elle va y faire, quitte à la devancer. A mon avis, elle enquête sur la mort d'Eugénie Le Livec : elle n'a pas digéré que son frère soit soupçonné.

— Qu'est-ce qu'elle espère découvrir ? fit Le Leuch. On a déjà tout vérifié.

— C'est une femme, Marie est bien placée pour savoir qu'elles ont parfois des intuitions étonnantes. Il faut exercer notre surveillance du côté de la Citadelle et de la plage où a été commis le crime. C'est dans ces endroits-là que Rozenn Forner va se mettre à fouiner si elle s'entête à jouer les policiers.

Derval ne disait pas tout. Quand Rozenn Forner lui avait laissé la place, il était resté inspecter les douves de la Citadelle. Chaque jour, la marée s'y engouffrait et se retirait, déposant des laisses de mer parfois surprenantes, des objets inimaginables, venus parfois de fort loin, des bois flottés, des sacs plastique, redoutables pour la faune marine, des bouteilles, des flotteurs de liège. Instinct d'enquêteur, l'adjudant ramassa un bâton pour disperser les amas disposés par le flot en circonvolutions fantasques. Soudain apparut un bout de tissu grisâtre coincé sous un galet, lui-même roulé par le ressac. Curieux… se dit-il. Il s'en saisit. Un sous-vêtement féminin, une petite culotte pour être plus précis. Elle pouvait avoir été apportée par la mer, mais Derval eut l'intuition que ce n'était pas le cas. Il la secoua, elle se déplia, elle était déchirée des deux côtés, comme si elle avait été arrachée à la hâte.

— Nom de Dieu… marmonna-t-il.

L'adjudant remonta sur l'esplanade en possession du précieux indice. Enfin, un nouvel élément. On n'avait pas retrouvé la culotte d'Eugénie sur la plage du Lohic. Ce pouvait être ce misérable bout de chiffon. Apporté par le flot du lieu du crime ? Pas impossible, mais peu probable. Et puis, ce canot calciné… Une nouvelle hypothèse se dessinait dans l'esprit de Derval. Il avait préféré attendre avant d'en parler à ses collègues, il valait mieux prévenir d'abord le capitaine Boisseau.

L'adjudant se leva pour prendre les dossiers en cours. Rien de bien important. Port-Louis était une petite ville tranquille, surtout l'hiver. L'été, avec les touristes, il fallait se montrer plus vigilant. Dans la péninsule débarquaient des bandes de jeunes qui s'arrogeaient le droit de jouer les fiers-à-bras. L'année précédente, la gendarmerie avait même été amenée à s'occuper d'une affaire de drogue, un réseau qui sévissait sur l'ensemble de la côte, jusqu'à Quiberon. Sinon, c'était la routine. Des problèmes de voisinage, des chiens qui aboyaient à longueur de journée, parfois même en vadrouille la nuit, qu'on accusait alors de déchirer les sacs-poubelle sur les trottoirs, alors que les coupables étaient les becs redoutables des goélands. Plus cocasse avait été l'affaire du coq au printemps, rue des Dames, un peu plus bas que l'étude notariale. Un couple de quadragénaires en location, bardés de grands principes écologiques. Les voilà qui décident d'installer une basse-cour dans leur jardin : une demi-douzaine de poules, et donc un coq. Le volatile était un lève-tôt, il commençait son aubade aux premières lueurs du jour, parfois même avant, au grand dam du voisinage. Nos babas cool estimaient que le fier gallinacé avait le droit de s'exprimer, lui aussi ! Le moins qu'on puisse dire, c'est que l'animal avait du coffre et de la persévérance, « cocoriquant » sans relâche et sans perdre haleine des heures durant. Lesdits voisins travaillaient dans la journée, ils n'appréciaient pas d'être réveillés deux ou trois heures plus tôt que prévu. Le comble, nos paysans citadins leur avaient ri au nez quand ceux-ci s'étaient permis de leur en faire la remarque, les accusant d'être imperméables aux charmes de la vie naturelle. Par la suite, ils s'étaient indignés de la plainte déposée à la gendarmerie. Clochemerle... Après intervention de la maréchaussée, Chantecler avait fini rôti un dimanche midi sur la table de ses maîtres, sans doute accompagné de frites bio.

Les contrôles d'identité, de vitesse, d'alcoolémie – souffler dans le biniou comme on disait en Bretagne –, quelques bagarres dans les bistrots du port le samedi et le dimanche soir, une Parisienne qui exhibait ses seins nus sur la plage, un exhibitionniste, le maillot à mi-fesses un peu plus loin, qui feignait de bronzer à plat ventre sur un rocher. Rien de bien excitant. Rien de comparable en tout cas avec le crime du Lohic.

Le Leuch s'apprêtait à quitter le bureau.

— Pour la petite Forner ?

— Vous n'avez qu'à mettre le stagiaire à la surveiller discrètement. Personne ne le connaît encore à Port-Louis, il passera inaperçu. En civil, tant qu'à faire...

Lugnol ne put s'empêcher de sourire.

— Evidemment.

37

Les responsables de l'unité psychiatrique de Charcot ne s'étaient pas trompés au sujet de Joachim Gahinet : il allait mieux, même s'il se refusait à proférer le moindre mot, pas même une syllabe. Les organes de la phonation paraissaient définitivement bloqués. Sinon, il manifestait une docilité exemplaire. Se prenait parfois à sourire. S'alimentait normalement. Bref il reprenait pied dans la réalité de son environnement. Il dormait paisiblement, même sans sa dose de sédatif. Autrement dit, il ne restait plus aucune raison majeure de prolonger son internement. A la visite suivante, Mélanie fut convoquée dans le bureau du médecin en chef. Celui-ci lui annonça ce qu'il croyait être une bonne nouvelle.

— Cela n'a pas l'air de vous faire plaisir.

— Si, bien sûr… bredouilla-t-elle. Mais…

— « Mais quoi ? », si je peux me permettre.

Elle pensait bien évidemment que les gendarmes allaient de nouveau interroger Chim. Avec ce qu'elle avait découvert, ce ne serait pas sans raison. Le pauvre finirait par craquer, par avouer. S'il sombrait à nouveau dans la folie, il finirait sa vie à l'asile. Sinon, il irait en prison, ce qui était encore pire. Mais comment expliquer cela au médecin ?

— Vous êtes au courant du drame qui est arrivé à son amie ?

— Bien entendu, l'adjudant de Port-Louis nous a téléphoné à plusieurs reprises afin de prendre des nouvelles de votre fils.

— Justement... On sait toujours pas qui est l'assassin. Les gendarmes vont essayer certainement d'interroger Chim de nouveau. C'est depuis qu'il est sorti de chez eux qu'il est devenu muet. S'ils le font revenir dans leurs locaux, il va de nouveau être très perturbé.

— J'y ai pensé, figurez-vous... Ma secrétaire a préparé un courrier afin de protéger votre fils, du moins pendant quelque temps.

— Vous les connaissez pas, insista Mélanie. Ils vont revenir à la charge.

— Il faut que la justice suive son cours, madame Gahinet. Votre fils a quelque chose à se reprocher dans cette affaire ?

Mélanie ne put réprimer le haut-le-corps qui la fit tressaillir, ni le cillement de ses paupières.

— Qu'est-ce que vous allez chercher ?... Non, bien entendu... J'ai envie de le protéger, c'est tout. Vous savez que nous habitons juste à côté de la gendarmerie ?

— Vous me l'apprenez. Si l'adjudant convoque votre garçon, passez-moi donc un coup de fil. Je vous promets d'intervenir.

La remise en liberté de Chim fut programmée pour le début de la semaine suivante. Prévenue, Mélanie évita de sortir de chez elle, comme si elle se sentait coupable. Elle croisa cependant l'adjudant Derval. Celui-ci lui fit part de la lettre qu'il avait reçue de l'hôpital.

— Il va bientôt rentrer, n'est-ce pas ?

— Oui, lundi ou mardi… Le médecin a bien dit…

— Je sais, madame Gahinet. Rassurez-vous, nous n'avons pas l'intention d'embêter votre fils, du moins dans l'immédiat. Quand cela ira mieux, ce serait bien toutefois de pouvoir lui parler. Si d'ici là, on n'a pas trouvé le meurtrier de la petite Eugénie.

Cette dernière phrase fit chaud au cœur de la pauvre mère.

— Vous avez une… piste ?

Derval ne répondit pas tout de suite.

— Ce n'est pas impossible. Il faut attendre encore.

Chim débarqua le mardi en fin de matinée, amené par une ambulance. Quand il descendit du véhicule, il resta quelques instants planté au milieu de la cour de la Radio. Il paraissait perdu, ne pas reconnaître les lieux, ébloui par la lumière.

— Viens, Chim, fit la mère en lui prenant la main. Faut pas rester là.

Ses yeux se posèrent sur elle, le regard de son garçon lui sembla moins vide qu'à l'hôpital. Puis il se tourna vers le porche entre les piliers duquel venait de disparaître l'ambulance. Sa mine se renfrogna, les gendarmes, il se souvenait d'eux. Il avait peur, se dit la mère, parce que...

— Viens, je te dis. On va rentrer à la maison.

Elle n'eut pas à le tirer par la main.

Chim se dirigea aussitôt vers l'escalier menant à l'étage.

— Attends, dit Mélanie. Je monte avec toi.

Elle appréhendait qu'il ne découvrît la violation de son secret. Elle l'observait. Retrouvant son cadre familier, il resta immobile quelques instants. Puis son regard se posa sur le lit, elle eut l'impression qu'il regardait l'espace dessous. Pourvu qu'il n'aille pas vérifier si ses affaires sont toujours à leur place... Elle se rassura. Depuis le temps, Chim avait oublié.

— Tu veux pas te reposer un peu pendant que je vais faire à manger ?

Chim se passa la langue sur les lèvres, mais il n'en sortit aucun mot. Il obéit cependant, s'allongea sur le lit, mit ses mains sous sa nuque, une position qu'il affectionnait. Puis il ferma les yeux, sans doute davantage afin de faire plaisir à sa mère que d'être fatigué.

Mélanie prit la précaution de laisser ouverte la porte de la cuisine.

La vie reprit son cours.

Sur l'ordre du capitaine, les abords de la Citadelle furent passés au peigne fin, ils ne révélèrent rien de plus. Le canot calciné, on ne savait toujours pas à qui il appartenait, personne ne s'en était inquiété, et il n'en restait plus assez de bois intact pour l'identifier. Restait le sous-vêtement. Avait-il appartenu à Eugénie Le Livec ? Rien ne permettait de l'affirmer avec certitude. Si c'était le cas, c'était pur miracle qu'il n'eût pas été emporté par le ressac si longtemps après, mais sa découverte ouvrait d'autres hypothèses. Apporté du Lohic jusqu'à la Citadelle ? Invraisemblable, mais le destin se livrait parfois à de telles facéties… La petite culotte avait séjourné longtemps dans l'eau, une certitude. Du coup, elle était en trop piteux état pour être exploitée et il fut impossible d'y relever la moindre trace physiologique. De toute façon, les nouvelles analyses d'ADN n'auraient rien donné, il était peu probable que le coupable fût déjà fiché sur ce plan-là, et les nouvelles procédures mettaient du temps à s'installer. La pitoyable relique fut présentée à Emilienne, elle blêmit. Hésita.

— Ça ressemble à ce qu'elle portait d'habitude. Ça pourrait être la sienne…

— Vous en êtes sûre ?

— Non.

Sans hésitation cette fois.

Etait-elle sincère ? Les dessous d'Eugénie étaient on ne peut plus ordinaires, ceux de toutes les jeunes filles sages. Cette petite culotte pouvait donc être la sienne. Derval pensait d'ailleurs que c'était le cas. Mais pour Emilienne reconnaître l'objet comme ayant appartenu à sa fille revenait à admettre la brutalité du viol. Qu'elle avait été troussée, son dernier et fragile rempart arraché par un salaud avide qui abusait d'elle ensuite sans ménagement. Une horrible évidence que la mère se refusait encore à accepter, tant cela l'abominait d'imaginer sa fille sous la torture.

Les trois amies se retrouvaient régulièrement au café de Lucie. Elles aussi échafaudaient les hypothèses les plus invraisemblables. Elaboraient leur propre liste de suspects. Sans avancer, sans déceler la moindre piste. Elles retournèrent sur les lieux du drame. Pour un peu, elles auraient interrogé les volatiles de la côte…

Une semaine s'écoula. Les gendarmes respectaient la consigne du chef de service de l'hôpital. Mélanie s'occupait de son garçon avec toute la tendresse dont elle était capable, avec le sentiment accru de devoir le protéger s'il avait commis l'irréparable. Elle se gardait bien cependant de toute allusion à la défunte, craignant de le faire chavirer de nouveau au fond de l'abîme.

Les jours suivants, il se mit à faire beau. Chim tournait en rond dans la maison. Lui habitué à la côte, il se languissait comme une plante privée de soleil. Elle lui proposa d'aller faire un tour. Il leva la tête, son visage s'illumina d'un large sourire.

— Ça te fait plaisir ?

Il hocha la tête avec véhémence, mais resta toujours muet.

Enfant, et même adolescent, il donnait volontiers le bras à sa mère pour l'accompagner au marché du samedi, ou lors des promenades des autres jours. En grandissant, il avait rompu avec cette habitude. Ce jour-là, naturellement, il revint poser sa main au creux du coude maternel. Elle lui caressa les doigts, émue aux larmes.

— T'en fais pas Chim, plus personne te fera du mal.

Où aller pour cette première sortie ? L'intuition lui murmura d'éviter le cadre du crime. La Grand-Rue aussi, où tout le monde se retournerait sur son passage comme s'il était une bête curieuse. Mais Port-Louis était une presqu'île, qui n'offrait pas une multitude d'échappatoires. Lui passa par l'esprit de rendre visite à Lucie Kerjean, mais les trois femmes du *Saint-Louis* étaient capables de se rendre compte qu'elle leur cachait quelque chose. De poser les questions qu'il fallait pas. Restaient les Pâtis, assez vastes pour prendre l'air, sans craindre trop de rencontres.

Quand Chim passa devant la gendarmerie, il pressa le pas au point que sa mère eut du mal à le suivre.

— T'inquiète pas, je t'ai dit. Les gendarmes ont promis de plus t'embêter.

Personne ne se tenait sur le perron de la caserne, mais Mélanie crut bien voir bouger les rideaux aux fenêtres.

Chim avait réglé son pas sur celui de sa mère. Il avait l'air terriblement angoissé, regardant sans cesse autour de lui. Comme s'il craignait d'être attaqué.

Ils arrivèrent devant la Citadelle. Chim s'immobilisa, en proie à une intense réflexion. Il gardait le regard fixé sur le portail de l'imposant édifice. Fermé, ce n'était pas l'heure des visites.

— Viens, on va aller dire bonjour aux résistants.

Mélanie avait expliqué à son fils ce qui s'était passé dans la Citadelle pendant la guerre, sans entrer dans les détails. S'il n'avait pas tout compris, il en avait été très ému.

— On leur a fait du mal, disait-il, avec un air de profond chagrin.

Ce jour-là, il regarda la crypte du sanctuaire quelques instants. La mine douloureuse.

— Toi, tu n'as fait de mal à personne, hein, mon Chim ?

La main du fils se crispa au creux de son coude. Mélanie scruta son visage, les traits s'étaient durcis eux aussi. Elle hésita à prononcer le nom d'Eugénie, estima que c'était encore trop tôt pour raviver le passé. Elle l'amena au bord de l'esplanade, en cet endroit qui dominait la rade de Lorient, le guida pour qu'il s'assît sur le muret. Renonça à l'interroger davantage. De toute façon, il ne semblait pas décidé à répondre.

38

La promenade de la mère avec son fils devint un rituel quotidien. Immanquablement, elle croisa des connaissances, qui s'enquirent de l'état de Chim, souvent en le dévisageant sans vergogne. Comme on parlait de lui, baissait les yeux, ou tournait carrément le dos.

— C'est vrai qu'il cause plus ? se permettaient les plus curieuses.

— Il faut pas écouter tout ce qu'on raconte. Si mon Chim ne parle pas, c'est qu'il a rien à dire. Faut le laisser tranquille.

Il n'était pas rare que l'indiscrète se permît une allusion au meurtre d'Eugénie, ne serait-ce que pour voir la réaction de la mère.

— Y a qu'à aller demander aux flics.

Chim recouvrait son équilibre d'avant les sinistres événements. Néanmoins, il refusait toujours de se laisser mener aux abords du Lohic. Mélanie estimait pourtant que c'était un aboutissement nécessaire. Que pour elle aussi, ce serait la seule façon d'en avoir le cœur net. De savoir ce qu'il en était du trophée découvert dans la chambre de son fils, s'il ne l'avait pas subtilisé sur les lieux du crime, dans quelle mesure il n'y était pas impliqué.

Chim n'avait pas dû remettre le nez dans la cachette, du moins rien dans son comportement ne le laissait supposer. Mélanie avait jeté un coup d'œil sous son lit. En observant les traces de poussière, il était évident que le meuble n'avait pas été déplacé depuis son indiscrétion.

Des Pâtis, Mélanie poussa avec Chim jusqu'à l'ancien lavoir, puis au lieu de remonter par la rue des Récollets, elle continua par la promenade Henri-François-Buffet, le long des remparts. Il se laissait faire. Tressaillait quand mouettes et goélands criaillaient trop fort, en mouvant leurs amples ailes par-dessus la muraille. Alors, elle lui serrait la main. Ralentissait le pas. S'arrêtait même en attendant qu'il se fût calmé.

Un jour, Mélanie l'amena ainsi jusqu'à la brèche donnant sur la cale de Gâvres. On n'était plus qu'à quelques encablures de la promenade du Lohic. En descendant plus avant vers l'océan, on apercevrait la crique où s'était joué le drame. Chim s'arrêta, bouche ouverte. Il semblait fouiller dans sa mémoire. Mélanie jugea le moment opportun de lui reparler d'Eugénie. Lui demanda s'il l'avait oubliée. Un grognement qui s'assimilait à une plainte. Un moment elle espéra qu'il se décidât enfin à parler, mais ce fut tout.

Quel progrès considérable cependant d'être parvenue à l'amener jusque-là ! De se redonner l'espoir aussi qu'il ne fût pas le meurtrier. Craignant de détruire l'avantage, ce jour-là, elle fit chemin arrière.

Quelques jours plus tard, les événements allaient prendre une nouvelle tournure.

Le samedi matin se tenait le marché hebdomadaire à Port-Louis, sur la place dont le nom indiquait justement la fonction. On y vendait de tout, des vêtements, des chaussures, de la nourriture, des fleurs, des légumes, des fruits des vergers, exotiques aussi, ou de mer. Deux rôtisseries flattaient les narines des chalands, ou les incommodaient selon leur degré d'appétit. Une crêpière tournait la pâte sur une *billig*. Le fromager distribuait à qui s'arrêtait devant sa camionnette de quoi goûter ses produits. On y trouvait même un marchand de plats asiatiques, des nems, des nouilles sautées, des crabes farcis, du porc au caramel, et bien d'autres curiosités naguère inconnues en pays de Bretagne. Ladite place ne pouvait héberger autant de boutiques, le marché envahissait donc la Grand-Rue, jusqu'à la place Saint-Pierre où était installée une autre enclave d'exposants. Les marchands ambulants aussi bien que les commerçants locaux y trouvaient leur compte.

Ce jour-là donc se déployait dans tout le centre-ville la foule habituelle. Tout le monde savait que le fils Gahinet avait remis le nez dehors, qu'il suivait sa pauvre mère comme un fidèle toutou. Personne n'avait oublié les soupçons dont il avait fait l'objet, son coup de folie au cimetière de Kerzo lors des funérailles d'Eugénie, son amie. Comme l'adjudant Derval, plus d'un avait pensé qu'il était peut-être le coupable. Bref, on le reluquait encore avec attention et curiosité. Histoire de voir à quoi ça pouvait ressembler un assassin, dans l'éventualité où l'on découvrirait que c'était lui.

Mélanie avait hésité à livrer son fils à cette ébullition cancanière. S'était armée de courage. Puisque l'affaire était en passe d'être oubliée, il fallait reprendre les anciennes habitudes, ne serait-ce qu'afin d'éteindre les derniers soupçons. Chim accroché à son bras et portant le cabas de l'autre main, elle fit le tour de la place du Marché. Acheta deux côtes de porc, des fruits et des légumes, une douzaine d'œufs en recommandant à son garçon de veiller à ne pas les casser. S'il ne répondait toujours pas de façon verbale, Chim hochait la tête, ses lèvres frémissaient. Bientôt, il émergerait de son mutisme.

Tout se passait bien. Chim paraissait même prendre plaisir à l'agitation qui régnait autour de lui. Mélanie décida de passer par le centre du bourg avant de le ramener au bercail.

— On reviendra par la rue de la Citadelle, dit-elle, soucieuse d'associer son fils à ses décisions, du moins en sa compagnie.

C'est dans la Grand-Rue que Chim s'arrêta soudain. Un bloc pétrifié. Il avait lâché le bras maternel.

— Qu'est-ce qui t'arrive, Chim ?

Mélanie remarqua alors qu'il fixait un homme. Celui-ci ne l'avait pas encore vu. Un inconnu pour la mère. Elle regarda le visage de son fils ; les sourcils froncés, il affichait l'air mauvais de ses colères occasionnelles.

L'homme se retourna. Il était vêtu de façon élégante, quelqu'un de la haute société, même si les castes sociales n'avaient plus autant d'effets discriminatoires. A la vue de Chim, lui aussi se figea, visiblement contrarié. Il effectua même deux pas en arrière. Le fils Gahinet leva la main dans sa direction, le désigna d'un index tremblant.

Le face à face ne dura que quelques secondes. L'homme tourna les talons et se faufila bien vite parmi les passants. Disparut.

Mélanie était intriguée. Elle avait eu le temps de remarquer que l'individu avait le nez busqué, qu'il était brun et présentait une longue cicatrice au-dessus de l'œil gauche. Qu'il avait eu l'air bien embarrassé lui aussi.

Chim ne bougeait toujours pas, le regard rivé vers l'endroit où l'homme s'était éclipsé, dressé sur la pointe des pieds, comme s'il cherchait encore à l'apercevoir.

— Qu'est-ce t'as, Chim ?

Sans regarder sa mère, il bredouilla enfin quelques mots.

— C'est lui.

39

— Qui, lui ?

Chim fut pris de tremblements.

Les badauds s'arrêtaient, le regardaient, se doutant de quelque chose. Se disant que le « dingo » allait piquer une nouvelle crise.

— Viens, fit Mélanie. Tu m'expliqueras à la maison.

L'air préoccupé, le jeune homme marchait comme un automate, des gestes mécaniques et saccadés, il était la proie d'une nouvelle obnubilation. Il passa devant la gendarmerie sans y prêter attention, alors que d'habitude il pressait le pas en baissant la tête. Mélanie sortit la clef de sa poche. Consciente que se produisait quelque chose de grave, elle mit du temps à l'introduire dans la serrure.

— Entre. Assieds-toi.

Chim obéissait. Le visage à nouveau impavide. Sauf le regard dans lequel se lisait la même dureté.

— Dis-moi qui était ce monsieur.

Il était à nouveau muet.

— Tu le connais ?

Pas plus de succès.

— Vas-tu parler enfin ! C'est lui, tu m'as dit. Qu'est-ce qu'il a fait ?

Chim tremblait, ses lèvres clappaient, mais il était redevenu incapable de parler.

— Bouge pas, je reviens.

Mélanie se rendit dans sa chambre, ouvrit son armoire, y récupéra la petite culotte dont elle n'avait pas eu le courage de se débarrasser. Elle la plaça sous le nez de son fils.

Chim eut un mouvement de recul, et sans le mur dans son dos, sa chaise aurait basculé en arrière.

— J'ai trouvé ça sous ton lit, tu peux m'expliquer ce que ça faisait là ?

Chim était tétanisé, Mélanie craignit un moment qu'il ne fût victime d'une crise d'épilepsie.

— Parle ! Dis-moi à qui c'est !

Il se taisait, essayait en vain de déglutir sa salive.

— Si tu veux pas m'expliquer, tu vas avoir affaire aux gendarmes. Tu veux que j'aille les chercher ?

Alors, au prix d'un effort surhumain, le malheureux se décida.

— C'est à Eugénie.

— Tu l'as prise sur la plage du Lohic le jour où elle était morte ?

Les yeux baissés, Chim secoua la tête avec véhémence.

— Non.

— Elle te l'a donnée alors ?

— Non… Je l'ai prise dans son jardin, sur le fil où elle mettait ses affaires à sécher. Elle a pas su.

— Tu es sûr que c'est pas plutôt le jour où tu as fait du mal à Eugénie ?

— C'est pas moi qui a fait du mal à Eugénie.

— Mais qui alors ?

— C'est l'autre.

— L'homme qu'on a croisé tout à l'heure dans la Grand-Rue ?

— Oui, c'est lui qui a fait du mal à Eugénie.

Chim enfouit son visage entre ses mains et éclata en sanglots. Mélanie serra contre elle la tête de son garçon.

40

Mélanie Gahinet mit du temps à appréhender la situation, à prendre conscience que Chim venait de lui révéler un terrible secret. Que savait-il au juste ? Sur quels faits appuyait-il une accusation si véhémente envers cet inconnu ? N'était-il pas en train de gamberger, victime d'une hallucination ? Ou de se disculper en incriminant un autre ?

Elle le somma de s'expliquer davantage. Il réitéra ses accusations.

— Tu sais comment s'appelle ce monsieur-là ?

— Non.

— Comment tu le connais, alors ?

— Je l'ai vu avec Eugénie.

— Où ça ? Sur la plage du Lohic le soir où elle est morte ?

— Non, avant.

— Quand ?

— Je sais plus.

— Ce jour-là ?

— Oui.

Il se remit à pleurer.

— Eugénie, elle reviendra plus ?

— Non, mon pauvre garçon. Mais il faut que tu nous aides à coincer celui qui lui a fait du mal. Tu pourrais raconter aux gendarmes ce que tu viens de me dire ?

Chim se leva, pris d'une panique immédiate.

— Pas les gendarmes ! Tu m'as promis !

Mélanie comprit que de côté-là, ce n'était pas la peine d'insister, sinon il s'enfermerait de nouveau dans son mutisme. Détentrice d'une pareille information, il était cependant hors de question de rester sans rien faire. Si l'homme croisé sur le marché était bien le meurtrier, comme l'affirmait Chim avec un aplomb convaincant, cela le disculperait définitivement.

Et aussi les marins du *Saint-Louis*, dont on était toujours sans nouvelles...

Bien sûr que c'était à ces trois femmes-là que Mélanie devait s'adresser afin de les mettre dans la confidence. Le café à Locmalo. Il y avait trop de monde, elle ne serait pas à l'aise pour parler avec Lucie, Chim ne voudrait jamais l'accompagner, car elle comptait bien l'amener afin de lui faire réitérer ses propos. Rozenn Forner ? Trop loin, trop de monde là-bas aussi dans les HLM. La plus proche, c'était Mauricette Le Tennier. Une personne qui avait la tête sur les épaules ; elle, saurait ce qu'il convenait de faire.

La vieille femme était au gîte. Elle fut surprise quand elle vit qui frappait à sa porte. Mélanie

Gahinet avec son fils ! Elle leur demanda ce qui les amenait, se doutant que ce devait être important.

— On a quelque chose à te dire.

— Entrez donc.

Mélanie expliqua qu'ils venaient de faire une drôle de rencontre dans la Grand-Rue. Chim avait recouvré son calme, sans doute de savoir qu'on n'allait plus l'accuser, soulagé aussi d'avoir avoué le secret caché sous son lit.

— Chim affirme que c'est cet homme-là qui aurait réglé son compte à Eugénie.

— Oui, c'est lui ! répéta Chim avec toujours autant de conviction.

Il bredouilla qu'il les avait vus ensemble, lui et Eugénie, le jour où il avait fait du mal à la jeune femme.

— Pourquoi t'as rien dit avant aujourd'hui ? s'exclama Mauricette.

— J'avais peur de lui. J'avais oublié. Et puis, les gendarmes, ils ont pas été gentils avec moi. Ils avaient qu'à se démerder.

— Et Eugénie, intervint la mère, t'as pas pensé que ça lui ferait plaisir qu'on trouve celui qui l'a fait souffrir ?

Chim baissa la tête, deux larmes coulèrent sur ses joues.

— J'étais pas sûr qu'elle aurait été contente.

— Pourquoi tu dis ça ?

— Elle avait l'air bien avec lui le jour où elle est...

Le mot restait bloqué au seuil des lèvres.

— Le jour où elle est morte ?

— Oui, ce jour-là. C'était à côté de la Citadelle.

Mauricette sentait elle aussi que Chim disait la vérité.

— A quoi il ressemblait le type que vous avez vu ?

Mélanie s'appliqua à dresser le portrait le plus fidèle de celui qui s'était éclipsé. La couleur de ses cheveux, son nez comme le bec d'un aigle, son élégance.

— Ah si ! J'oubliais... Il avait une cicatrice au-dessus de l'œil gauche. Un trait blanc où les sourcils n'avaient pas repoussé.

Mauricette se figea.

— Tu peux répéter ?

— Une cicatrice, ça je suis sûre, comme s'il avait pris un vilain coup de poing. Mais il y a longtemps.

Mauricette chercha dans son dos la chaise sur laquelle elle se laissa tomber.

— Mon Dieu, ce serait incroyable...

— Qu'est-ce qui t'arrive ? T'as l'air toute retournée.

— Quand mon Baptistin est mort, c'est Loeiz qui a pris le commandement du *Saint-Louis*.

— Quel rapport avec l'homme de la Grand-Rue ?

— Si c'est bien le même, ce type-là était armateur à l'époque. Un drôle de citoyen. Il a voulu racheter le chalutier, Loeiz n'a jamais voulu le lui céder. Alors il lui a fait du chantage. Il a essayé de le discréditer près des mareyeurs et à la criée de Keroman. A l'époque Loeiz avait le sang chaud, et il était costaud. Un jour, il a coincé son enquiquineur entre deux portes, il l'a empoigné par le collet et lui a dit que s'il continuait à l'emmerder, il lui casserait la gueule.

— C'est ce qu'il a fait ?

— En partie, oui. L'autre lui a craché au visage. Il lui a flanqué un coup de poing qui lui a ouvert l'arcade sourcilière gauche. A ce que m'a dit Loeiz, ça pissait le sang. Mon garçon était un homme dur, mais il était pas méchant. L'autre l'avait bien cherché.

— Il n'a pas eu d'ennuis ?

— L'armateur en question a laissé tomber, mais il a promis de se venger tôt ou tard. C'est revenu aux oreilles de Loeiz. Ça l'a d'ailleurs fait beaucoup rire. Loeiz n'était pas du genre à se laisser impressionner.

— Quel âge il aurait aujourd'hui ?

— Il n'était pas beaucoup plus vieux que Loeiz. Cinquante, cinquante-cinq ans.

— Celui qu'on a vu tout à l'heure avec Chim devait avoir à peu près cet âge-là. Tu crois qu'il est pour quelque chose dans le meurtre d'Eugénie ?

— Tu vas me prendre pour une vieille folle, mais j'ai le pressentiment que oui. Comme ce serait assez dans son genre d'avoir voulu faire porter le chapeau à Loeiz et à son équipage. La vengeance dont je viens de te parler...

— Tu l'as revu depuis son altercation avec Loeiz ?

— Non. Il habitait à Lorient à l'époque, lui aussi venait de prendre la succession de son père, un jeune loup dont les dents longues rayaient le plancher, il se croyait le droit d'écraser tout le monde. Il doit encore être dans le secteur, je crois me souvenir que la famille possédait un pied-à-terre à Port-Louis, le fils y vient peut-être de temps en temps, le week-end, ce qui expliquerait que toi et Chim, vous l'ayez rencontré ce matin. Je me rappelle comment il s'appelait : Xavier Crosse. Ce ne doit pas être trop difficile de le retrouver avec un nom pareil. Attends, je vais jeter un coup d'œil dans l'annuaire.

Les pages de Lorient. Son index déformé par le sel et la cuiller à palourdes courait sur les lignes minuscules.

— Là, voilà. C'est le seul Crosse, d'ailleurs. Xavier, c'est bien lui. Il habite rue de Keroman. Apparemment il est pas marié.

Elle griffonna son numéro sur le calepin qui lui servait de répertoire.

— Qu'est-ce tu comptes faire maintenant ?

— Avant toute chose, mettre Rozenn et Lucie au courant. On n'a pas le droit de les tenir à l'écart, on sera pas trop de trois pour réfléchir. Toi, tu rentres chez toi avec ton garçon, moi je passe un coup de fil à Rozenn et on va voir si Lucie est dans son bistrot.

Trois heures. Deux petits vieux sirotaient une chopine de rouquin. L'un lisait le journal, en énonçant les titres à son compère sans doute trop miraud, ou qui avait oublié ses lunettes ou ne savait pas bien lire, ou qui n'avait rien à cirer des racontars de la presse. Lucie était derrière son comptoir, toujours plongée dans une grille de mots fléchés, un de ses passe-temps favoris. Elle fut ravie de l'arrivée de ses deux compagnes, Mauricette avait récupéré Rozenn en cours de route, Mélanie et Chim étaient rentrés chez eux.

— On peut te parler ? fit Mauricette.

A leur mine exaltée, Lucie comprit qu'il y avait du nouveau. D'un coup de menton, elle désigna ses deux clients, du genre berniques impossibles à déloger.

— On a quelque chose à te dire. C'est urgent.

— Venez.

Elles passèrent dans l'arrière-salle, Lucie laissa la porte entrouverte au cas où se pointeraient de nouveaux clients. Mauricette ne put tenir plus longtemps :

— Chim a reconnu l'assassin d'Eugénie.

— Chim ? Il est donc mêlé au crime ?

— Pas directement. Mais il a rencontré ce matin un drôle de type dans la Grand-Rue. Il est sûr de l'avoir vu le soir précédant la nuit du meurtre en compagnie de la fille d'Emilienne.

— Tu sais bien qu'il n'a plus toute sa tête.

— C'est vrai, mais il y a autre chose… Dis-lui, Mauricette.

— Figure-toi que je crois le connaître. Si c'est bien le même et ça m'en a tout l'air, Loeiz a eu des ennuis avec lui quand il était jeune.

La vieille femme expliqua une nouvelle fois qui était l'individu, ses démêlés avec le nouveau patron du *Saint-Louis*, son intention de se venger.

— Il habite à Lorient. On a même son numéro de téléphone.

— Il faut prévenir les gendarmes, répondit Lucie. C'est à eux maintenant de prendre le relais.

Mauricette secoua la tête, faisant vibrer les ailes de sa coiffe.

— A mon avis, ce ne serait pas une bonne initiative. On n'a aucune preuve, sinon la parole de Chim. C'est pas parce que Xavier Crosse a eu l'air bizarre que les gendarmes vont lui réclamer des comptes. C'est à nous de vérifier, d'essayer d'en savoir davantage.

41

Xavier Crosse était une des grosses fortunes de Lorient, héritée en grande partie de son père. Une tradition familiale que cette vocation d'armateur, de lointains ancêtres affirmaient avoir gréé des vaisseaux pour la fameuse Compagnie des Indes. Ce n'était pas impossible... Le dernier descendant de cette illustre lignée avait une réputation de requin. Un bateau qui ne marchait pas bien, il virait le patron et l'équipage sans états d'âme : la sensiblerie n'était pas de mise en affaires, affirmait-il avec le plus grand sérieux. On le détestait, on courbait l'échine, il avait la mainmise sur une bonne partie de la flottille lorientaise. Peu de patrons lui avaient résisté, aussi avait-il été ulcéré que ce jeune con de Le Tennier refusât de lui vendre le chalutier de son père. Qu'un « moins que rien » se permît de surcroît de lui réclamer des comptes et de faire le coup de poing. N'ayant guère connu d'échecs, il en avait gardé une rancœur tenace, et une cicatrice. Il ne ratait jamais une occasion de dénigrer le *Saint-Louis*, des bons à rien commandés par un patron qui connaissait que dalle à la pêche. Le bateau en aurait souffert si Loeiz ne s'était pas imposé dès les premières marées. Celui-ci était devenu une sorte de symbole sur la place maritime de Lorient, un des rares à ne pas s'être fait bouffer par la mafia portuaire. Le trublion à dézinguer aussi.

Un profil peu reluisant que celui de Xavier Crosse, pas de quoi l'accuser toutefois, ils étaient nombreux, les vautours de la finance. Complétons le portrait…

Xavier Crosse était biface, comme ces maisons riches et avenantes par-devant, mais dont l'arrière donne sur une cour glauque qui empeste la poubelle et le caniveau. Il n'était pas marié. Sans être un adonis, il possédait pourtant un charme indéniable, mis en valeur par les costumes élégants et les belles voitures que lui autorisait son aisance financière. S'il était resté célibataire, ce fut tout d'abord afin de conserver sa liberté. Puis il avait vécu une relation plutôt singulière, qui l'avait frappé d'une forme d'impuissance chronique qui lui interdisait de conclure au moment fatidique. Cela ne l'empêchait pas de chasser ferme dans les boîtes de nuit des environs, incognito cela va de soi, comme s'il éprouvait sans cesse le besoin de vérifier son infortune, comme s'il en doutait après chaque déconvenue.

La frustration faisait endurer à Crosse un véritable calvaire, au point d'en devenir violent, reprochant à ses partenaires de ne pas mettre du leur et d'être à chaque fois la cause de sa défaillance. Une nuit, il en tabassa une sévèrement, ce fut miracle que celle-là ne portât pas plainte...

Puis il y eut cette histoire avec Ophélie Degrave. Seize ans, lui trente-cinq. A la décharge de Crosse, la belle adolescente en paraissait cinq de plus, il ne mentit qu'à moitié quand il affirma à la police qu'il la croyait majeure au moment de l'aborder. Cela s'était passé dans une boîte de nuit de Lorient. Accompagnée de trois ou quatre copains plus âgés, Ophélie avait réussi à déjouer la surveillance des vigiles à l'entrée. En fait, elle était une petite allumeuse, consciente de ses charmes et sachant déjà s'en servir. Dans l'obscurité, Xavier Crosse n'avait pas tardé à la repérer. Il s'était dit qu'il l'aurait bien serrée entre ses bras, avec un pareil châssis, du côté jambes en l'air, ça aurait peut-être marché. Mine de rien, il s'était faufilé face à elle en train de danser ; amusée, elle s'était prêtée au jeu. Elle n'avait pas refusé le verre qu'il lui avait offert après quelques trémoussements plutôt ridicules. Champagne, s'il vous plaît ! Une bouteille et deux coupes. La jeune fille avait conscience de s'aventurer sur un terrain dangereux en compagnie de cet homme d'âge mûr, mais elle adorait jouer avec le feu. L'armateur avait du bagou, il était élégant, souriant, bref engageant. Et puis ses potes étaient là pour la défendre.

Ophélie n'était quand même pas une habituée des boîtes de nuit, la première coupe de champagne lui fit tourner la tête. Elle riait de bon cœur à présent, elle ne refusa pas que le séducteur lui remplît son verre. Il lui prit la main, elle ne se déroba pas, ni ne le repoussa quand il vint s'asseoir sur le canapé à côté d'elle. Des lucioles lui dansaient dans les yeux, le parfum capiteux du bellâtre finit de l'enivrer.

— Je crois bien que j'ai trop bu, balbutia-t-elle à la troisième rasade. Je vais rentrer.

— Bien sûr, je comprends. Je vais vous raccompagner.

— C'est pas la peine. J'étais avec des amis, ils vont me ramener.

Les copains n'étaient plus dans les parages. Quand Ophélie se leva, elle chancela et faillit s'effondrer.

— Donnez-moi le bras, fit Xavier. Nous allons prendre l'air. Ça ira mieux tout de suite.

Comment pouvait-elle refuser, persuadée que tous les regards étaient braqués sur elle et qu'elle risquait à tout moment de s'étaler ? Elle se laissa guider jusqu'à la sortie.

— Venez, ma voiture est sur le parking un peu plus loin.

Au lieu de lui éclaircir les idées, l'air vif ne fit qu'aggraver son ébriété.

— Vous habitez où ?

— A Larmor, chez mes parents.

Est-ce à ce moment que Xavier Crosse prit conscience de l'âge de la jeune fille ? S'il en avait à présent la confirmation, il savait de toute évidence depuis le début qu'elle était mineure, c'était même ce qui l'avait attiré. Il lui demanda son âge toutefois. D'apprendre qu'elle n'avait que seize ans ne fit que le troubler davantage.

Le parking éclairé était peu propice à une expérience qu'il espérait cette fois concluante. Ne s'attendant à pareille rencontre, Xavier avait pris son véhicule luxueux ; c'était la première fois qu'il courait de tels risques, mais la jeune Ophélie avait du chien, tellement de chien... Il mit le contact, le moteur démarra au quart de tour. L'adolescente n'était jamais montée dans une pareille voiture, elle trouva très agréable le contact moelleux et un peu froid du cuir sous ses jambes dénudées par la petite robe trop courte. Xavier prit le soin d'emprunter la route côtière, ils roulèrent quelques kilomètres le long de l'océan.

— Ça va mieux ? demanda-t-il avec ce ton courtois dont il savait si bien user.

— Un peu, j'ai encore la tête qui tourne.

— Vos parents vont se rendre compte que vous avez trop bu. Ils ne vont rien vous dire ?

— Je crois bien qu'ils vont me passer un sacré savon !

— Vous savez, ce qui serait bien, c'est de s'arrêter un peu. Je vous propose de marcher quelques minutes sur la plage, le temps de reprendre vos esprits. Vous me direz quand vous vous sentirez mieux. Alors je vous ramènerai.

— Vous êtes gentil, je veux pas abuser. Je vous ai déjà fait perdre assez de temps comme ça.

— C'est de ma faute. Je n'aurais pas dû vous proposer à boire. Laissez-moi rattraper mon erreur.

Déjà il garait son véhicule dans un décrochement prévu à cet effet. Le bougre connaissait bien le coin, ce n'était pas la première fois qu'il y amenait l'une de ses conquêtes afin de l'effeuiller au clair de lune. Pour la planter là quand il se découvrait la flamberge en berne.

— Attendez, je vais vous aider.

Il descendit, ouvrit la portière, lui tendit la main. Dans l'effort pour s'extraire du siège bas, la robe d'Ophélie remonta encore un peu plus haut. Ils se faufilèrent par un petit sentier entre les oyats.

— Otez vos chaussures. Vous serez plus à l'aise pour marcher.

Elle s'appuya sur son bras, il lui saisit le poignet. Dans sa tête, il la désirait ardemment, mais il redoutait de devoir capituler une fois de plus au moment de l'assaut final. La plage était déserte. Il ralentit, elle passa devant lui. Il voyait ses hanches généreuses, soudain il se trouva en de bonnes dispositions. Une sensation valorisante, à condition de faire vite. Ayant récupéré, Ophélie prenait conscience de l'incongruité de la situation, seule en pleine nuit sur une plage avec un homme sans doute deux fois plus âgé qu'elle.

— Ça va mieux, il est temps de rentrer maintenant.

— Rien ne presse. On est bien ici, tous les deux. Tu ne trouves pas ?

Il la tutoyait à présent, du coup il paraissait moins avenant.

— Non, je vous assure, j'ai envie de rentrer. J'ai froid.

— On n'a pas idée non plus de s'habiller si légèrement. Surtout pour se rendre dans une boîte de nuit. A te promener à moitié nue, tu n'as pas peur que quelqu'un te mette la main aux fesses ?

Sa voix s'éraillait. Tétanisé, Crosse lui tenait le bras, elle sentait trembler ses doigts. Elle tenta de se dégager.

— Vous me faites mal !

— Tes parents t'ont pas dit qu'il faut pas provoquer les hommes ?

Si Ophélie était du genre plutôt délurée, elle n'avait jamais accordé ses faveurs à l'un de ses petits amis, en un mot elle était encore pucelle. Elle prit conscience du piège dans lequel elle s'était fourrée. Elle se libéra de sa pogne, se mit à courir.

Ah non ! Elle n'allait pas lui échapper alors que cela fonctionnait enfin.

Pieds nus dans le sable, elle n'eut pas loisir d'aller bien loin. Crosse la rattrapa, la plaqua en avant comme un joueur de rugby.

— Laissez-moi ! Vous n'avez pas le droit !

Il n'était plus temps de parler. Crosse n'eut pas beaucoup de tissu à retrousser pour atteindre le but. L'écrasant de tout son poids dans le sable, il lui arracha sa culotte à tâtons tout en se déboutonnant ; avant de baisser pavillon il s'enfonça en elle en un coup de boutoir bestial. La malheureuse poussa un cri terrible, mais il était trop tard.

— Là, tu vois, laisse-toi faire, disait-il, triomphant enfin de se sentir un homme dans le vrai sens du terme.

Ophélie gémissait, pas de plaisir. L'étreinte ne dura pas bien longtemps. Elle éclata en sanglots.

Repu, Xavier Crosse prit conscience de la gravité de son acte. Il se remémorait une autre scène. La dernière fois en fait où il avait connu une relation normale avec une fille.

Ophélie s'était relevée. Assise dans le sable, les bras entourant ses genoux repliés, elle sanglotait toujours. Il posa une main sur son épaule, avec l'impudence de vouloir la consoler.

— C'est rien, tu sais. C'était juste pour s'amuser.

— Vous êtes un salaud, marmonna l'adolescente.

— Mais non. Ce sont des choses naturelles entre un homme et une femme. Parce que tu es une femme maintenant, tu sais, une vraie femme.

Il n'osa quand même dire que c'était grâce à lui… Il aurait pu la laisser là, comme les autres… Si elle portait plainte il serait démasqué : la boîte de nuit, les serveurs le connaissaient, sa voiture, la petite idiote retiendrait son numéro d'immatriculation. S'étant fourré lui-même dans le piège, il pensa alors à l'éliminer… Il n'en était pas encore à de telles extrémités, il préféra tenter de l'amadouer. De la convaincre de garder le silence.

— Remets-toi, je vais te ramener chez toi. Ce sera un secret entre nous, personne n'en saura rien.

Un secret ? Certainement pas ! Ophélie n'avait pas l'intention de laisser impuni le viol dont elle venait d'être victime. Elle n'était pas sotte. Surtout ne rien laisser entendre de son intention de le dénoncer, l'homme était quelqu'un de haut placé de toute évidence, assez abject pour la tuer afin de l'empêcher de parler. Ce n'était pas tout... Si elle refusait sa proposition de la raccompagner, elle allait se retrouver seule sur cette plage en pleine nuit, loin de toute habitation, en tenue plutôt légère. Faire du stop, c'était risquer de se jeter une seconde fois dans la gueule du loup. Elle accepta.

Soulagé, Crosse aida sa victime à se remettre sur pied.

— Rhabille-toi, maintenant. Remets tes chaussures aussi.

Cette fois, il ne lui offrit pas sa main. En fait, il ne desserra les lèvres jusqu'au domicile de la jeune fille que pour lui recommander une nouvelle fois de ne pas faire état de ce qui s'était passé : un moment d'égarement, il regrettait, il valait mieux oublier, pour tous les deux... Elle ne répondit pas, il hésita à lui proposer de l'argent. Il était plus de minuit quand il la débarqua à Larmor, devant chez elle. Les fenêtres étaient encore allumées à l'étage, les parents attendaient leur fille. Crosse reprit la route avant qu'elle ne fût rentrée.

Ophélie était dans un triste état. Son maquillage avait coulé, elle avait les cheveux hirsutes, le devant de sa robe froissée était taché du sang de la défloration.

— Mon Dieu... Qu'est-ce qui t'est arrivé ?

A nouveau en larmes, l'adolescente n'avait plus la force de parler. Elle se jeta dans les bras de sa mère. Celle-ci avait compris.

— Qui t'a fait ça ?

— Un sale type. Il m'a donné à boire, puis il m'a proposé de me ramener. Il m'a prise de force sur la plage.

— Ma pauvre petite. Tu as mal ?

Elle hoquetait sur l'épaule maternelle. Le père assistait à la scène.

— Dis-moi qui c'est, je vais lui casser la gueule !

— On va aller voir les flics, tu veux dire ! rétorqua la mère. On va porter plainte, il ira en prison.

— Demain, bredouilla Ophélie. Je suis épuisée, je me sens sale, j'ai besoin de me laver et de dormir. Demain...

42

Dès le lendemain matin, les Degrave accompagnaient leur fille au commissariat de Lorient. Ophélie dut subir un interrogatoire en règle, pas des plus agréables. Que faisait-elle à pareille heure sur une plage avec un homme ? Elle l'avait rencontré dans une boîte de nuit ? Mais à seize ans, ma petite, on ne fréquente pas les boîtes de nuit ! Comment était-elle entrée ? Elle avait menti sur son âge, elle était avec des amis plus âgés, elle avait dit ne pas avoir ses papiers, ses copains avaient soutenu qu'elle était majeure, les vigiles l'avaient laissée passer. Il lui avait fallu raconter ensuite la façon dont elle avait été abordée par ce monsieur, le champagne, la tête qui lui tournait, elle ne s'était pas méfiée... Il avait l'air si gentil. Quand même... Tu n'avais pas compris quelles étaient ses intentions ? Ophélie avait haussé les épaules, c'était la première fois que lui arrivait une pareille mésaventure. Le monsieur lui avait proposé de la raccompagner, elle avait accepté, elle n'avait aucune raison de se méfier. Le policier avait souri. Quelle naïveté ! La suite fut encore plus difficile à raconter. Un bout de promenade sur la plage afin de récupérer. Quand elle avait enfin compris ce que désirait ce sale type, elle avait voulu s'échapper, c'est alors que les choses s'étaient gâtées. Entre deux sanglots, elle relata la façon dont il avait abusé d'elle, à plat ventre dans le sable, écrasée par son poids, ne lui laissant aucune chance de se dérober. Il ne devait pas être à son coup d'essai... Et toi ? C'était la première fois que tu couchais avec quelqu'un ? La mère s'était offusquée, sa fille n'était pas une traînée... Vous la laissez pourtant sortir la nuit alors qu'elle n'a que seize ans ! Vous saviez qu'elle fréquentait les boîtes de nuit ? Bien sûr que non, avait bafouillé Michelle Degrave, rouge de confusion sous le regard inquisiteur. L'adolescente avait dû alors décrire son agresseur, son véhicule, le lieutenant avait tout de suite compris que c'était quelqu'un de friqué. A entendre la gamine, les serveurs de la boîte avaient l'air de le connaître. Un habitué des lieux, avec une voiture luxueuse, ce ne serait pas trop difficile de le retrouver. Une sale affaire au demeurant, qui risquait d'avoir du retentissement sur la place de Lorient quand serait dévoilée l'identité du violeur – le policier avait conscience de s'aventurer sur un terrain miné.

— Bien entendu, vous désirez porter plainte ?

Le père avait confirmé.

— Vous avez conscience que votre fille n'est pas complètement innocente dans cette histoire ?

— C'est quand même elle qui s'est fait agresser !

— Sans doute, mais elle n'aurait jamais dû se trouver dans une boîte de nuit à seize ans. Vous-mêmes, en qualité de parents, vous risquez d'avoir des ennuis. De sérieux ennuis...

Les Degrave croyaient rêver. L'autre insistait.

— Je serais à votre place, je prendrais le temps de réfléchir avant de mettre en branle tout l'appareil judiciaire. Une fois que ce sera enclenché, il sera trop tard pour faire machine arrière.

Le père bouillait, la mère essayait de deviner où le policier voulait en venir.

— Votre fille va devoir subir des examens médicaux afin de vérifier si elle a effectivement été violée, si elle était vierge au moment où ça s'est produit. Ce n'est pas très agréable à son âge.

— Vous voyez bien quand même qu'elle raconte pas des histoires !

— Vous savez, elle ne serait pas la première adolescente à affirmer après coup avoir été forcée alors qu'elle s'est prêtée au jeu.

Le père ne voulut rien entendre, le policier dut enregistrer la plainte en bonne et due forme.

Le patron de la boîte de nuit fut réticent à dévoiler l'identité du client incriminé. Coupable d'avoir laissé entrer une mineure, il n'eut cependant pas le choix. Xavier Crosse fut convoqué au commissariat sur-le-champ. Il obtempéra tout de suite. Il feignit de tomber des nues. Un viol ! Une adolescente ! Il ne comprenait rien à ce que le commissaire lui racontait. Hier soir, rappelez-vous, monsieur Crosse... Xavier admit avoir en effet rencontré quelqu'un la veille dans une boîte de nuit. La jeune fille en question avait seize ans, lui fit-on remarquer. Seize ans, elle se trouvait dans une boîte de nuit ? Avouez que cela paraît plutôt invraisemblable ! Le commissaire avait hoché la tête. Crosse continuait, affichant une bonne foi à toute épreuve : il s'était trouvé face à elle sur la piste de danse, tout naturellement, il lui avait offert une coupe de champagne sans penser un seul instant qu'elle était mineure, il n'allait quand même pas lui demander ses papiers d'identité afin de vérifier son âge ! Surtout dans une boîte de nuit. Rien de répréhensible, en tout cas. Ils avaient bavardé, en parfaite innocence.

C'est alors, à l'entendre, que tout avait commencé... La jeune personne avait prétendu que la tête lui tournait, Crosse avait deviné que ce n'était qu'un prétexte pour qu'il lui proposât de la raccompagner. Pour preuve, elle avait accepté tout de suite de le suivre et de monter dans son véhicule. Pendant le trajet le long de la plage, il s'était rendu compte qu'elle essayait de l'aguicher, sa robe légère remontée à mi-cuisses, c'est d'ailleurs elle qui lui avait demandé de s'arrêter pour prendre l'air, l'invitation était à peine déguisée. Crosse n'était pas dupe, mais il était célibataire, il n'avait aucune raison de s'offusquer... La suite, vous la devinez, commissaire. Elle était vierge, fit remarquer celui-ci.

C'est la meilleure... Alors elle jouait un drôle de jeu, vêtue de la sorte et de toute évidence en quête d'une aventure. Elle a porté plainte ? Elle, non, ses parents, oui. Crosse secouait la tête d'un air navré. Vous ne comprenez pas qu'ils veulent me soutirer de l'argent ? Qu'est-ce qu'il fait, son père ?

Quand Xavier Crosse avait appris que Georges Degrave travaillait chez un mareyeur au port de pêche, il avait entrevu le moyen de rattraper le coup. Le mareyeur en question était en effet de ses amis. Au sortir du commissariat, il fila tout de suite le voir. Le père d'Ophélie n'était pas au travail, le patron reçut Crosse dans son bureau. A sa mine contrariée, il devina tout de suite que quelque chose ne tournait pas rond. S'en inquiéta.

— Il m'arrive une drôle d'histoire, figure-toi.

Il fit la relation de la soirée de la veille, à sa façon cela va sans dire, arguant une fois de plus s'être fait allumer par une petite pisseuse qui s'était fait passer pour une adulte, sans doute avec l'intention d'exercer du chantage par la suite.

— C'est pour ça que tu es venu me voir ?

— Tout juste. Elle s'appelle Ophélie Degrave.

— Degrave ? J'ai un de mes employés de marée qui porte ce nom.

— Je sais. C'est son père. C'est même pour ça que je suis là.

— Diable... C'est un brave homme, mais pas toujours commode, il a du caractère.

— Tu crois pas si bien dire. Il a pas trouvé mieux que de filer ce matin au commissariat et de porter plainte.

— Pour quelle raison ?

— La petite garce affirme que je l'aurais violée, alors qu'elle a tout fait pour se trouver seule avec moi sur la plage et me faire des avances on ne peut plus explicites. Elle était bien fichue. Que veux-tu, j'ai succombé. Quand elle a obtenu ce qu'elle désirait, je l'ai ramenée chez elle.

— Tu t'es mis dans de beaux draps !

— Réfléchis un peu… Tu crois qu'une fille que j'aurais soi-disant sauvagement violée aurait accepté que je la reconduise ensuite jusqu'à son domicile ?

— C'est peu probable en effet. Qu'en dit la police ?

— Le commissaire que je viens de quitter ne veut pas se mouiller, j'ai bien senti qu'il n'apportait qu'un crédit modéré à la version de cette Lolita. Si tu veux mon avis, elle a été poussée par ses parents. Ils vont pas tarder à me réclamer du fric.

— Qu'est-ce que tu attends de moi ?

— Degrave est un de tes gars. Tu pourrais pas lui en toucher deux mots quand il reviendra ? Lui demander de retirer sa plainte.

— Je veux bien essayer, mais je te l'ai déjà dit : c'est une tête brûlée, je suis pas sûr qu'il m'écoutera.

— Si c'est une histoire d'argent, dis-lui que je suis prêt à le dédommager.

Combert soupira.

— Je sais pas si tu t'en rends compte, mais tu me mets dans une situation embarrassante. Je n'aime pas trop donner à mes employés des armes pour me faire taper dessus par la suite. En cas de conflit, ça se retournera contre moi.

— Je comprends bien.... Si tu veux le savoir, je suis dans la merde, je n'ai que toi pour m'aider à en sortir. A charge de revanche bien entendu. Ça fait quelques années que nous faisons affaire ensemble, je souhaiterais que ça continue... dans les meilleures conditions.

La menace de chantage était à peine voilée, Combert fit mine d'hésiter encore, sachant pertinemment que son magasin de marée dépendait de Crosse pour la plupart de ses marchés.

— Débrouille-toi, reprit celui-ci. Mets-lui un peu la pression. Fais-lui comprendre par exemple que s'il perdait son emploi, il serait obligé d'aller chercher du boulot ailleurs qu'à Lorient.

— C'est un bon employé, j'ai rien à lui reprocher.

— En cherchant bien, on trouve toujours. Fous-lui la trouille, je te promets que t'auras pas à le regretter. Ce serait dommage de gâcher notre collaboration à cause d'une histoire aussi stupide. Je te laisse. Réfléchis bien.

Le lendemain matin, les Degrave passaient au commissariat retirer leur plainte. Leur fille s'était laissé séduire, elle avait eu peur de se faire enguirlander par ses parents, c'est pour ça qu'elle avait prétendu avoir été violée. Elle avait exagéré, tout compte fait l'affaire n'était pas si grave, il valait mieux pour tout le monde ne pas l'ébruiter...

Le père Degrave reçut une somme rondelette de la part de Xavier Crosse. L'incident aurait donc été clos si la petite Ophélie ne s'était retrouvée enceinte. Mis au courant, l'armateur estima que l'affaire prenait une tournure plutôt saumâtre. Cette fois, il décida d'affronter la situation sans intermédiaire. Il se rendit à Larmor et sonna chez les parents. Ceux-ci furent suffoqués d'une telle audace, le père se retint même de lui flanquer son poing dans la figure. Crosse les rassura, il venait en ami. Il invoqua de nouveau un moment d'égarement dont il mesurait à présent la gravité, il était disposé à en payer les conséquences. Il connaissait un médecin dans une clinique privée qui ne refuserait pas de lui rendre « un petit service ». Bien entendu, Crosse prenait à sa charge tous les frais de l'avortement, à condition que l'affaire fût étouffée. En même temps, il avait posé sur la table une liasse de billets, un dédommagement encore plus intéressant que la première fois.

Xavier Crosse avait eu chaud. Il venait de découvrir une facette affreuse de sa personnalité : celle de ne pouvoir honorer une femme que sous la brutalité. Que si elle se refusait à lui. Loin de renoncer, il se promit d'être plus prudent à l'avenir. De ne pas laisser de témoin gênant...

43

— A tous les coups, c'est lui, insistait Mauricette.

— Y a du monde ! brama un des petits vieux.

— Attendez, je reviens.

Lucie retourna dans la salle du café. Rozenn resta avec la mère de Loeiz. Dans sa tête, ça gambergeait ferme ; elle aussi se persuadait peu à peu que l'homme de la Grand-Rue était le criminel recherché par les gendarmes depuis plusieurs semaines. Enfin le déclic tant attendu.

Etre prudent surtout. Lucie avait raison ; la parole de Chim Gahinet était sujette à caution. Il avait une trouille bleue des gendarmes, confronté à Xavier Crosse, il risquait de se rétracter. Sinon, l'armateur, en habitué des transactions commerciales, aurait beau jeu de nier tout en bloc. Son air contrarié dans la Grand-Rue quand il avait vu Chim ? Crosse n'avait pas apprécié de se faire dévisager de façon aussi impudente en public, de surcroît par un individu de toute évidence dérangé sur le plan mental. Sa fuite ? Il avait préféré rompre plutôt que de provoquer un esclandre au marché. Une réaction somme toute légitime.

Non... Déballer à la maréchaussée une histoire aussi cousue de fil blanc n'était pas la bonne solution. Il fallait mettre au point une autre stratégie. Un pari fou prenait naissance dans l'esprit de Rozenn, un coup de poker, la seule façon de découvrir la vérité.

— Il faut le convaincre de venir à Port-Louis et essayer de lui tirer les vers du nez.

— Comment ? demanda Mauricette.

— En lui faisant du chantage.

Lucie était revenue. Elle s'essuyait les mains dans son tablier.

— Tu as une idée ? demanda-t-elle à Rozenn.

— Mélanie t'a bien dit qu'il a fait une drôle de tête ?

Mauricette confirma.

— Ça prouve que Crosse sait que Chim l'a reconnu. On lui téléphone comme si on était Mélanie. Chim vient de lui apprendre qu'il a vu Crosse en compagnie d'Eugénie Le Livec le jour où elle a été violée et assassinée. Mélanie se pose des questions. Elle menace Crosse de se rendre à la gendarmerie afin de tout déballer aux flics. On verra bien comment il va réagir. S'il n'est pour rien dans le meurtre, il nous raccrochera au nez, sinon il va essayer de régler la situation.

— Comment ?

— C'est un mec bourré de fric… On va lui proposer le silence de Mélanie contre un petit pactole.

Mauricette hochait la tête d'un air dubitatif.

— Il va pas vouloir. Il va craindre que la mère de Chim recommence quand elle aura besoin d'argent.

Rozenn se trouva un instant prise de court.

— Je sais pas, moi. Aidez-moi, aussi.

— On pourrait lui signer une reconnaissance de dette, sur laquelle Mélanie indiquerait qu'elle a inventé toute cette histoire pour lui soutirer de l'argent, proposa Lucie.

— Tiré par les cheveux, trop compliqué, intervint Mauricette. Rozenn a raison, il faut lui proposer un rendez-vous de nuit comme si on voulait lui faire cracher son pognon. Si c'est le salaud qu'on pense, il va certainement se dire que l'occasion est trop belle pour éliminer Mélanie. Quand sa mère sera plus là, qui portera crédit à la parole de Chim ? Personne.

Fine analyse, c'était en effet le raisonnement plausible d'un criminel afin d'éviter d'être démasqué. Bien sûr, le salaud ne trouverait pas Mélanie au rendez-vous… A trois, même si elles étaient des femmes, elles parviendraient à se défendre.

— Il reste un détail, fit Lucie. Vous croyez pas que Crosse va se demander comment on a découvert son identité ?

Rozenn réfléchissait. Cette fois, il revint à Mauricette de lever l'argument.

— Peu importe comment Mélanie aura découvert qui il est. Une chose est certaine, elle connaît son nom. Quand il saura qu'elle a l'intention de tout raconter aux gendarmes, il va tout faire pour l'en empêcher.

La stratégie paraissait bien huilée. Rozenn brûlait d'impatience de lancer la machine.

— On va lui téléphoner tout de suite.

— Il est quelle heure ?

On n'était encore qu'en fin d'après-midi.

— C'est son numéro personnel qu'on a, fit Mauricette. Il est encore en âge de travailler, il vaut mieux attendre ce soir, quand il sera rentré chez lui.

— Même un peu plus tard. Un coup de fil la nuit, ça a toujours quelque chose d'angoissant. Si c'est lui l'assassin, il va accuser le coup.

— Vous allez rester là avec moi, proposa Lucie. Quand j'aurai fermé la boutique, on mangera un morceau ensemble, ensuite on lui téléphonera. Comment vous m'avez dit qu'il s'appelait déjà ?

— Xavier Crosse, répondit Mauricette. Je sais pas ce qu'il est devenu. En tout cas, à l'époque c'était une belle ordure.

Les trois complices attendirent vingt et une heures. Le téléphone sonna à plusieurs reprises. Personne ne décrochait.

— Il doit pas être chez lui, laissa tomber Lucie.

— Essaye encore, dit Mauricette à Rozenn. Si c'est lui l'assassin, il doit se méfier.

Cette fois, une voix retentit à l'autre bout du fil. Celle de quelqu'un qui n'appréciait pas d'être dérangé à pareille heure.

— Monsieur Crosse, monsieur Xavier Crosse ? commença la jeune fille en maquillant sa voix.

— Oui... C'est pour quoi ?

— Je suis madame Gahinet. La mère de l'ami de la jeune fille qui a été assassinée à Port-Louis. Vous avez certainement entendu parler de ce meurtre atroce, sur une plage, en pleine nuit ?

Silence, les trois femmes craignirent qu'il ne raccrochât.

— Non... Oui, vaguement... J'ai autre chose à faire que de lire les journaux. C'est quand même pas pour me faire part de cette nouvelle que vous me téléphonez à cette heure-ci ?

— Non, bien entendu. Figurez-vous que mon fils affirme vous avoir vu l'après-midi avant le crime en compagnie de la victime. C'est ce matin, au marché, vous vous rappelez ? Chim vous a reconnu. Il est même persuadé que c'est vous qui avez fait du mal à sa copine... En tout cas, c'est ce qu'il arrête pas de dire. Il n'a peut-être pas toute sa tête, mais mon garçon a une excellente mémoire, et j'ai tout lieu de croire qu'il s'est pas trompé.

Nouveau silence. S'il était innocent, Crosse allait affirmer ne rien comprendre... Couper court. Reposer le combiné.

— Je n'ai jamais rencontré mademoiselle Le Livec.

Rozenn sourit à ses deux complices. Elles avaient vu juste. Quelques minutes auparavant, Crosse n'avait entendu que vaguement parler de l'affaire du Lohic, maintenant il se souvenait du nom de la victime ! La jeune fille le lui fit remarquer. S'ensuivit un long silence embarrassé.

— Qu'est-ce que vous voulez à la fin ?

— Pour être tout à fait honnête, j'ai pensé tout d'abord me rendre à la gendarmerie avec mon fils pour lui faire raconter ce qu'il savait à l'adjudant Derval. C'est lui qui est en charge de l'enquête. Mais cela ressuscitera pas la pauvre Eugénie. Je me suis dit qu'il y avait peut-être un autre moyen de s'arranger.

Crosse soupira.

— Je vous écoute.

Ça y est ! se dirent les trois femmes. Il a mordu à l'hameçon, on le tient.

— Je vis seule avec mon fils. Je sais que le jour où je serai plus là, on sera obligé de l'interner dans un asile d'aliénés. Chim n'est pas fou. Il existe d'autres établissements beaucoup moins contraignants qui s'occupent de cas comme celui de mon garçon. Je vieillis, je pourrais déjà le placer pour qu'il s'habitue. Mais c'est pas donné…

— De l'argent ? C'est ça, n'est-ce pas ? Vous voulez de l'argent ?

— C'est pas pour moi, c'est pour mon fils.

— Combien ?

— C'est vraiment très cher...

Elle avança une somme importante, pas trop élevée cependant, afin que Crosse estimât s'en tirer à bon compte et se laissât convaincre.

Mauricette et Lucie étaient cramponnées au dossier des chaises devant elles. La gamine manœuvrait de façon magistrale.

— Vous pouvez venir demain matin jusque chez moi ? demanda Crosse.

— Vous savez, je suis une vieille femme à moitié impotente. Il faudra que j'aille à pied jusqu'à l'embarcadère, que je prenne le bateau... A Lorient, je risque de me perdre... Je préfère que vous vous déplaciez.

— Alors dans ma maison de Port-Louis ?

— Si les voisins me voient arriver chez vous, ils vont se douter de quelque chose. Vous savez à Port-Louis, c'est pas les langues de vipères qui manquent.

Pris au piège, Crosse hésitait.

— Bon, finissons-en. Quand alors ?...

— Pourquoi pas ce soir ? Comme cela, ce sera une affaire classée.

Nouveau soupir...

— Vous avez raison, autant en finir tout de suite. Vous habitez où ?

— Oh ! Pas là non plus. J'habite juste à côté de la gendarmerie. Ce serait le meilleur moyen de vous faire repérer. S'ils vous voyaient arriver chez moi en vous cachant, les flics seraient pas longs à faire le rapprochement avec le meurtre d'Eugénie.

— Mais où alors ? s'impatientait Crosse.

Une partie de poker, en effet... C'était bien ce dont il s'agissait. Rozenn avait de bonnes cartes en main, elle pouvait se permettre de miser gros afin de tester le jeu de l'adversaire.

— J'habite pas très loin de la plage du Lohic. C'est pas un lieu de très bon souvenir, mais ce sera le plus commode pour être tranquilles. Il faut passer par Locmalo, c'est après les virages, juste avant le début des remparts, il y a de la place pour se garer sous les arbres.

S'il était déjà venu en ce lieu dans les circonstances qu'elles soupçonnaient, Crosse allait rechigner. Ce qu'il fit.

— Pourquoi pas près de la Citadelle ? Ce serait encore plus pratique pour moi.

— Trop loin pour mes pauvres jambes en pleine nuit. Pourquoi vous voulez pas venir où je vous dis ?

Crosse poussa un soupir excédé. La vieille folle avait raison, ladite plage était à l'abri des regards indiscrets, il était bien placé pour le savoir, l'endroit idéal pour lui régler son compte.

— C'est bien pour venir en aide à votre malheureux garçon. Il est bientôt dix heures, le temps de me préparer et de faire la route, je peux être là dans une heure. Ça vous convient ?

— Vous aurez l'argent ?

— J'ai ce qu'il faut dans mon coffre, je m'arrangerai.

— En ce cas... Je vous remercie. Je vous attendrai en haut de la plage. A cette heure-ci, il n'y aura personne.

Rozenn pensait à tout, quand elle reposa le combiné, ses deux amies poussèrent un cri de joie en la félicitant.

— Ne traînons pas, fit la jeune fille en proie à la plus vive excitation. Je vais vous expliquer comment on va lui asséner le coup de grâce.

44

Xavier Crosse se gara en marche arrière sous les grands pins juste avant le tertre du Papegault. Il resta un long moment assis au volant, immobile, le regard fixé sur la route venant de sa gauche, la promenade Henri-François-Buffet longeant les remparts. Il guettait une silhouette : une vieille femme, une histoire de fous, encore heureux qu'elle ne se fût pas rendue chez les flics !

Crosse alluma le plafonnier et jeta un œil sur sa montre, il était un peu en avance. Ne voyant toujours rien venir, il se décida à descendre de son véhicule. Le ciel était obstrué de lourds nuages. Il ne faisait pas nuit noire – la nuit noire n'existe pas à proximité d'une ville de la taille de Lorient. L'endroit était désert. Derrière les hautes murailles ronflait l'océan, une mélopée sourde, monocorde si elle n'eût été ponctuée de temps à autre par les plaintes des vagues qui se bousculaient entre les rochers, puis se retiraient en gémissant. Un faux silence. La plage fatale était en contrebas. Crosse se croyait un tempérament bien trempé, son cœur gigotait pourtant dans sa poitrine comme un vilain diablotin.

Fichue bonne femme, quelle idée d'avoir cédé à son chantage, il aurait dû l'envoyer paître avec son fils qui était fou ! Malheureusement, il était fort probable qu'elle aurait mis à exécution sa menace de se rendre à la gendarmerie. A priori, les flics n'auraient pas pris au sérieux la parole d'un fêlé. De toute façon ils n'auraient rien pu prouver, mais il valait mieux ne pas tenter le diable. Crosse avait fourré une poignée de billets dans sa poche, pas la somme exigée, il n'avait pas l'intention de payer.

Crosse regardait la tourelle Saint-François, plate du côté de la promenade Buffet, en demi-lune face à l'océan. Par précaution, il s'était muni d'une lampe-torche, il n'osait l'allumer afin de consulter sa montre. Il ne devait pas être loin de onze heures. Il s'avança au bord du muret, gravit les trois marches, écouta : rien que le ronflement de la mer dont la surface laiteuse était nervurée par les masses sombres des rochers. Une odeur nauséabonde montait de l'estran, des algues en putréfaction, des goélands crevés. Des miasmes de cadavre en décomposition avancée, pensa-t-il en frémissant.

La mère de l'autre cinglé ne devait pas être encore arrivée. Il s'aventura sur la promenade du Lohic ; lui vint alors l'idée de se dissimuler dans les bosquets qui surplombaient la plage. La laisser mariner, la surprendre en surgissant soudain dans son dos. Une femme de cet âge-là dans la nuit, seule avec un inconnu, une poussée d'angoisse lui rabaisserait le caquet. Quand il serait bien sûr que c'était elle, il lui réglerait son compte.

Quelques minutes s'écoulèrent. Onze heures sonnèrent au clocher de Notre-Dame, un tintement lointain, aussi sinistre qu'un glas ; se retrouver en cet endroit maudit glaçait le sang de Xavier Crosse. Il patienta encore un peu. Personne. La vieille avait dû changer d'avis. Il sortit du couvert ; elle était peut-être tout simplement à l'attendre sur la plage en contrebas. La marée était basse. Il arriva en haut de l'escalier. Soudain, il remarqua une masse sombre sur le sable plus clair. Il tressaillit ; on aurait dit quelqu'un allongé, Crosse ressentit une drôle d'impression. Un souvenir affreux, il était encore temps de rebrousser chemin. Il se ressaisit : la mère Gahinet s'était assise et endormie. Il hésita. Autant en finir tout de suite. Il descendit les marches à pas lents, de crainte de la réveiller. Ce n'était pas la première fois qu'il voyait un corps à cet endroit, allongé exactement dans la même position, c'est-à-dire à plat ventre, la main droite tendue, une jambe repliée sur le côté. Eugénie Le Livec. Celle qui gisait au même endroit devait avoir son âge. Il s'approcha, au bout du poing fermé étaient alignés quelques galets. Crosse se mit à trembler, se croyant victime d'une hallucination. Il pressa le bouton de sa lampe-torche : les petits cailloux dessinaient un X et un C. Ses initiales. Il éteignit bien vite, se secoua. Il devenait fou, il allait se réveiller. Soudain le sable crissa dans son dos.

Xavier Crosse se retourna. Deux silhouettes noires émergèrent de l'obscurité de la cale voisine. Des femmes. Des spectres, des visages desquels il ne distinguait qu'une tache pâlotte. L'une portait sur la tête un étrange papillon aux ailes blanches.

— Vous cherchez quelqu'un ?

La voix était âgée, aux accents rocailleux dans la rumeur de l'océan. Crosse recula en évitant le cadavre.

— Non, je me promenais. J'ai vu cette femme allongée, j'ai pensé qu'elle était souffrante, blessée, elle a dû tomber dans les rochers...

Il débitait les mots à toute allure pour masquer son trouble.

— Vous venez de Lorient en pleine nuit pour vous promener sur les plages de Port-Louis ? fit Lucie d'un ton suspicieux.

— Pourquoi pas ? Je vois pas ce que cela a d'étonnant... En tout cas, c'est pas interdit.

— Vous auriez pas plutôt rendez-vous avec une certaine Mélanie Gahinet ?

— Moi ? Non. Je connais personne de ce nom-là.

— Mais si, vous la connaissez, continua Mauricette. Cela n'a rien de surprenant, puisque vous avez assassiné la fille qui était l'amie de son fils. Voyez, le corps est encore là, à l'endroit précis où vous l'avez laissé.

Crosse eut du mal à déglutir sa salive. Il nageait en plein délire. Les deux femmes restaient immobiles.

Des statues accusatrices dressées dans l'obscurité. Il sentait l'angoisse le gagner. Que savaient-elles en fait ?

— De quoi vous parlez ? C'est la première fois que je mets les pieds sur cette plage.

— Arrêtez donc de mentir. Regardez mieux, rallumez votre lampe si vous avez besoin. Eugénie vous a fixé un nouveau rendez-vous. Cette fois, elle a pris le temps de désigner le vrai meurtrier. Un X et un C, Xavier Crosse. Il doit pas y avoir beaucoup de gens dans le secteur à posséder de telles initiales…

L'homme s'efforçait de rassembler ses idées. La jeune femme allongée sur le sable ne pouvait être celle à qui il avait réglé son sort. Ces deux folles lui jouaient une farce macabre, il n'avait pas l'intention de se laisser faire. A tâtons, il trouva dans sa poche le couteau prévu pour la mère Gahinet, le sortit, l'ouvrit. La lame luisit dans l'obscurité.

— C'est vous qui l'avez poignardée, n'est-ce pas ? insista Mauricette. Avec le couteau que vous tenez encore à la main.

Un long moment de silence, la scène se figea. Puis tout à coup :

— Oui, c'est lui qui m'a fait du mal.

Crosse fit un bond en arrière. Cette fois la voix émanait de la silhouette devant lui sur le sable ! Quand l'armateur vit s'étendre la jambe, les coudes prendre appui, le corps se relever, il crut pour de bon avoir affaire à un revenant. Il poussa un cri épouvanté, recula vers la mer. Rozenn s'avança vers lui, raide comme un cadavre. Dans l'obscurité, il ne pouvait distinguer ses traits. Elle avait le visage sans expression d'une ressuscitée encore livide du tombeau. Crosse darda son couteau dans sa direction.

— Vous voulez peut-être encore vous en servir afin de me tuer une seconde fois ? fit Rozenn d'une voix sépulcrale.

Xavier Crosse n'était pas du genre poltron, mais la mise en scène avait de quoi impressionner les nerfs les plus solides. Il voulut alors s'enfuir. Les trois femmes faisaient barrage entre lui et le haut de l'estran. Impossible de passer sans les bousculer. Bien qu'il fût un homme, il n'était pas certain d'avoir le dessus contre ces trois furies. Il fit volte-face, descendit au plus bas de la plage, juste au bord de l'eau, courut dans les rochers afin de prendre sur la droite, plus au large. De là, avec un peu de chance, il pourrait rejoindre l'autre cale dont il devinait l'avancée et remonter sur la route jusqu'à son véhicule. Elles ne firent rien pour le poursuivre, espérant qu'il n'eût plus la force d'aller bien loin. De toute façon, s'il parvenait à leur fausser compagnie, elles avaient maintenant assez d'arguments pour le dénoncer aux gendarmes, qui sauraient bien le faire parler. Elles le virent tituber, s'effondrer, se relever, repartir de plus belle. Un vilain insecte noir qui gesticulait dans la noirceur des chevelures gluantes.

Soudain sa silhouette disparut en même temps que retentit un hurlement terrible.

45

Xavier Crosse avait dégringolé entre deux rochers. S'accrochant aux goémons visqueux, il voulut se dégager, une douleur atroce le terrassa aussitôt. Il glissa la main le long de sa cuisse gauche. Prenant appui derrière lui, il inspecta sa jambe sous son genou. Elle faisait un drôle d'angle, comme une seconde articulation ; double fracture, tibia, péroné, comprit-il tout de suite. Il appela à l'aide ses trois accusatrices. A voix basse. Un peu plus fort. Elles semblaient avoir disparu. Il s'efforça de se calmer, de reprendre son souffle. Il venait d'être victime d'une mise en scène machiavélique, orchestrée de manière redoutable par ces trois femmes. Soudain, il devina à qui il avait affaire… La plus vieille avec sa coiffe était la mère de ce connard de Le Tennier, les deux autres, la femme et la sœur des matelots du *Saint-Louis*. Il était normal qu'elles veuillent se venger, mais elles n'allaient quand même pas le laisser là…

On était en période de grandes marées, la mer était descendue au plus bas. Crosse était tombé loin des remparts, loin de la première rue qui les longeait, loin des quelques habitations situées de l'autre côté du tertre du Papegault. Son angoisse s'aggravait. Il essaya encore de s'extirper de sa fâcheuse position, s'écorchant aux sournoises balanes tapies sous les algues, se tailladant aux huîtres accrochées aux rochers. Les touffes de goémon se détachaient sous ses doigts ; vaincu par la souffrance, il n'avait plus la force, pareil à un bernard-l'ermite dont l'abdomen flasque a été expulsé de la coquille du bigorneau.

Les nuages défilaient au-dessus de sa tête, déchirant le ciel en silhouettes fantasques où ses sens hallucinés lui inventaient des personnages d'enfer, les protagonistes d'événements vécus à Port-Louis, sur des plages différentes. Deux histoires en fait, l'une toute récente, qui lui valait de se trouver en si fâcheuse posture, l'autre beaucoup plus ancienne, du temps où il était jeune homme, qu'il avait réussi à oublier. D'autres encore, entre-temps. Fallait-il donc que tout se paie un jour ? Le vent se leva, bientôt la mer ne serait plus étale, les flots allaient remonter, inexorables, que rien ne pourrait arrêter. Le feu, c'est terrible, lui avait expliqué un voisin sentencieux, l'eau c'est encore pire.

Crosse sentait la panique le gagner. Les trois femmes avaient découvert son crime et alors ? En quoi cette histoire les concernait-elle encore ? Bien sûr que les trois Louis étaient innocents ! Ils avaient dû faire naufrage, peut-être qu'un jour la mer rendrait leurs dépouilles, paix à leur âme ! A quoi bon s'acharner à remuer la lie du port ? La tête lui tournait, il tendait l'oreille, guettant le moindre bruit étranger à ceux de l'estran. Seul lui parvenait le grouillement incessant d'une vie multiple : les crabes dissimulés dans les rochers, les myes qui pissaient en l'air comme des geysers intermittents, les huîtres qui chuintaient en expulsant une giclée d'eau.

Crosse essaya de dénicher un peu de salive entre ses gencives taries. Il bougea encore, lentement, aussitôt le bas du corps l'élança, sa jambe blessée lui parut un poids mort. Une douleur atroce. En lui bouillait un sentiment de révolte ; il n'allait quand même pas crever sur la côte comme un vulgaire goéland à l'aile brisée ! Il se remit à hurler, suppliant de venir si on l'entendait ! Sa voix couverte par la houle se perdait dans le vent. Il apostropha les trois mégères qui l'avaient acculé sur cette plage du diable.

— Ça suffit comme ça, maintenant ! Vous n'avez pas le droit. Je vous ai rien fait, à vous !

La mer immisçait ses tentacules glaciaux entre les rochers, l'humidité le gagnait par le fondement. Crosse prit une profonde inspiration, poussa un hurlement terrible, où il avait peur, où il avait mal.

— C'est pas la peine de crier. Nous sommes là.

Sauvé, le misérable poussa un soupir de soulagement, aussitôt la douleur lui parut moins vive.

— Aidez-moi. Je suis blessé. J'ai une jambe cassée.

— Tout se paie, répondit Rozenn. On veut bien vous tirer de là, à une condition.

Crosse serra les dents. Les trois bustes apparurent au-dessus de lui.

— Nous voudrions connaître la vérité au sujet du meurtre d'Eugénie Le Livec. Du meurtre et du viol.

— C'est pas moi. Je sais rien.

— Vous êtes sûr ?

— Puisque je vous le dis…

Contraint dans une position aussi inconfortable, Crosse recommençait à souffrir le martyre, une sueur poisseuse lui perlait au front et le long de l'échine. A présent, l'eau lui recouvrait les pieds.

— En ce cas, nous allons vous laisser. De toute façon, j'avais un vieux compte à régler avec vous, à propos de mon fils et de son bateau. La marée va pas tarder à monter. J'espère que vous savez nager, puisque vous pouvez plus marcher.

Mauricette faisait preuve d'un cynisme qu'elle ne se serait jamais cru. Sa voix éraillée prenait dans la nuit des accents terrifiants.

— Vous n'allez pas me laisser là… gémit Xavier Crosse. Vous n'avez pas le droit. Vous aurez des ennuis avec les gendarmes quand ils sauront ce qui s'est passé.

— Venez.

La vieille femme avait parlé assez fort à ses deux compagnes pour que Xavier Crosse l'entendît. Elles descendirent des rochers entre lesquels était coincée leur proie, sachant qu'à présent elles avaient sur lui un implacable moyen de pression.

— Ne partez pas ! implora en effet le misérable.

— La vérité, le somma Mauricette.

Elles s'étaient arrêtées. Elles ne pouvaient plus voir l'armateur, elles entendaient son souffle rauque. Lui, ne répondait pas.

— Nous vous souhaitons une bonne nuit, monsieur Crosse.

Le clapotis et la succion de leurs pas s'éloignaient sur le sable mouillé. Il poussa un nouveau gémissement, déjà assourdi par la fatigue. Elles continuèrent, ralentissant toutefois afin de rester à portée de voix.

— Revenez, je vous en supplie.

Mauricette fit signe à ses deux amies de se taire.

— Revenez, je vais tout vous dire.

— La vérité, toute la vérité, répéta la vieille femme comme un juge au tribunal.

Crosse aussi avait l'impression de se trouver dans la position de l'accusé pressé de rendre des comptes… Pour un peu, il aurait prêté serment d'être sincère. Ses jambes immergées, l'eau lui arrivait aux hanches. Dans moins d'une demi-heure disparaîtraient les rochers qui formaient le promontoire au bas de la côte.

— Oui. Mais ne me laissez pas là.

Les trois complices revinrent sur leurs pas. Se faufilèrent dans les anfractuosités tapissées de goémon. Se positionnèrent au-dessus de Xavier Crosse. Un long moment de silence.

— C'est vous qui avez tué Eugénie Le Livec ?

L'homme respirait difficilement, il souffrait de plus en plus. Dans son esprit laminé se livrait une lutte implacable. Il devinait ce que ces femmes avaient enduré à cause de lui, comprenait la détermination avec laquelle elles l'avaient traqué : aucune indulgence n'était à espérer de leur part. Avouer son crime, c'était se livrer à la justice, alors qu'il se croyait hors d'atteinte. Il hésita à nier encore, mais il n'avait plus la force de tenir tête. Quand les trois salopes l'auraient sorti de là, il serait toujours temps de se rétracter.

— Oui…

46

Le premier souci d'Eugénie Le Livec en pénétrant dans les salles du musée de la Compagnie des Indes était de saluer Li, la petite impératrice, entrée dans sa vie à la seconde précise où elle l'avait vue. Cette révérence ne se traduisait pas en geste ; c'était une vénération mentale, une communion silencieuse. Réciproque, aurait juré la jeune fille. Elles se souriaient ; longuement, si personne n'était là à les observer. Si quelqu'un entrait, la statuette était la première à rompre le contact. Eugénie respectait sa pudeur, lui adressait un clin d'œil, puis elle partait vaquer à son ménage, sous le regard bienveillant de sa protectrice.

Emilienne Le Livec pensait que c'était sa fille qui inventait les récits dont Li était l'héroïne. Il n'en était rien, c'étaient les lèvres de porcelaine qui les murmuraient à son amie, dont le nom de famille commençait par la même syllabe.

— Ne raconte à personne ce que je viens de te dévoiler, faisait promettre la miniature.

Eugénie jurait en croisant les doigts, un signe de connivence que toutes deux s'étaient inventé, afin d'être seules à pouvoir le comprendre. Elle en avait vécu des aventures, la petite impératrice ! Sa complice d'aujourd'hui était émerveillée par les exploits qu'elle avait accomplis. De fourbes mandarins complotaient dans les couloirs du palais afin de la renverser, des princes énigmatiques tentaient de la séduire afin de la faire succomber, mais Li était un être asexué, étrangère aux plaisirs de la chair, comme la narratrice chargée de relater ses faits et gestes. De sournoises courtisanes, dotées de pouvoirs magiques, au moyen de philtres alambiqués créaient des monstres terrifiants, dont les multiples gueules lançaient des flammes, tandis que leurs griffes énormes lacéraient les murs épais du palais. Sans se départir de son sourire, Li les affrontait ; elle maniait le sabre mieux que le samouraï un peu plus loin dans la galerie – chinois et japonais, pour Eugénie, c'était la même civilisation d'un lointain Orient... Que de combats épiques celle-ci eut-elle à raconter, avec ses pauvres mots, dans le secret de son cerveau, ou en les murmurant au reflet de sa glace dans laquelle Li mêlait ses traits harmonieux à ceux de son admiratrice ! La petite héroïne pourfendait ses adversaires. Jamais ne coulait de sang – Eugénie avait horreur du sang, notamment de celui qui lui suintait entre les cuisses à échéance régulière. Li était invulnérable, son sourire mélancolique montrait bien cependant qu'elle n'était pas heureuse. Cela aussi faisait partie de leur secret.

Parfois, Eugénie s'exaltait au point de déclamer ses incroyables récits, s'adressant alors aux fantômes invisibles qui émergeaient de ses ténèbres cérébrales. Au bout de quelques phrases, elle recouvrait la perception de la réalité : sa mère allait l'entendre, l'écouter, penser encore qu'elle était folle… On la mettrait dans un asile, loin de Li, où elle se laisserait mourir. Il lui arrivait de prendre Chim comme destinataire de son flot de légendes. Celui-ci se prêtait au jeu avec docilité, assis face à elle sur un rocher de la côte, après avoir juré de ne jamais divulguer les secrets dont il était le confident. Ses grands yeux vides suivaient les gestes de l'impératrice quand elle faisait tournoyer le sabre au-dessus de sa tête avant de décapiter d'un seul coup un seul l'ennemi gigantesque qui la menaçait. Eugénie s'enflammait ; Chim s'efforçait de la comprendre, ce n'étaient que des mots, stériles de sens, qui flottaient autour de lui comme des papillons, et que la brise du large noyait au loin dans le miroitement de l'océan.

Un soir de mai 1990, Li rompit la communication. Le musée n'était pas encore fermé, Eugénie attendait pour faire le ménage. Elle eut beau lui sourire, l'impératrice demeura impassible. La jeune femme pensa que son amie était fatiguée – il y avait eu beaucoup de visiteurs ce jour-là, notamment des « faces jaunes » qui avaient dû la soûler de questions sur ses origines. Elle crut un instant que son égérie de porcelaine était fâchée. Elle lui demanda à voix basse ce qui n'allait pas, Li resta muette, sans doute parce qu'elles n'étaient pas seules.... C'est ce jour-là qu'Eugénie eut la confirmation que la petite impératrice n'était pas heureuse, elle comprit que c'était d'être séparée des siens. Bien sûr qu'elle avait une famille dans le lointain Orient où on l'avait enlevée ! Une sœur, jolie comme elle. Emportée par son imagination, Eugénie lui promit d'aller la chercher, de la lui ramener ! Elle prit conscience d'avoir parlé à voix haute. Elle jeta un rapide coup d'œil autour d'elle, elle crut que la salle était vide. C'est alors qu'elle remarqua dans un recoin un homme qui la regardait fixement. Ce n'était pas la première fois qu'elle le voyait ; à plusieurs reprises, elle avait eu l'impression qu'il voulait lui parler, mais respectant les conseils de sa mère, elle lui avait tourné le dos. Il s'approcha.

— Vous avez entendu ce que je disais ?

— Oui.

— Vous devez penser que je suis folle ?

— Quelle drôle d'idée... Il se trouve que je connais bien l'histoire de la statuette que vous nommez Li. Je ne sais pas comment vous l'avez deviné, mais c'est vrai qu'elle a une sœur.

Eugénie sentit son cœur bondir dans sa poitrine.

— J'en étais sûre...

— Oui. Je la connais même très bien.

Sa mère lui avait dit de se méfier, Eugénie commençait à regretter son audace. Mais ce monsieur-là n'avait pas l'air méchant, il était si bien habillé. Crosse lui souriait, attiré vers la jeune femme par une pulsion indéfinissable, le vieux démon qu'il croyait assagi depuis longtemps.

— C'est une statuette identique à celle-ci. Vous avez de la chance, c'est moi qui la possède. Je sens qu'elle non plus n'est pas heureuse, puisqu'elle est séparée de sa sœur. Vous savez, ce qui serait bien, c'est de les faire se retrouver.

— Comment ?

— En les mettant ensemble dans la même vitrine. Je veux bien vous apporter la statuette en ma possession pour que vous la donniez au conservateur du musée.

Eugénie s'efforçait de réfléchir.

— Pourquoi vous le faites pas vous-même ?

— Demain, je dois partir pour un long voyage. Ce que je vous propose, c'est de vous remettre la sœur de Li dès ce soir.

Xavier Crosse la dévisageait, prenant conscience de son état mental. Ne pas aller trop vite, ne pas la brusquer.

— J'habite à Lorient, j'ai un dîner, mais après, je peux revenir à Port-Louis, si vous êtes d'accord, bien entendu.

— Je veux bien... balbutia Eugénie. Vous passerez chez moi ?

— Vous habitez seule ?

— Non, avec ma mère.

— Alors, il n'est pas question de la déranger, surtout que je serai pas de bonne heure. Le mieux, c'est que nous nous retrouvions devant la Citadelle, vers onze heures.

Eugénie poussa un cri.

— Jamais ma mère me laissera sortir à cette heure-là !

— Il faut pas lui dire, ce sera une surprise. Ce sera aussi un secret entre nous. C'est pour le bien de Li et de sa sœur. Vous verrez, elles seront si heureuses.

Crosse avait l'impression de raconter une histoire à une gamine de cinq ans ; la pauvre fille le regardait avec de grands yeux naïfs, sur le point de tomber dans le piège.

— Demain, vous raconterez à votre mère ce que vous avez fait. Je suis sûr qu'elle vous en voudra pas.

Eugénie mit un doigt entre ses lèvres. Esquissant une moue boudeuse, elle poussa un profond soupir.

— On ferme !

Le gardien venait d'entrer dans la salle, l'armateur préféra s'éclipser discrètement avant de se faire remarquer.

Chim avait depuis toujours l'habitude de surveiller sa jeune amie à la sortie de la Citadelle. Il n'était pas des plus discrets, loin s'en faut... Parfois Eugénie s'en rendait compte, lui demandait ce qu'il faisait là. Il ne répondait pas, elle le rabrouait, lui faisait balbutier une vague promesse de ne plus recommencer. Qu'il ne tenait pas. Il l'aimait à sa façon, avec la volonté farouche de la protéger.

Viendrait-elle au rendez-vous fixé ? Désireux d'en avoir le cœur net, Crosse attendait dehors, un peu plus bas que l'imposant édifice. Chim l'avait vu sortir, lui avait trouvé un air bizarre, l'impression qu'il se cachait. Eugénie arriva une bonne demi-heure plus tard. L'homme était toujours là, il se dressa devant elle. Elle paraissait se tenir sur ses gardes. Il lui parlait, elle se mit à sourire, fit oui de la tête. Oui à quoi ? Chim était trop loin pour l'entendre. Eugénie s'en alla, se retourna, adressa un petit signe de la main au mystérieux inconnu, comme s'ils étaient des amis. Mort de jalousie, Chim serrait les poings ; à la première occasion, Eugénie devrait s'expliquer !

Crosse redescendit sur le parking à l'entrée de la plage où il s'était garé. Au moment où il allait démarrer, il vit un jeune homme dévaler le chemin venant de la Citadelle. Celui-ci s'arrêta face à son véhicule, le fixa à travers la vitre. Un regard terrible, il paraissait menaçant, pas l'air bien de surcroît, un comportement qui intrigua l'armateur. Celui-ci avait-il assisté à sa rencontre avec la fille du musée ?

Lors du dîner, la mère se rendit compte du trouble de sa fille. Elle lui demanda s'il s'était passé quelque chose au musée. La jeune femme se récria qu'il n'en était rien. Elle était fatiguée, il y avait eu beaucoup de monde. Emilienne n'insista pas.

Eugénie partit se coucher de bonne heure. La mère resta tricoter dans la pièce voisine. Tout habillée sous la courtepointe, Eugénie guettait son pas dans l'escalier. Il arrivait à Emilienne de se coucher fort tard. Dix heures sonnèrent à l'horloge de la cuisine, un souvenir de la grand-mère, une sorte de grande armoire étroite en bois ciré, avec de grands chiffres et un balancier en cuivre rutilant. Dix heures et quart, la demie. La mère tricotait toujours, Eugénie commençait à la maudire. A onze heures moins le quart, elle entendit enfin d'autres bruits que le cliquetis des aiguilles métalliques, le raclement de la chaise sur le carrelage, une boîte qui se refermait, le couinement des semelles des chaussons. Quelques secondes de silence, la mère avait l'oreille collée à la porte de la chambre afin de s'assurer que sa fille dormait. Les toilettes, la chasse d'eau, les marches de bois craquèrent enfin.

Eugénie s'obligea à attendre quelques minutes, elle savait déjà qu'elle serait en retard.

47

L'eau arrivait à la taille de Xavier Crosse, toujours coincé entre les rochers. Il souffrait ; il avait du mal à parler. Surtout il avait peur.

— Eugénie est venue à votre rendez-vous ? demanda Rozenn.

Sous le ciel noir et bas, la scène prenait une allure surréaliste. Pour un peu, les trois femmes auraient eu pitié de l'homme qu'elles dominaient tels de noirs cormorans posés sur les rochers.

— Tirez-moi de là... supplia le misérable.

— Pas avant de nous avoir tout raconté. La vérité, l'entière vérité, laissa tomber Mauricette d'un ton doctoral.

Onze heures sonnèrent au clocher de Notre-Dame. C'était vrai que Crosse avait un dîner ce soir-là, avec des mareyeurs de Keroman. Il avait hésité à revenir au rendez-vous fixé à l'improviste, sur un coup de tête. Viendrait-elle ? Sa mère la laisserait-elle sortir à une heure si avancée ? Mais il n'avait pas tenu une fille entre ses bras depuis si longtemps. De surcroît une adolescente dans un corps de femme, vierge de toute évidence, un vieux fantasme, la proie idéale avec sa cervelle de moineau : ça valait la peine de tenter le coup. Il ne traîna pas à table, prétextant avoir un dossier à boucler. Un peu après dix heures, il reprenait la route de Port-Louis. Il gara son véhicule sur le même parking que quelques heures auparavant. Puis longeant les remparts dans l'obscurité, il remonta jusqu'à la place devant la Citadelle. Il se dissimula dans le fossé sous le petit pont.

Le tintement du quart au clocher de l'église. La petite idiote avait eu peur, elle ne viendrait plus. Conscient de son abjection, Crosse sentait une sueur glacée lui perler le long de l'échine, son désir s'accroissait pourtant à mesure qu'approchait l'heure du rendez-vous. Il ne savait pas encore ce qu'il allait faire une fois qu'elle serait passée entre ses bras. La convaincre de garder le silence, la menacer s'il fallait, lui donner de l'argent pour qu'elle se tût. De toute façon, la fille était simplette, personne ne la croirait. Soudain, on trottina sur le terre-plein. Trop tard pour changer d'avis. Il remonta en vitesse vers l'endroit où l'on pouvait accéder à la fondrière. C'était elle.

— Je suis là, dit-il à voix basse.

Eugénie avait couru, elle était tout essoufflée, le cœur lui battait la chamade. Elle n'était pas sûre d'avoir bien entendu.

— Venez, j'ai apporté la sœur de Li.

Le riche monsieur était venu, il avait tenu promesse ! Eugénie reprit confiance. Elle se dirigea dans l'obscurité en direction de la voix.

— Attention de ne pas vous blesser dans le noir.

Eugénie était mortifiée de se conduire ainsi à l'insu de sa mère, mais c'était pour la petite impératrice, le conservateur serait si content d'avoir deux statuettes dans son musée. Demain, se disait-elle, quand tout serait fini, elle raconterait ce qui s'était passé, sa mère serait fière de sa fille.

— Venez.

Crosse la guida vers un canot renversé sur lequel il s'installa.

— Alors ? demanda Eugénie de sa voix claire et ingénue. Vous me la montrez ?

— Venez vous asseoir près de moi.

Elle ne se méfia pas. Quand elle fut face à lui, Crosse lui ceignit les hanches de ses bras et la serra entre ses genoux.

— Qu'est-ce que vous faites ?

Crosse ne répondit pas, il se leva, la renversa sur le sable. Eugénie se débattit, il était plus fort qu'elle. Il essaya de la trousser, Eugénie comprit alors ce qu'il voulait lui faire. Elle se mit à hurler, Crosse plaqua la main sur sa bouche pour la faire taire. Elle le mordit jusqu'au sang. Ce fut au tour de l'armateur de crier. Il ne relâcha pas sa prise pour autant. Se déboutonnant, il arracha sa culotte, força l'étau des cuisses. Au moment de la pénétrer, il douta de ses capacités. Des secondes fatales, où la conscience endigua l'instinct animal. Il sentit défaillir sa virilité, la lutte devenait inutile.

Eugénie devina son hésitation. Elle en profita pour le repousser et se dégager de son étreinte en roulant sur le côté. Déjà elle s'apprêtait à remonter la pente. Crosse agissait à présent avec la pugnacité viscérale du carnassier qui ne peut concevoir que sa proie lui échappe. Elle allait tout raconter, le dénoncer, il avait son couteau au fond de la poche de sa veste. Il le sortit, se lança à la poursuite de la malheureuse. Au moment où elle allait émerger sur le terre-plein, il l'attrapa par l'épaule. La fit basculer avec lui dans le fossé.

— Je voulais plus lui faire de mal, elle refusait de m'écouter, larmoyait Crosse en tentant de se redresser dans l'eau qui enserrait sa poitrine comme un fourreau glacé. Elle m'a pas laissé le choix.

C'est vrai qu'il avait frappé sans réfléchir. Trois coups de couteau à l'aveuglette. Eugénie s'était désarticulée entre ses bras comme une poupée de chiffon.

Crosse mit quelque temps à reprendre ses esprits, l'abomination qu'il venait de commettre le laissait étrangement calme. Il posa la main sur la poitrine de sa victime, elle ne respirait plus. Il repoussa le cadavre. C'est alors que lui vint l'idée de se venger de Loeiz Le Tennier en lui faisant endosser le crime. Il retourna le canot, il était encore en état de flotter.

— Vous l'avez quand même violée ? demanda Lucie Kerjean.

Crosse poussa un gémissement.

— Non...

— La vérité, répéta Mauricette. Sinon, on s'en va et on vous laisse là.

— C'est pas ce que vous croyez. Au dernier moment, je me suis rendu compte de ce que j'allais faire, je me suis dit qu'il fallait pas. Si elle m'avait écouté, on en serait restés là, je l'aurais pas tuée.

Crosse réfléchissait en hissant le corps dans l'embarcation. Il avait à nouveau sombré dans ses travers morbides. Pour rien cette fois. Pour accuser les gars du *Saint-Louis*, il fallait laisser croire que la petite gourde avait été violée, puis assassinée. Il retroussa la jupe de sa victime. La conjoncture ne lui laissait aucune autre solution ; à tâtons, il la força violemment avec ses doigts. Comme il s'en doutait, la pauvre Eugénie était vierge. A ce moment, il avisa la culotte. Il allait la ramasser quand une bourrasque la fit voleter dans le flot qui finit de l'éloigner.

Crosse tremblait, cette femme qu'il venait d'assassiner, qui gisait au fond de la barque, lui faisait horreur à présent. D'autres scènes, d'autres nuits, ne plus penser. Mais ça ne fonctionnait plus. Il ne put se retenir et se pencha hors de l'embarcation afin de vomir à longs jets qui lui remontaient dans les narines. Il toussa, se moucha, expectora, cracha comme s'il voulait se vider de son venin. Alors il parvint à reprendre son souffle, essaya de remettre un peu d'ordre dans ses idées. S'il voulait faire croire que c'étaient les marins du *Saint-Louis*, il fallait rapprocher la dépouille du port de Locmalo. Il chercha autour de lui, découvrit un vieil aviron près du canot, traîna celui-ci jusqu'à la mer qui s'immisçait sous le petit pont. Godillant tant bien que mal, il longea les rochers jusqu'au moment où il aperçut la crique du Lohic. L'endroit lui sembla idéal pour achever son plan.

— Voilà, je vous ai tout dit...

— C'est donc vous qui avez disposé les galets afin de faire croire que c'étaient les gars du *Saint-Louis*.

— Il fallait bien qu'il y ait un coupable...

Même en pareille situation, Crosse ne se départait pas de son cynisme. Mauricette et ses deux amies l'auraient bien laissé agoniser entre les rochers comme une bête malfaisante. La marée allait le submerger, une fin horrible, un châtiment bien mérité, mais il fallait que tout le monde sût la vérité pour laver la mémoire des trois Louis.

— Nous allons vous aider.

— C'est pas la peine. Mes hommes vont s'en charger.

La voix avait retenti derrière les rochers. Celle de l'adjudant Derval qui avait entendu du premier au dernier mot la confession de Xavier Crosse.

48

Anéanti, le meurtrier d'Eugénie Le Livec passa des aveux complets à l'hôpital Bodélio de Lorient. Il réitéra ses explications au sujet de l'assassinat d'Eugénie et du simulacre de viol auquel il s'était livré. Derval avait eu le nez creux de faire surveiller Rozenn Forner après l'avoir surprise accoutrée avec les vêtements de son défunt frère. Quand le soir de l'embuscade le stagiaire lui avait rapporté que les trois complices étaient réunies au café de la Criée, il s'était douté qu'elles préparaient quelque chose. Il s'était déplacé en personne à Locmalo et les avait suivies dans la nuit. Il avait assisté de loin à la mise en scène, intrigué par ce qu'elles fabriquaient.

L'adjudant avait vu Xavier Crosse sortir de son véhicule, il s'était demandé en quoi ce monsieur tiré à quatre épingles était mêlé à cette affaire. Il avait hésité à intervenir, il serait toujours temps si les choses tournaient mal. Il avait envoyé le stagiaire chercher du renfort. Par la suite, l'adjudant se montra beau joueur, il félicita les trois femmes.

Après tout, le rôle d'un bon gendarme n'était-il pas de se tenir à l'écoute de la population ?

Crosse argua pour sa défense avoir été pris dans un engrenage infernal. Il n'avait aucune intention de tuer, un concours de circonstances, une idylle amoureuse qui avait mal tourné : difficile à admettre quand on fixe un rendez-vous avec un couteau dans la poche, et qu'on s'en sert.

Comme il avait pu le constater lors de l'agression d'Ophélie Degrave, Xavier Crosse n'avait jamais pris son plaisir que par le viol. Se sachant démasqué, il avoua les meurtres non élucidés de trois jeunes filles, retrouvées sur les plages de la région lorientaise. Des crimes commis à des années d'intervalle, ce qui avait empêché les enquêteurs de faire le rapprochement et permis à Crosse de passer à travers les mailles du filet. Après avoir déposé la dépouille sur la plage du Lohic, se servant de la main d'Eugénie il avait aligné les galets accusant un certain Louis, en prenant soin de ne pas terminer l'écriture du nom, laissant croire ainsi qu'elle avait rendu son dernier souffle avant d'y être parvenue. Au dernier moment lui était venue l'idée géniale de tracer une croix devant, avec un bâton trouvé à proximité et placé entre les doigts déjà froids de la victime, entre lesquels il n'oublia pas de remettre un galet. Il pensait ainsi brouiller les pistes, il ne s'était pas trompé. Puis il était revenu par le même chemin à la Citadelle et avait brûlé le canot qui avait servi à transporter le corps.

Xavier Crosse fut condamné à la réclusion criminelle à perpétuité.

49

Quelques jours plus tard. 5 h 30. Roger Liscoët arrivait avec ses deux matelots. Depuis la disparition du *Saint-Louis*, il avait le moral en berne, il toisait la mer d'un œil mauvais, ne pouvant lui pardonner cette énième trahison. Seraient-ils les prochaines victimes du sacrifice immémorial ? Le samedi précédent, ils avaient ancré leur chalutier de l'autre côté du môle, une précaution prise par certains patrons, afin d'éviter que la coque ne frottât contre les pierres du quai quand la mer avait la bougeotte. Déjà les matelots, Franck Hamonic et Loïc Furiaut, mettaient l'annexe à l'eau ; ils y chargèrent les provisions, puis ils ramèrent en direction de la *Marie-Fanch*. Ils n'étaient pas les seuls à avoir mouillé au large : d'une barque à l'autre, on se hélait en souquant ferme ou en godillant. Au-delà de l'abri de la jetée, la houle commença à les ballotter.

— Holà, vieille garce ! cria Furiaut, trente ans, un plaisantin à la langue bien pendue. Qu'est-ce t'as encore dans le ventre à gigoter comme ça ? T'as attrapé la colique ?

— C'est ça, Lolo, répondit sur le même ton un matelot sur le canot à côté. Elle a avalé quelque chose qu'est pas passé.

— Ou elle est sur le point d'accoucher.

Roger songea aussitôt aux trois Louis, ses amis qu'on n'avait toujours pas retrouvés un mois plus tard.

— Vos gueules, les gars... fit-il d'une voix lasse. Vous savez bien que j'aime pas qu'on rigole avec certaines choses.

— Qu'on rigole ou pas, c'est du pareil au même. L'océan en a rien à foutre de ce qu'on dit, encore moins de ce qu'on pense...

— L'océan peut-être, pas moi.

Déjà ils abordaient le chalutier. S'accrochant au plat-bord, Franck, le plus jeune, y grimpa en une seule traction et d'un coup de reins, à la manière des corsaires d'antan. Bientôt tous trois furent embarqués.

Le moteur démarra à la première sollicitation, un bruit familier, synonyme de labeur éreintant, de bonheur aussi. La *Marie-Fanch* s'enfonça dans l'obscurité. Marie, le prénom de la femme de Roger ; Fanchon, celui de sa fille, Liscoët avait trouvé que Fanch, ça sonnait mieux. A mesure que le port s'estompait en poupe, le vent forcissait. Ces enfoirés de la météo s'étaient encore trompés, ça allait secouer sec ! Enfin, sec, façon de parler ! De la flotte, on allait en prendre des seaux à travers la goule. Avant toute chose, faire la glace à Keroman, par la même occasion remplir le réservoir de gas-oil. Les chalutiers se pressaient dans la passe devant la Citadelle, afin d'être les premiers servis. Dans la rade, le vent faiblissait, la mer cessa de se rider. Le marchand de froid dressa la masse sombre de son bâtiment sur le ciel auréolé des lumières de la ville. Des tapis roulants déversaient la glace dans les cales des chalutiers sagement rangés le long du quai.

La *Marie-Fanch* avait été un des premiers à se présenter, déjà Roger Liscoët la guidait vers le point d'approvisionnement en carburant. Tout était prêt pour partir pour de bon. Moins d'une heure de perdue, mais des opérations incontournables avant de prendre le large.

Entre-temps, la mer ronchonnait plus fort. Roger hésita.

— Qu'est-ce qu'on fait, les gars ? demanda-t-il par acquit de conscience, certain de la réponse.

— Maintenant qu'on y est... fit en effet Furiaut.

— Les autres rigoleraient de nous voir rentrer à Locmalo, ajouta l'autre matelot.

— Alors c'est parti.

Un coup de chalut ou deux, se disait Liscoët, si ça s'aggrave, il sera toujours temps de faire machine arrière. Malgré le ciel bouché, le jour se levait, le soleil glissait de fugaces rayons entre les nuages boursouflés. Liscoët décida de tenter sa chance au large de Belle-Ile, de tirer le premier trait avant la tempête ; le lourd filet déroula sa chevelure dans les accents blancs de l'écume, faisant se cabrer l'embarcation comme si un mors invisible lui cisaillait la proue. Les flotteurs, les diabolos afin de racler le fond, les chaînes de lestage, les deux portes d'acier qui maintenaient le chalut écarté, puis le filin pour le haler, la mécanique se noyait dans le flot tourmenté. Le patron tenait la barre. Pas grand-chose à faire, mais quand même, au cas où les mailles se prendraient dans une roche. La poche traînait à présent à une centaine de mètres de profondeur. En principe, la manœuvre durait deux à trois heures, mais avec ce fichu temps, Liscoët décida de l'abréger.

Le chalut s'extirpa des profondeurs. Même pour les marins chevronnés, la remontée restait un instant magique. Ce jour-là, plutôt un soulagement, sans espoir de pêche miraculeuse. Ça gigotait pourtant entre les mailles quand la nasse remonta au bout du câble enroulé sur le palan. Furiaut dénoua la corde qui tenait fermée la corne d'abondance, les éclairs d'argent étincelèrent dans les rais de lumière. Une masse sombre et inerte apparut parmi le frétillement qui se dispersait.

— Nom de Dieu ! jura Franck. On a pêché un marsouin.

— Un noyé, tu veux dire, rectifia Loïc Furiaut. Çui-ci a pas de nageoires.

Du poste de pilotage, le patron avait vu lui aussi la macabre proie, il s'empressa de descendre. Le cadavre avait séjourné longtemps dans l'eau saumâtre, il avait souffert.

— On dirait...

Il s'approcha, retourna la dépouille sur le dos. Dans les chairs en décomposition, sous la chevelure agglutinée en filasse poisseuse, se dessina un visage spectral, effrayant avec ses orbites énucléées, sa bouche sans lèvres.

— C'est Loeiz, bredouilla Liscoët.

— Le Tennier ? demanda Loïc.

— Oui, le patron du *Saint-Louis*.

— Comment tu peux le reconnaître dans l'état où il est ?

— Je sais pas, mais je suis sûr que c'est lui.

50

Ce même jour, deux promeneurs arpentaient la plage de Larmor, de l'autre côté de l'entrée de la rade de Lorient, juste en face de la Citadelle. Un couple de jeunes mariés en voyage de noces.

Les Fillol habitaient en région parisienne, l'estran était pour eux un monde inconnu, avec son lot de surprises à chaque pas. Les volatiles leur paraissaient de redoutables rapaces, des monstres préhistoriques les crabes verts qui zigzaguaient sur le sable mouillé. Le fort de l'Aigle de l'autre côté du bras de mer les intriguait, ils se promettaient de le visiter si le ciel se remettait à pleurnicher. Les cormorans nichés sur les rochers en face ne manquaient pas de les impressionner ; à chaque plongeon, ils étaient persuadés que le grand oiseau noir s'était noyé, ne pouvant imaginer que c'était le même qui ressurgissait une cinquantaine de mètres plus loin, parfois deux ou trois minutes plus tard. Ils évitèrent aussi quelques méduses, dont la masse visqueuse fit dire au mari qu'avec le fichu temps des jours derniers, le bon Dieu avait chopé un sacré rhume…

— Tu es répugnant, lui reprocha son épouse, plus ou moins croyante.

— Je suis prêt à accepter toute autre explication, répondit-il en riant.

Il essaya de l'embrasser, elle le repoussa en faisant mine de bouder.

— Regarde là-bas au lieu de dire des âneries ! Tu as vu les oiseaux ?

Une multitude de goélands se croisaient en effet dans un espace réduit, pareils à une nuée de gros moustiques.

— On dirait qu'ils ont trouvé quelque chose.

— Une sirène peut-être...

— Viens, on va voir.

A mesure qu'ils s'approchaient, Emmanuel et Virginie Fillol distinguaient une masse sombre encore à moitié immergée, léchée par les vaguelettes de la marée montante. Bientôt, ils se rendirent compte qu'elle avait la taille et les contours d'une silhouette humaine, ils ralentirent le pas.

— Reste là. A tous les coups, c'est quelqu'un qui s'est noyé.

Le mari s'arrêta à quelques mètres. Un bateau passa au large, le ressac qu'il provoqua souleva le cadavre et le retourna.

— Bordel... murmura le promeneur à la vue du visage violacé.

Dérangés dans leur curée, les grands oiseaux tournoyaient autour, en criaillant sur l'intrus, une vision dantesque à la Hitchcock ; l'homme n'osait avancer davantage, comme s'il craignait d'être agressé. La femme se tenait à distance.

— Il faut aller chercher du secours, lança-t-elle en pressant ses mains sur son cœur.

— Je crains qu'il ne soit trop tard, fit son époux en reculant, sans quitter des yeux le cadavre. A mon avis, ça fait quelque temps que le pauvre vieux est tombé à la flotte, y a plus rien à faire.

Cette fois, c'était le corps de Lili Kerjean que la mer avait rejeté à la côte.

51

Cette semaine-là, c'était grande marée. Pendant trois ou quatre jours selon le temps, la petite mer de Gâvres subissait une curieuse invasion. Vus de loin, les pèlerins dès le début de la matinée y déployaient une gigantesque fourmilière. Il est vrai qu'elle constituait un vivier exceptionnel. On y pêchait la palourde bien entendu, mais aussi les coques. Dans le sable plus gros « pissotaient » des praires quand on piquait à proximité, des coins que les connaisseurs se réservaient jalousement.

Nombreux étaient ceux qui préféraient fouiner dans les rochers du côté de Port-Louis, où se pressait moins de monde.

Les Simenot étaient en vacances en Bretagne pour deux semaines. Retraités en banlieue parisienne, ils avaient pris le train avec leurs petits-enfants : Désiré et Coralie, dix et huit ans respectivement. Cela leur faisait manquer une semaine d'école. Comme disait le grand-père Edouard, ce n'était pas bien grave, vu toutes les âneries qu'on s'évertuait à leur faire ingurgiter sur les bancs de la

République. Et puis des grandes marées, y en avait pas tout le temps !

Le grand-père avait décidé que l'on fouillerait les rochers du Lohic, en contrebas de la plage où Eugénie avait trépassé – il n'était pas au courant du drame. A l'entendre, on allait y débusquer des crabes plus gros que ceux à l'étal du poissonnier, avec un peu de chance, peut-être même un homard ou deux : le « spécialiste » ne doutait de rien.

Thérèse ne lâchait pas ses petiots d'une semelle, multipliant les mises en garde dès qu'ils s'écartaient.

— Fous-leur donc la paix, s'insurgeait le doyen. Tu vas finir par gâcher leur plaisir.

La grand-mère s'angoissait surtout au sujet de Coralie ; ses pauvres petites mains étaient plus tendres que les hosties du bon Dieu. Une comparaison pour le moins singulière... D'une piété sans faille, Thérèse ramenait tout à la religion qu'elle s'appliquait à inculquer à sa descendance.

Bientôt se constituèrent deux tandems : Edouard emmena son petit-fils à la conquête intrépide des rochers, tandis que son épouse restait en retrait à chercher des bigorneaux avec sa petiote.

La mer avait encore une heure ou deux à descendre. Au fil de l'exploration, le garçonnet s'enhardissait ; le vieil homme, soucieux de débusquer la proie miraculeuse afin d'en mettre plein la vue à son petit-fils, relâchait sa surveillance. Thérèse cherchait des beaux coquillages avec Coralie, qui les rapporterait à sa maman.

Soudain Désiré poussa un cri terrible.

— Qu'est-ce qui t'arrive ? s'affola aussitôt le grand-père.

— Papy, viens vite. Y a un monsieur bizarre.

On racontait tellement d'histoires d'exhibitionnistes que le brave Edouard crut que son garçon venait d'en rencontrer un. Ah, mon salaud… Tu vas voir ce qu'il en coûte de tourner autour des gosses. Son crochet acéré à la main, il se précipita au risque de se casser la gueule dans les rochers.

— Bouge pas, fiston. J'arrive.

Manifestement terrifié, l'enfant se tenait immobile en tendant un index tremblant en direction de quelque chose que le grand-père n'apercevait pas encore.

— Là, regarde.

Simenot découvrit à son tour ce qui effrayait si fort le gamin. La vision était horrible en effet. L'océan avait décidé de rendre aussi P'tit-Louis, mais il lui avait arrangé le portrait de sinistre façon. Le corps du jeune homme était coincé parmi les rochers qui ne découvraient que par grande marée. Il avait le visage dans le même état que ses deux compagnons. Ses vêtements en lambeaux, la manche gauche de son ciré flottait dans le ressac. Vide du bras dont il avait été amputé.

L'autopsie révéla que le corps de ce troisième matelot était criblé d'éclats métalliques, comme les poilus de 14 au plus fort des combats.

52

Ce lundi matin de mai 1990, le *Saint-Louis* avait levé l'ancre comme à l'ordinaire, autrement dit sans problème particulier. Les paupières gonflées, P'tit-Louis tirait grise mine, son lot chaque lendemain de week-end. Le samedi soir, il « traquait la gueuse », comme il disait, mais « la bestiole était farouche ». Des forfanteries désabusées qui ne trompaient pas les copains : le pauvre garçon faisait partie de ceux qui ne plaisaient pas aux filles, pas plus moches que les autres, ni plus bêtes, mais il en était ainsi, à croire que de certains mâles émanait un fluide de séduction qui attirait les demoiselles. Avec un peu de chance, c'était dans la poche. Les autres – dont P'tit-Louis – avaient été privés de ce philtre à la naissance. Bref, ce dernier se heurtait à pif de travers et cuisses closes à chaque slow. Alors, la mort dans l'âme, il rejoignait les infortunés au bar, avec qui il s'enfilait une rafale de houblon en affichant le même air blasé que le renard aux raisins de La Fontaine.

Le lendemain, Lili ne manquait pas de le chambrer, sans méchanceté, juste pour le faire bouillir. A distance toutefois, de crainte d'écoper d'un gnon : le Forner avait la gâchette facile quand il avait la tête dans le sac. Par chance, ce jour-là il faisait beau, un temps de bonne humeur.

Loeiz ordonna de mouiller le chalut au large de Groix. Coup d'essai, coup de maître : du poisson et du beau, un bonheur de le voir frétiller sur le pont, sous la nasse ouverte d'où il dégoulinait comme une pluie d'éclairs. Il était dix heures ; ça tonnait du côté de Gâvres, les militaires jouaient à la petite guerre, avec les impôts du peuple. C'est en ces termes que râlaient les autochtones, contraints de patienter devant les barrières fermées, le temps que fût libérée la route qui empruntait le cordon dunaire, menacé de disparaître lors de chaque tempête.

Un premier trait aussi généreux était de bon augure. Le poisson trié et mis en caisse sur la glace dans la cale, le patron comprit qu'il convenait de ne pas traîner avant que les bancs ne se dispersent.

— On remet ça, les gars !

— Et comment !

Quand ça donnait, pas de fainéants ! Paré à la manœuvre : le chalut déroulait sa longue traîne dans le sillage du *Saint-Louis.* Il remonta aussi ventru que la première fois ; dans sa manne apparut une forme noire, oblongue, les deux matelots crurent qu'il s'agissait d'un thon, de belle taille en l'occurrence. L'engin produisit un bruit métallique en rencontrant la surface du pont. P'tit-Louis avait le sang chaud, il partit d'un grand éclat de rire.

— Voilà que les boches recommencent à nous emmerder !

Déjà il faisait rouler l'obus afin de le mettre à l'abri.

— Fais pas le con, gamin ! cria Loeiz.

— T'inquiète. Depuis le temps que c'est dans l'eau, ça risque plus de nous péter dans la gueule.

L'explosif était lourd, P'tit-Louis eut du mal à le soulever quand il l'empoigna à bras-le-corps.

— Où je le mets ?

— Fais gaffe que t'a dit le patron ! intervint à son tour Lili, en reculant, blême.

Lui, se souvenait d'un drame survenu quelques années auparavant avec un engin de ce genre-là. Un mort, un disparu. Seul survivant, le mousse, qui avait perdu un œil. Et sa vocation maritime par la même occasion.

— Pose-le en faisant bien attention, répondit Loeiz en descendant du poste de pilotage.

Le jeune marin cherchait autour de lui où se débarrasser de l'engin, un endroit où le caler et l'empêcher de rouler d'un bord et de l'autre. Ce fut à ce moment-là que son pied glissa sur un paquet d'algues. Son fardeau finit de le déséquilibrer, il bascula en arrière dans la cale béante.

L'explosion se produisit instantanément. Loeiz et Lili furent projetés à l'eau par le souffle. Le patron ne fut que blessé à la gorge par un éclat, comme d'un vilain coup de couteau, l'océan ne tarda pas à l'achever. Kerjean avait été atteint en pleine poitrine. C'était P'tit-Louis qui avait écopé le plus fort. Tué sur le coup comme Lili, il en avait eu le bras arraché. Sous la violence de la déflagration, une voie d'eau s'était déclarée à l'avant du bateau, qui sombra en quelques minutes.

Ainsi s'expliquait la disparition du *Saint-Louis*. Le chalutier avait remonté un obus de la dernière guerre, ce n'est pas ce qui manquait dans les fonds marins proches de Lorient, vu les bombardements alliés subis par la ville pendant de longs mois. Des mines allemandes également, dispersées aux abords de la passe, tout aussi sournoises.

53

L'océan s'était donc décidé à restituer les trois corps presque en même temps, après avoir toutefois attendu avec un cynisme consommé que fût élucidé le meurtre d'Eugénie Le Livec.

— On va aller voir le curé pour nos trois hommes, proposa Rozenn. On va lui demander de dire la plus belle messe d'enterrement

— Ça leur fera une belle jambe, maugréa Mauricette.

— Sans doute, convint Lucie. Mais on leur doit bien ça après toutes les saloperies que les gens ont débitées sur leur dos.

— Je vais voir à l'hôpital pour ma mère. Ce serait bien qu'elle puisse assister aux funérailles de son fils.

L'abbé Le Naour n'était pas encore complètement remis de son émotion lors des obsèques d'Eugénie Le Livec ; en lui restaient imprimés la diatribe de la pauvre mère à ce Dieu qu'elle ne comprenait plus, puis le coup d'éclat du misérable Joachim Gahinet au cimetière, une situation extravagante comme le curé n'en avait jamais vécu au cours de son sacerdoce. Ce fut Lucie qui formula la demande de funérailles communes. Le curé hocha la tête : les trois marins avaient péri ensemble, il était légitime de les associer devant le Tout-Puissant.

— Nous voulons une belle messe, fit Rozenn qui avait de la suite dans les idées.

— Toutes les messes sont belles, ma fille, la rassura le prêtre, puisqu'elles se déroulent dans la maison de notre Père à tous, sous sa haute bienveillance.

Les obsèques des trois marins du *Saint-Louis* furent fixées deux jours plus tard. Les corps étaient dans un tel état qu'il convenait de ne pas attendre, même s'ils avaient été placés dans des cercueils prévus pour les noyés afin de masquer les miasmes de la putréfaction.

Le matin, Rozenn prit un taxi pour se rendre à l'hôpital Charcot de Caudan. La veille, elle avait essayé de préparer sa mère.

— P'tit-Louis est mort, maman.

— Ah bon… Qui tu dis ?

— Ton fils, P'tit-Louis. Tu sais bien qu'il était marin sur le *Saint-Louis*.

— Le bateau, ah oui… C'est celui où travaille ton père. Comment il va au fait ?

Peine perdue. Pauline Forner oubliait dans la minute ce qu'on venait de lui dire, mélangeant toujours le souvenir des deux matelots. Rozenn faillit renoncer à des tracasseries inutiles. L'ambulance chargée de la conduire arriva en même temps que le convoi funèbre. Assise à côté du conducteur, Rozenn se précipita afin d'aider l'infirmière. Visiblement effrayée, la mère demanda ce qu'elle venait faire en cet endroit où se pressait tant de monde. La jeune fille lui expliqua une fois encore que P'tit-Louis était mort, ce qui ne lui fit ni chaud ni froid. En revanche, elle dévisageait ceux entre lesquels elle se faufilait, comme si elle s'acharnait à les reconnaître. Quelques-uns la saluèrent, surpris de la revoir si longtemps après.

— C'est qui ? demandait Pauline à sa fille.

— Personne, tu connais pas.

Ou alors, Rozenn donnait le nom ; la mère fronçait les sourcils, haussait les épaules, elle avait déjà oublié la question qu'elle venait de poser.

Rozenn la conduisit au premier rang, où étaient déjà installées Lucie et Mauricette. Elle la plaça à côté de celles-ci et resta à l'extrémité du banc afin de parer à toute éventualité. La veuve Forner jetait des regards écarquillés de tous côtés, se retournant sans cesse pour voir qui se trouvait dans son dos.

Comme pour les funérailles d'Eugénie Le Livec, l'église Notre-Dame fut trop exiguë pour accueillir tous ceux qui entendaient rendre un dernier hommage aux trois disparus. Etaient présents les marins de Locmalo, solidaires de leurs compagnons, regroupés en une phalange industrieuse, engoncés dans leurs costumes dominicaux, dont émanait une majesté émouvante. Des curieux aussi bien entendu, soucieux d'assister à l'épilogue du sordide feuilleton. Les retardataires durent rester sur le parvis ; en accord avec le maître de cérémonie, les employés des pompes funèbres laissèrent ouvert un des battants du portail, afin que personne ne fût privé de la parole divine.

La cérémonie commença. Redoutant encore quelque avanie, l'abbé eut du mal à placer sa voix. Il toussota à plusieurs reprises, le ton s'affermit, il recouvra son assurance. Il prononça une oraison funèbre de fort belle facture, dressant avec justesse et sans trop d'emphase un tableau de la rude vie maritime, de la lutte terrible entre l'homme et la mer, des victoires glorieuses et des inévitables défaites qu'engendrait tôt ou tard toute forme de combat. Les guerriers concernés hochaient la tête en pensant à leurs malheureux compagnons, boucs émissaires cette fois dans le grand sacrifice universel. Quelques murmures d'approbation coururent même parmi les rangs des femmes, qui regrettaient cependant que l'officiant ne fît pas éloge de leur abnégation, de leurs interminables angoisses à guetter le retour du marin, de leurs longues insomnies les nuits de tempête.

L'abbé Le Naour s'adressa à chacun des disparus. Louis Le Tennier tout d'abord, en qualité de patron, un commandant exemplaire, dont l'ensemble du monde de la pêche s'accordait à reconnaître les vertus. Louis Kerjean ensuite. Le prêtre évita de parler du café de la Criée, jugeant inconvenant de faire l'apologie d'un lieu de débauche dans son église. Un homme affable et courageux, un matelot irréprochable. Quand il arriva à Louis Forner se produisit l'incident que Rozenn appréhendait.

Depuis le début de l'office, Pauline semblait assoupie sur son banc, la tête baissée, et les paupières mi-closes. Au nom de Forner, elle sursauta – il lui arrivait d'avoir quelques éclairs de lucidité. Tirée de sa léthargie, elle prit conscience du lieu et de la cérémonie qui s'y déroulait, mais elle se retrouva plongée deux ans en arrière. Elle se mit à sangloter avec de gros hoquets qui résonnaient sous les voûtes de la nef, éveillant la compassion des autres femmes qui n'avaient aucun mal à imaginer la douleur de perdre un fils. Soudain, la voix de la malheureuse s'éleva, éraillée, pathétique… Bientôt l'on put distinguer qu'elle maudissait le ciel de lui avoir ravi son cher Guillaume.

Rozenn tenta de la calmer. En vain. Pauline s'énervait, se souvenant avec précision des circonstances dans lesquelles elle avait perdu son mari. Elle prenait Mauricette et Lucie à témoin :

— Il avait été sauvé de la tempête, il est mort en se cassant la gueule avec son vélo. Vous vous rendez compte ?

— Mais oui, maman, c'était un accident.

— C'est pas normal ! C'est pas juste ! Le bon Dieu n'a pas le droit de faire ça aux honnêtes gens.

Le prêtre transpirait. Voilà qu'on s'avisait encore de s'en prendre à l'Eternel dans l'édifice où l'on était censé le vénérer.

L'infirmière était restée au fond de la nef, elle se glissa jusqu'aux premiers rangs par l'allée latérale. Du regard, elle interrogea Rozenn. Celle-ci lui fit signe de s'approcher.

— Allons, madame Forner, vous êtes fatiguée. Venez avec moi, nous allons rentrer, vous pourrez vous reposer.

Pauline ne l'entendait pas de cette oreille. Elle secoua le bras afin de se dégager de la main qui lui enserrait le poignet.

— C'est mon mari qui est mort, vous entendez. J'ai quand même le droit de rester près de lui le jour de son enterrement.

— Calme-toi, maman. Si tu veux rester avec moi près de papa, il faut te tenir tranquille, fit Rozenn d'une voix autoritaire.

— Ah bon ! Tout de même. C'est l'autre, là, elle me prend toujours pour une folle.

Ce genre de crise ne durait jamais, Pauline retomba dans sa prostration. Sa fille l'aida à se rasseoir, le curé reprit le cours de son office.

La messe terminée, la pauvre mère embarquée dans son ambulance pour Charcot, le convoi emprunta la direction du cimetière de Kerzo. De là, les trois marins auraient encore vue sur la mer, pas la même toutefois, moins généreuse en espace, puisqu'il ne s'agissait que de la rade de Lorient. Une eau chargée d'histoire néanmoins ; des quais sur l'autre rive avaient appareillé les corsaires et les marins de la Compagnie des Indes, vers des contrées mystérieuses. En flairant le vent du large, avec un peu de chance, on y décelait encore les effluves musqués des épices.

54

Voilà ce qu'il en est de ce que savaient les protagonistes de ce drame. Il restait toutefois un élément dont personne n'avait eu connaissance. Pas même Xavier Crosse, qui en avait été pourtant le principal acteur. Hormis les trois meurtres commis avant celui d'Eugénie Le Livec, la petite Ophélie Degrave n'avait pas été sa première proie. Jeune homme, il avait vécu une semblable aventure, pour laquelle il n'avait pas eu d'ennuis, et ce sans bourse délier.

Une vingtaine d'années auparavant, sur la Grande Plage de Port-Louis.

Ce soir-là, le Xavier avait bu plus que de raison, jusqu'à la fermeture du Casino ; trop ivre pour rentrer, il s'était réfugié au bord de l'eau, s'était laissé tomber assis sur le sable, adossé à un rocher, afin de récupérer. Une femme était arrivée, s'était arrêtée à quelques mètres de lui sans remarquer sa silhouette noyée dans la masse sombre des goémons. Xavier ne voyait plus très clair, il aurait été incapable de la reconnaître, tout au plus remarqua-t-il qu'elle était jeune, et court vêtue. Cambrée en arrière, elle humait l'air du large. Il devinait son parfum parmi les senteurs marines. Soudain, elle se pencha en avant et leva un pied pour se déchausser, dévoilant un peu plus haut ses jambes nues.

Xavier Crosse n'avait pas tenu une fille entre ses bras depuis longtemps. Malgré son ivresse, un désir ardent se mit à le tenailler, dont il eut bientôt la preuve douloureuse au bas du ventre. Sans bruit, il se leva ; la jeune femme ôtait l'autre escarpin, ne se doutant toujours de rien ; le vent souleva le bas de sa robe. Tant pis pour toi, se dit Crosse dans ses vapeurs éthyliques. T'avais qu'à être moins conne et pas te balader toute seule sur la plage en pleine nuit. Mû par un instinct bestial, de ses mains jointes en un seul poing il lui asséna un coup terrible sur la nuque. Assommée, la malheureuse bascula en avant sur la grève humide. Crosse avait la tête qui lui tournait de plus en plus. La jupe de la fille était remontée dans la chute, dénudant les cuisses pâles dans l'obscurité, laissant entrevoir la tache blanche de la petite culotte. La vue du corps offert à plat ventre ne fit qu'exacerber le désir de Xavier Crosse. Il finit de la retrousser, arracha violemment le dernier rempart. La pauvre gémit, sans reprendre connaissance. Il se laissa tomber à genoux, empoigna ses hanches ; la soulevant, il la tira à lui et la força par-derrière, comme une bête.

Repu en quelques secondes à cause de l'alcool, Crosse se releva, se reboutonna et fila en zigzaguant toujours autant. Il n'avait jamais su l'identité de la femme qu'il venait de violer : il s'agissait d'Emilienne Le Livec.

Epilogue

Plusieurs années s'étaient écoulées, la cité port-louisienne avait oublié l'affaire. A défaut d'avoir pu être inspectrice de police, Rozenn Forner s'était mariée avec le jeune stagiaire de la gendarmerie ; ils économisaient afin qu'elle pût acheter la poissonnerie de Locmiquélic. C'est là qu'elle avait retrouvé du travail, les propriétaires envisageaient de prendre bientôt leur retraite.

Accroché au-dessus du comptoir, Louis Kerjean surveillait toujours le bistrot de son épouse. Lucie avait vieilli plus vite que le calendrier, jamais elle n'avait retrouvé le même entrain.

Donias était mort d'un coup de sang. Personne ne l'avait regretté, pas même sa mère qui en avait assez de le voir vivre à ses crochets.

Réintégrée dans la communauté des culs-salés, Mauricette s'échinait à taquiner la palourde, mais elle ne rapportait plus grand-chose, les reins brisés à force d'être voûtée, le regard plus assez affûté pour voir les deux trous des siphons, mais la côte était le seul endroit où elle avait le sentiment de communiquer avec ses disparus, le Baptistin qu'elle avait aimé, le Loeiz qu'elle aimait encore.

Un jour, les pêcheuses la virent chanceler. Elle essaya de remonter l'estran, mais elle tomba à genoux à mi-chemin, appuyée de ses deux mains sur son seau vide. Ses voisines se précipitèrent.

— Qu'est-ce qui t'arrive, Mauricette ?

Elle avait du mal à soutenir le poids de sa tête, toujours coiffée du bonnet sur laquelle elle épinglait sa coiffe quand elle n'était pas à la côte.

— Je sais pas. Il doit faire nuit, il y a des étoiles partout. J'ai pas vu l'heure passer.

Elles lui donnèrent la main pour se relever ; elles la conduisirent chez elle où on l'aida à se dévêtir et à se coucher.

— Attends, on va aller chercher le médecin.

— Pour quoi faire ? Je suis pas malade. Je dois être un peu fatiguée, mais ça va passer.

Elle peinait à respirer, ses mains décharnées tremblaient par saccades sur le drap glacé.

— T'es sûre ?

— Si on doit aller chercher quelqu'un, c'est Lucie et Rozenn.

La patronne du bistrot et la jeune femme comprirent qu'il se passait quelque chose de grave. Depuis quelque temps, elles avaient remarqué que leur amie s'affaiblissait. Elles accoururent tout de suite. A leur vue, un sourire apaisa les traits émaciés de Mauricette.

— Laissez-nous, dit-elle à celles qui l'avaient ramenée.

Elles restèrent toutes les trois. Le soleil donnait par la fenêtre, éclairant la chambre d'une lueur paisible. Mauricette avait compris que l'échéance était imminente, les deux autres aussi. Rozenn ne pouvait dissimuler son émotion.

— Faut pas être triste, ma fille. Tu sais bien que ça devait arriver un jour ou l'autre.

Lucie soupira.

— Tu veux vraiment pas qu'on aille chercher le médecin ?

— Ni le curé. Je vais voir bientôt le bon Dieu et j'ai deux ou trois choses à lui dire. Je préfère lui parler en direct.

Elle essaya de se redresser, Rozenn remonta l'oreiller dans son dos afin de la caler.

— Vous voyez, je sais pas où je vais, mais je pars l'esprit tranquille. On a bien fait de se battre pour que les gens croient pas que c'était l'un de nos trois Louis qui avait réglé son compte à la petite Eugénie.

Lucie lui saisit la main.

— C'était toi la plus forte de nous trois.

— Ah bon ? Je vais peut-être les retrouver, Loeiz, Lili et P'tit-Louis, à moins qu'ils aient embarqué sur un autre chalutier. Ça m'étonnerait pas d'ailleurs, ces trois-là, y a personne qui pourrait les empêcher de prendre la mer, même pas le bon Dieu, s'il existe… Si je les vois, je leur donnerai de vos nouvelles.

Elle essayait de plaisanter, souffrait pour parler, pour déglutir sa salive. Ses doigts se crispaient au rythme des mots.

— En prévision du jour où j'irai le rejoindre, j'ai gardé la casquette de mon bonhomme, celle du dimanche. Depuis le temps qu'il portait l'autre, elle était plus en très bon état. De toute façon, il a dû la perdre quand le *Saint-Louis* a coulé. On n'a jamais su comment, d'ailleurs.

Elle marqua une pause afin de reprendre son souffle.

— J'aurais un service à vous demander.

— On t'écoute, dit Lucie.

— Ce serait de mettre la casquette de Loeiz dans mon cercueil. Comme ça quand je le verrai, je pourrai la lui donner. Je suis sûre que ça lui fera plaisir.

Elle n'eut pas la force d'en dire davantage.

Remerciements

Au colonel Erwann Ropars, commandant le Groupement de Gendarmerie Départementale du Morbihan, pour son aimable autorisation de rencontrer les membres de la brigade de Port-Louis.

Au capitaine Alain Joly, commandant la brigade de Port-Louis, pour m'avoir chaleureusement ouvert ses locaux.

A l'adjudant Robin Muller, mon précieux guide dans la procédure d'une enquête criminelle, pour sa disponibilité et sa gentillesse, et pour avoir accepté de lire le manuscrit.

MIXTE
Papier issu de sources responsables
FSC™ C003309

Dépôt légal : mars 2017

Achevé d'imprimer en France par EPAC Technologies

N° d'édition: 4550414310018

Dépôt légal: mars 2017